넘어진 그 자리에
머물지 마라

넘어진 그 자리에 머물지 마라

**1판 1쇄 발행** 2014. 10. 10 **1판 4쇄 발행** 2014. 11. 21

**지은이** 김준기
**발행처** 도서출판 수오서재 **발행인** 황은희, 장건태
**주소** 경기도 일산동구 백마로 195, 1-1170호(410-839)
**등록** 2014년 6월 16일(제396-2014-000115호)
**전화** 031)901-8835 **팩스** 031)901-8867 **전자우편** info@suobooks.com
**홈페이지** www.suobooks.com
**ISBN** 979-11-953221-1-4 03810 책값은 뒤표지에 있습니다.



이 도서의 국립중앙도서관 출판시도서목록(CIP)은 서지정보유통지원시스템 홈페이지(http://seoji.nl.go.kr)와 국가자료공동목록시스템(http://www.nl.go.kr/kolisnet)에서 이용하실 수 있습니다.
(CIP제어번호: CIP2014027576)

도서출판 수오서재守吾書齋는 내 마음의 중심을 지키는 책을 펴냅니다.

# 넘어진. 그. 자리에. 머물지. 마라.

정신과 의사가 들려주는
암이 내게 가르쳐준 것들

김
준
기

수오서재

프롤로그

# 암이라는 트라우마를 가진 이들에게

나는 트라우마 치료를 전문으로 하는 정신과 의사다. 그런 나에게 어느 날 '암'이라는 트라우마가 느닷없이 찾아왔다. 암은 마치 태풍처럼 내 인생을 완전히 뒤흔들어놓았다.

암을 진단 받고 치료 받는 과정에서 이제까지 경험해보지 못했던 신체적 고통과 정신적 두려움이 수시로 찾아왔다. 무엇보다도 죽음이란 단어가 자주 머릿속에 떠올랐다.

나는 스스로를 달래기 위해 긍정적인 생각도 많이 하고 태연한 척, 도를 깨친 척도 해봤지만 사실 별 소용이 없었다. '왜 하필 내게! 참 재수도 없지! 뭐 세상에 이따위 부조리가 다 있어?' 하는 성난 생각이 물밀 듯이 내 뇌의 신경 네트워크 내에서 울려 퍼졌고, 그럴 때마다 내 감정중추는 분노했다, 우울했다, 원망했다, 절망했다.

곧 나는 암을 진단 받고 치료 받는 과정이 심리적 외상, 즉 트라우마를 겪는 과정과 본질적인 면에서 비슷한 구석이 많다는 사실을 깨닫게 되었

다. 암은 트라우마와 마찬가지로,

첫째, 평상시 예측하지 못하는데 갑자기 찾아오고,

둘째, 꼼짝 못하고 당하는구나 하는 무력감에 압도당하게 되고,

셋째, 이러다 죽는구나 하는 공포를 경험하게 만든다.

정도의 차이가 있을 뿐, 누구나 암에 걸리게 되면 우울증, 불안증, 외상 후 스트레스 장애와 같은 정신적 고통을 겪게 될 수밖에 없다. 이는 암에 걸린 당사자는 말할 것도 없고 암에 걸린 사람을 곁에서 지켜보는 가족, 친지, 친구, 애인까지 모두 해당된다.

그래도 명색이 트라우마 치료 전문가이니 난 요동치는 마음을 조금이라도 다스려보기 위해 내가 할 수 있는 최선을 다해보았다. 암에 관한 믿을 만한 과학적인 정보도 찾아보고 건강한 식사, 규칙적인 운동, 가장 소질이 부족한 명상까지 해보려 노력했다. 그리고 수시로 찾아오는 불안과 두려움, 분노와 같은 감정의 흐름을 관찰하기 위해 마치 초등학생처럼 매일 일기쓰기를 시작했다. 그러면서 다른 이들의 암 투병기도 읽어보며 내 처지와 비교도 해보았다. 난 내가 경험하는 롤러코스터와 같은 감정 기복이 내 마음 안에서만 일어나는 특별한 것이 아니라 대부분의 암 환자에게 공통적으로 일어나는 현상이라는 사실을 깨닫게 되었다. '나만 유별나서 그런 게 아니네' 하는 깨달음은 의외로 큰 도움이 되었다. 물론 그 깨달음 덕분에 고통이 사라지지는 않았지만, 고통을 바라보고 견딜 수 있는 작은 힘이 생겼다.

불행 중 다행이라고, 그래도 난 운이 좋았던 편이다. 오진으로 진단이 늦었지만 암세포가 멀리 퍼져 나가지 않았고, 친구, 후배, 선배의 도움으로 빨리 수술을 받을 수 있었으며 항암 치료도 신속하게 마칠 수 있었다. 그리고 지금은 3개월마다 암 재발 여부를 추적 조사하는 중이다. 여전히 힘든 항암 치료를 받고 있는 환자분들이나 더 이상 치료해봐야 소용없을 것 같다는 통보를 받은 환자분들, 그리고 전이된 암세포로 인해 견딜 수 없는 통증을 겪고 있는 환자분들에 비하면 죄송스러운 마음이 들 정도로 난 지금 천국 같은 일상을 살고 있는지도 모르겠다.

그러나 엄살처럼 들릴지도 모르겠으나 여전히 난 재발에 대한 두려움, 죽음의 공포에서 전혀 자유롭지 못하다. 나는 전보다 훨씬 나약하고 무기력해졌다. 치료가 끝났으면 다 나은 것 아니냐고 할 수도 있지만 난 전혀 그 말을 받아들일 수 없다. 죽음의 확률이 높은 암세포란 놈은 언제든지 다시 내 몸에서 자랄 수 있기 때문이다. 정말 암이란 놈은 트라우마와도 같이 예측이 불가능하다.

아무리 시간이 지나도 트라우마의 흔적은 완전히 사라지지 않는다. 우리는 절대로 트라우마 이전의 삶으로 돌아갈 수 없다. 마찬가지로 나에게 생긴 암의 흔적도 완전히 사라지지 않을 것이다. 나는 절대로 암 이전의 삶으로 돌아갈 수 없을 것이다. 이것은 정말 우리가 선택할 수 없는, 어쩔 수 없는 노릇이다.

반면 우리가 선택할 수 있는, 어쩔 수 있는 노릇도 있다. 그것은 바로 이전의 삶의 방식과 계획을 버리고 지금부터 새로운 삶의 방식과 희망을 갖겠다고, 더 이상 일상의 행복을 뒤로 미루지 않겠다고, 정말 내가 원하는 방식으로 살아보겠다고 스스로 선택하는 것이다. 이는 아마도 암과 맞서 싸우는 가장 중요한 전략이 될 것이다.

이 책은 지극히 개인적인 내 암투병 일기를 바탕으로 했다. 하지만 정신과 의사이다 보니 투병 생활 중에 필요하다 싶은 환자와 가족을 위한 조언이나 심리분석의 말을 덧붙이게 되었다. 암과 맞서 싸우는 시간이 얼마나 힘들고 두렵고 고통스러운 줄 알기에, 내 불필요한 말들이 암으로 고통받는 분들에게 또 다른 상처와 실망을 드리는 건 아닐까 정말 조심스럽고 망설여진다. 혹시 마음에 들지 않는 내용이 있다면 부디 너그럽게 이해해 주시길 부탁드린다. 의사로서보다는 암 동지로서 전하고 싶은 말이었음을 믿어주셨으면 한다.

부디 이 책이 이 땅에서 암으로 고통받고 있는 사람들, 그리고 그 가족과 친구들에게 조금이나마 도움이 되기를 진심으로 바란다.

참, 가장 중요한 말을 잊을 뻔했다.

나의 암 투병에 가장 큰 힘이 되어준 아내에게 "고맙습니다, 감사합니다, 사랑합니다."

2014년 9월

김준기

차
례
—

2

## 고통이 커지면 원망이 커진다



3

## 누구에게나 기억하고 싶지 않은 시간이 있다

4

## 끝나도 끝난 것이 아니다



5

## 새로운 삶을 맞이하는 5가지 방법

배탈에 독감인가 싶어, 난 그저 참고 지내기로 마음먹었다. 혈액 검사, 위내시경 검사, 복부 CT 등 일차적으로 할 수 있는 검사를 다 받았는데 전문가들에게 정상이라는 소리를 들었으니 이제 내 복통과 미열과 무기력감은 그냥 심한 독감의 후유증이라고 거의 확신하게 되었다.

# 1

# 불행은 어느 날 느닷없이 찾아온다

# 왜 항상 아내 말은 맞는 걸까?

"어, 이상하다. 이거 아무래도 매스mass(종양) 같은데, 형……."

"응? 한 달 전에 봤을 때는 별 거 없다고 했잖아?"

"그, 그러게…… 내가 이걸 왜 전에 못 봤지? 이거 하얗게 보이는 덩어리를……."

후배인 영상의학과 의사는 컴퓨터 화면에 떠 있는 CT 영상만 바라보며 말문을 흐렸다. 난 후배에게 망치로 머리를 한 대 얻어맞은 기분이 들어 아무 말도 할 수가 없었다. 후배가 옆방으로 건너가 책장에서 두꺼운 책을 꺼내 펼쳐보는 동안에도 나는 그저 내 복부 CT 영상만 멍하니 바라보고 있었다. 아니, 뭔가를 바라보고 있는 것이 아니었다. 나는 그저 멈춰 있었다. 마치 봐서는 안 될 무서운 귀신을 보고 난 뒤에 그 충격과 두려움에 머리와 몸이 얼어붙듯, 생각도 행동도 모두 다 멈춰 있었다. 어떻게 생각하고 어떻게 움직여야 할지 몰라 나는 꼼짝도 하지 않았다.

후배가 두꺼운 책을 펼쳐들고 돌아와 다시 내 앞에 앉았다.

"소장에 생긴 저런 매스는 임파선암일 가능성이 가장 높은데……."

꼼짝도 않던 몸이 움찔거렸다. 설마?

"아니, 임파선암이라니? 그건 주로 목에 생기는 거 아냐?"

몸에 대해선 무식한 정신과 의사에게 후배 영상의학과 의사는 마치 의과대 실습학생 가르치듯 설명해준다.

"우리 몸에 임파선이 가장 많이 퍼져 있는 곳이 소장이거든, 아 물론 다른 양성종양일 수도 있기는 한데, 오히려 소장에는 다른 암이 워낙 드물게 발생하니까…… 아니, 근데 내가 왜 이걸 전에는 놓쳤지?"

후배는 설명하다가 이내 자신의 실수에 탄식했다. 그러곤 나와 눈도 마주치지 못한 채 책만 들여다보며 혀를 끌끌 찼다.

"설마? 너 장난하는 거지? 그럴 리가 있냐? 내가 왜 암이야? 그것도 족보에도 없는 임파선암이라니 말이 돼? 구라 치지 마"라고 후배에게 소리지르고 싶었지만, 심호흡을 크게 한 번 하고 난 뒤에 최대한 침착한 척 물었다.

"그…… 그럼 이제 어떻게 해야 하는 거냐?"

"형, 내일이라도 당장 정밀검사를 받는 게 좋겠어. 내가 지금 대학병원에 연락해서 응급으로 PET 스캔 예약해놓을게."

후배는 여전히 내 눈을 쳐다보지 못한 채 대학병원 전화번호를 찾느라 책상 서랍을 열었다 닫았다 하며 부산을 떨었다. 한 달 전 같은 CT를 보고 호탕하게 웃으면서 괜찮다고 말한 후배의 모습이 겹쳐졌다. 후배는 끝내 미안하다는 말 한마디 하지 못하고 내일 검사 잘 받으라는 말만 더듬거리며 날 배웅했다.

나는 후배 병원을 나섰다. 봄기운이 완연한 4월, 햇살이 따사로운 오후. 점심시간인지 회사원들이 웃으며 왁자지껄 지나간다. 청천벽력! 마른하늘에 날벼락! 나는 갑자기 다시 멍해지면서 현실감각이 흐려지고 있음을 느꼈다. 방금 전까지만 해도 잘 낫지 않는 복통 때문에 조금 짜증이 나는 정도의 심리상태였는데, 임파선암인 것 같다는 말을 듣고 난 뒤부터는 일순간에 극도로 혼란스럽고 당황스러운 심리상태가 돼버렸다. 현실을 받아들이기가 어려웠는지 '내가 암이라니?', '그럴 리가?', '왜?', '어쩌려고?' 하는 식의 단편적인 의문들만 주마등처럼 스쳐 지나갔다. 그러면서도 내 발길은 자동적으로 내 진료실로 향했다. 내 머리는 멈춰 있을망정 내 발은 오후에도 진료예약이 잡혀 있다는 것을 기억하고 있었다.

진료실에 도착하니 벌써 오후 예약 환자가 기다리고 있었다. 아직 15분이나 남았는데. 방으로 돌아오자마자 나는 늘 하던 버릇대로 깊게 심호흡을 세 번 하고 난 뒤에 환자를 들어오라고 하려다가, 아무래도 마음이 진정되지 않아 메신저로 간호사에게 '환자분 잠시만 기다리시라고 하삼'이라고 알리고는 전화기를 들었다. 아무래도 아내에게 먼저 이 사실을 알려야겠다는 생각이 든 것이다.

"뭐래? 다시 CT 찍어보재?"

진작부터 내 전화를 기다리고 있었는지 아내는 다급하게 물었다.

"아니…… 자기네 일반 CT로는 백날 찍어봐야 똑같이 나온다네. 아무래도 정밀검사를 하는 게 좋다고 하는데."

나도 모르게 엉겁결에 둘러대며 말했다. 지금부터 아내를 놀라게 할 필요가 없다는 생각이 들었다.

"에이, 그러게 진작 검사 좀 더 해보자고 내가 그랬지? 꼭 내 말만 안 듣는다니까!"

늘 나보다 미리 걱정하고 염려 잘하는 아내의 익숙한 잔소리다.

"그러게, 이제부터 말 잘 들을게!"

거짓말한 게 미안해서 난 착하게 대답했다.

"저녁에 일찍 들어와! 배도 아픈데 사 먹지 말고 집에서 먹어!"

"그래, 알았어."

자기 잘못을 깨우친 아들이 온순하게 엄마 말을 듣는 것처럼 나는 순순히 대답하고 전화기를 내려놓았다. 그제야 내 눈에서 조용히 눈물이 흘렀다.

# 노숙자들과 함께 보낸, 그 겨울

증상이 시작된 것은 엄청 추웠던 지난 겨울, 2월 중순부터였다. 나는 그 날을 또렷하게 기억한다. 유난히 추웠던 겨울이었지만 나는 나름 의미 있는 활동을 하면서 지냈다. 서울역에서 노숙하다가 쫓겨난 노숙자들을 위한 자원봉사 활동을 그 겨울 내내 하고 있던 참이었다. 사실 처음에 내가 이 자원봉사 활동을 하겠다고 나섰을 때, 후배 정신과 의사들은 모두 말렸다. 추운 거리로 나가봐야 노숙자들에게 정신과 의사는 별 도움이 되지 않는다는 이유에서였다.

그러나 막상 서울역에 나가 자원봉사 활동을 하다 보니, 그동안 좁은 진료실에서만 살던 내게는 새롭게 느끼고 배울 것들로 가득한 좋은 경험의 시간이었다. 찬바람이 매서운 서울역 주변을 돌아다니며 만난 대부분의 노숙자들은 이상한 사람, 게으른 사람, 괴팍한 사람들이 아니었다. 그들은 우리 주변에서 흔히 볼 수 있는, 삶에 좌절한 보통의 사람들이었다. 다만 자신을 돌봐줄 만한 주변 사람이 없을 뿐이었다. 그들은 대부분 가족에게 버림받았거나 배신당한 사람들이었다. 심리적으로건 의학적으로건 도움을 받고 기댈 곳이 없기 때문에 거리에서 방황하며 독한 술로 외로움과 절망감을 달래는 그런 사람들이었다.

내게 치료를 받으러 병원을 찾아오는 사람들은 정말 높은 문턱을 넘어서 오는 사람들이었다. 돌봐주는 부모나 가족이 있어야 하고, 경제적인 능력이 있어야 하고, 또 스스로 낫고 싶다는 의지가 조금은 있어야만 정신과 의사를 찾아올 수 있을 테니까. 노숙자들에겐 이 세 가지가 모두 없었다. 그런 이들에게 어떻게 다가가 도움을 줄 것인가를 같이 고민하고 의견을 나눌 수 있는 자원봉사자들을 만나게 되면서, 나는 아무리 날씨가 매섭게 추워도 봉사활동 가는 날만 기다리게 되었다. 마치 남을 돕지 못해 안달난 사람들처럼 특별한 보상이 없음에도 노숙자들을 적극적으로 대변하고 보호하는 자원봉사자들과의 만남은 내게 신선한 충격이었다. 덩달아 그들과 함께 밤 12시가 다 되도록 거리를 돌아다니며 노숙자들에게 말을 건네고 커피를 따라주고 하면서도 나는 피곤한 줄 몰랐다.

그렇게 나름 의미 있는 봉사활동을 마무리 지어가던 2월의 어느 날, 그 날은 요상하게도 낮에 진료를 보는 동안, 날 힘들게 하는 소식을 두 가지나 들어야 했다. 이제와 생각해보면 불길한 징조의 서막이었다. 그날 오전, 20년 동안 거식증을 앓아오면서 계속 약물치료를 받아온 박민경 씨가 꽤 오랫동안 병원에 오지 않았다는 사실이 불현듯 떠올랐다. 걱정이 돼 전화를 걸었더니 그녀의 남편이 받았다. 아내분은 어떻게 지내시는지, 요즘 약을 타러 오지 않아 걱정이 되어 전화했다고 물어보니, 남편은 깊은 한숨을 내쉬며 "선생님, 이 병이 낫기는 하는 병입니까?" 하고 되물었다. 무슨 일이 있느냐고 조심스럽게 묻자 아내가 이상하게도 오래전부터 집에서 가스레인지로 음식을 하지 않고 휴대용 가스버너로 음식을 하는 버릇이 있었는데, 며칠 전 음식을 하던 중 가스버너가 폭발해 전신에 화상을 입고 병원에 입원했다는 것이었다. 다행히 목숨에는 지장이 없다고 하지만 3도 화상을 입은 신체 부위가 넓어서 화상 치료에 시간이 오래 걸릴 것 같다며 울먹였다. 무거운 마음에 뭐라고 위로의 말도 떠오르지 않아 그저 상태가 호전되면 꼭 다시 연락 달라는 말만 남기고 전화를 끊었다.

휴……. 뜻밖의 소식에 놀라 속상해하고 있는데 이번에는 대학병원 응급실에서 전화가 왔다. 내게 치료를 받으러 다니던 환자가 약을 한꺼번에 집어먹고 응급실로 실려 왔는데 어떤 약을 처방했는지 알려달라는 응급실 인턴의 전화였다. 며칠 전 다녀갔던 그 환자가 떠올랐다. 자살의 위험성이 높아 절대로 약을 2주치 이상 줄 수 없다고 말했지만, 진료실에서 나가지 않고 떼를 쓰면서 집이 멀어서 병원에 오기 힘드니 제발 한 달치 약을 달라고 실랑이를 벌이다 다짐에 다짐을 받고 한 달치 약을 줬는데, 결국 사고를 친 것이다. 후유증이 남으면 어쩌나 하는 걱정 50%, 배신감 20%, 엄격하지 못했던 나 자신에 대한 자책감 30%로 괴로워하며 겨우 하루 일과를 마쳤다. 온몸에 진이 다 빠졌지만 그래도 부리나케 서울역으로 향했다. 날카로운 칼바람을 맞으며 서울역 주변을 거닐다 보니 낮 동안의 걱정거리가 다 날아가는 듯했다. 무사히 봉사활동을 마치고, 마무리 회의도 잘 마치고, 함께 봉사활동을 해온 동료들과 함께 오랜만에 맥주 한잔 마시는 자리를 가졌다. 그런데 그날 새벽, 나는 찢어질 듯한 복통을 느끼며 잠에서 깨어났다. 비몽사몽 화장실에 가서 변기에 앉았는데 갑자기 속이 울렁거려 심하게 구토를 했다. 세 시간 전에 먹은 안주와 맥주가 그대로 입에서 흘러나왔다. 아주 역한 냄새와 함께. '너무 오랜만에 술을 마셔서 그런가? 특별히 많이 먹지도 않았는데 웬 배탈에 구토지?' 토하면서도 이런저런 의문이 들었지만, 다 토하고 나니 속이 편해진 나는 지쳐서 다시 잠이 들었다.

그런데 그 다음날부터 계속 속이 거북했고 간헐적으로 배가 아프기까지 했다. 그날 심하게 체한 덕에 위가 놀라서 이러나 싶기도 하고, 미열이 계속 나는 걸 보니 추운 밤거리를 헤매다가 얻은 독감증상이 겹쳐져 그런가 싶기도 해서, 난 그저 참고 지내기로 마음먹었다. 그러나 한 달이 지나도 배가 아픈 증상이 사라지지 않자 아무리 둔한 나도 뭔가 잘못된 것 같다는 느낌을 받았다. 우선 선배가 근무하는 내과 병원을 찾아가 기본적인 혈액 검사와 위내시경 검사를 했다. 지금 생각해보면 여기서도 오진이었다. "한 달이 넘도록 소화가 안 되고 배가 가끔 아프고 기운이 없고 체중이 빠졌습니다"라고 주된 증상을 자세히 이야기하지 않고, 그냥 선배에게 "위내시경 검사 좀 해보려고요"라고 내가 먼저 말을 꺼냈으니 오진이 날 수밖에 없었다. 확실히 의사들 사이에서는 아는 사람을 진료하거나 치료할 때 실수를 많이 하는 징크스가 있다. 냉철하게 거리를 두고 객관적으로 보지 못하기 때문이다.

내 말만 듣고 위내시경을 한 선배는 위는 깨끗하다고 안심시켜주었다. 그래도 배가 아픈 증상은 사라질 기미를 보이지 않았다. 오히려 시간이 지날수록 체중도 슬금슬금 더 빠지고, 쉽게 피곤해지는 증상까지 더해졌다. 나는 할 수 없이 다시 내 발로 후배가 하는 병원을 찾아가 복부 CT를 찍었다. 내 복부 CT 영상을 바라보던 후배는 긴장한 내게 "뭐 특별한 소견이 안 보이는데요. 정상인 것 같으니 너무 걱정하지 마세요" 하고 웃으며 말해주었다.

별 다른 이유 없이 배가 아픈 지 두 달이 다 되어가고 체중도 빠지고 해서 '설마?' 하는 걱정이 스멀스멀 피어나고 있었는데, CT 촬영 결과가 정상 소견이라는 말을 들으니 어찌나 기분이 좋던지 그날은 혼자 근처 청국장 집에 들어가 아주 배불리 점심식사를 했다. 꽤 과식을 했음에도 불구하고 배가 전혀 아프지 않았다. 역시 모든 게 다 기분 탓이었구나 하는 생각을 하며 일단 쓸데없는 걱정을 접기로 했다.

혈액 검사, 위내시경 검사, 복부 CT 등 일차적으로 할 수 있는 검사를 다 받았는데 전문가들에게 정상이라는 소리를 들었으니 이제 내 복통과 미열과 무기력감은 그냥 심한 독감의 후유증이라고 거의 확신하게 되었다. 그래서 증상이 점점 더 참기 힘들 만큼 심해져 갔어도 나는 정말 독감이 꽃샘추위처럼 오래가는구나 하고 생각할 정도로 미련을 떨었다.

그러나 시간이 지날수록 내 미련함을 놀리듯 복통은 점점 더 심해졌다. 지하철 계단을 오르내리는 것조차 숨이 차고 버거울 정도로 기력도 떨어졌다. 걱정하는 아내 앞에서 배 아프다고 해봐야 정밀검사나 하러 가자고 잔소리할 것이 뻔해서 전혀 아프지 않은 척 참아왔지만, 결국 난 도저히 견디지 못하고 아내에게 털어놓았다.

"배가 계속 너무 아프네."

"그래서 아까 그 좋아하는 잡채도 잘 안 먹었구나? 어쩐지 이상하다 했네!"

"먹어도 배가 아프고 안 먹어도 배가 아프고, 참 왜 이러지?"

"내일이라도 그 후배 병원에 가서 다시 CT를 찍어보지 그래요."

에휴…… 그럴 줄 알았다. 결국 아내의 결론 및 처방은 내 예측에서 조금도 벗어나지 않았다.

"일단 가서 한번 물어볼게. 배가 계속 아픈데 뭐 다른 검사 할 게 없는지, 지난번 CT 소견도 다시 봐달라고 하고 그러지 뭐."

그렇게 배가 아픈데도 난 CT를 다시 찍는 일은 반드시 피하고 말리라 굳게 마음먹었다. 걱정쟁이 아내의 페이스에 넘어갈 수는 없지 않은가!

# 지금은
# 멍 때리기
# 신공을 발휘할 때

밤새 악몽에 시달리며 잠을 설치다 아침 일찍 후배가 예약해준 대학병원으로 향했다. 물론 아내는 출근시키고 나 혼자 갔다. 접수를 하려고 하는데 뜻밖에도 동기인 외과교수가 나와서 기다리고 있었다. 악수를 하면서 "오랜만이네. 그래, 근수한테 어제 연락받았다" 하면서 직접 접수를 해주었다. 오랜만에 만난 대학 동기가 직접 초진 환자 접수를 해주니 고맙기는 한데, 이거 봐라! 일반 외과로 접수하는 것이 아니라 바로 암전문 병원의 외래에 그것도 중증 암 환자로 등록시키는 것이 아닌가?

'아니! 아직 정밀검사를 하지도 않았는데 중증 암 환자라니!' 하며 속으로 억울해하는데, "아직 모르는 일이긴 한데, 일단 이렇게 해놓으면 모든 수속이 빨라져"라고 동기 외과교수는 말해주었다. 위로의 느낌도 반 있었지만, 이제 받아들여라 하는 느낌도 반 전달되었다.

"내가 이제 정말 암 환자란 말이지!"

암 환자라고 아직 확진을 받은 것도 아닌데 난 또 뒤통수를 세게 얻어맞은 사람처럼 멍한 기분이 들기 시작했다. 동기 교수가 안내 간호사를 소개해주고, 검사 잘 받으라며 어깨를 툭 치고 가버리니 점점 더 뇌 기능이 멈춘 것처럼 멍해졌다. 두려움과 당혹스러움에 압도당하면 정신이 멍하게 된다고 그동안 내 환자들에게 수없이 들어왔는데, 지금 내가 몸소 체험하고 있는 중이었다.

멍해진 상태에서 뇌의 지시 없이 그냥 내 몸은 간호사의 뒤를 졸졸 따라가 PET 스캔 방으로 들어갔다. 바늘이 두꺼워 몹시 아팠을 조영제 주사도 멍한 상태에서 맞아서 그랬는지 그리 아픈 줄 몰랐다. 흐릿한 의식 상태에서 조영제가 온몸으로 퍼져 나갈 동안 멍하니 누워 그저 시간이 지나가기만을 기다렸다.

멍 때리기는 압도적인 두려움에 대한 일종의 심리적 방어기전이다. 멍 때리는 방어기전이 작동하지 않았다면 아마 난 머릿속에서 울려대는 불안과 공포에 압도되어 차분히 검사를 받지 못했을 것이다. '설마 암일 리가 있어?', '악성은 아닐 거야?', '악성이라도 초기일 거야?', '아니야, 꽤 커 보인다고 했는데 초기일 리가 있어? 벌써 다 퍼졌나?', '얼마나 살 수 있을까?', '아이씨 진작에 아내 말 좀 들을걸.' 잡념이 꼬리에 꼬리를 물고 일어나면서 눈덩이 불어나듯 커진 불안과 공포에 압도당했을 것이기 때문이다. 내 무의식적 방어본능은 날 그냥 멍 때리는 상태로 만들어 아무 생각도 안 나고, 아무 느낌도 느끼지 못하게 응급처치를 한 것이다.

검사 결과가 나오기까지 진료실 앞에서 또 한 시간 정도 기다렸다. 멍 때린 상태에서 기다리다 지친 나는 아까 그 동기 외과교수가 웃으면서 다가오며 "준기야! 양성종양이네. 다행이다. 내가 수술하면 금방 좋아진다"

라고 말하는 상상의 나래를 펼치고 있었다. 한데 때마침 간호사가 불러 진료실 안으로 들어가니 동기 외과교수가 아닌 젊고 아름다운 혈액내과 여의사 선생님이 날 기다리고 있었다.

'어떻게 저렇게 지적이면서도 아름다울 수 있을까?' 혼자 감탄하는데 그 혈액내과 의사 선생님은 조금은 건조한 목소리 톤으로 자기소개를 한 뒤 짤막하게 자신의 소견을 전해주었다.

"위암이나 대장암 같은 경우에는 외과적인 암이기 때문에 외과 의사가 주치의가 되지만 임파선암은 내과적인 암이기 때문에 혈액내과 의사인 제가 주치의가 됩니다."

임파선암이라는 말에 정신이 번쩍 들어 일순간 현실감각이 돌아왔다.

"네? 임파선암이 확실한 겁니까?"

멍한 상태에서 갑자기 현실감이 돌아와 놀라서 물어본 건데 그 여의사 선생님은 자기 소견을 의심하는 고집쟁이 선배의 태도라고 생각했는지 살짝 비위가 상한 듯한 눈빛으로 날 쳐다보았다. '설마 그럴 리가 있나요?' 라며 기적을 기대하는 마음으로 바라보는 내게 그녀는 손가락 끝으로 PET 스캔 사진을 가리키며 말했다.

"검은 조영제가 여기 소장 끝에 모여 있는 것 보이시죠? 이런 소견이 소장에 나타나는 경우는 거의 악성의 임파선암이 맞습니다."

'선배님, 제가 후배 여의사라고 이러시면 안 됩니다' 하는 것처럼 확신에 찬 태도였다. 문외한인 내가 봐도 그 PET스캔 사진에는 오른쪽 아랫배에 검은 조영제가 마치 축구공처럼 커다랗게 모여 있었다. 겁에 질린 난 "암이 꽤 커 보이는데 얼마나 퍼져 있을까요?"라고 더듬거리며 물었다. 이는 사실 죽음의 그림자 앞에서 "제발, 제가 살 수는 있는 거죠?" 하며 동정을 구하는 심정으로 애처롭게 물어보는 질문이었다. 하지만 젊고 지적이고 아름다운 여의사 선생님은 여전히 무미건조한 어투로 냉정하게 설명해주었다.

"될 수 있으면 빨리 수술을 해서 암덩어리를 제거하고 난 뒤에 주변의 림프절과 골수까지도 조직검사를 하고, 그 뒤에 항암 치료를 6개월 정도 받아야 합니다. 임파선암은 B cell 타입과 T cell 타입 둘로 나뉘는데, B cell 타입은 아주 공격적인 악성종양인 대신 항암제에 잘 반응하는 반면, T cell 타입은 그리 공격적이지는 않지만 항암제에도 잘 반응을 하지 않아 항암 치료 기간이 더 길어질 수도 있습니다. 하지만 걱정하지 마세요. 대개 80%는 B cell 타입이니까요."

하하! 더 공격적인 악성인 B cell 타입의 임파선암일 가능성이 높으니까 걱정하지 말라고? 물에 빠진 사람 지푸라기라도 잡고 싶은 심정이건만 지푸라기만큼도 위로가 안 되는 말을 그렇게 냉랭하게 위로라고 건네는 건가? 답답함과 서글픔이 내 안에서 올라오는 것을 멍 때리기 방어막으로 누르면서 난 공손히 "네 알겠습니다"라고 짧게 대답하고 다시 멍해졌다.

'그래, 나도 안다. 내가 의과대학 학생일 때도 혈액내과 교수님들 참 냉정했지. 아마도 매일같이 죽음에 가까운 환자들을 만나니까 의사로서 동정이나 연민이라는 감정을 강하게 차단해야만 하는 심리적 방어기제를 쓸 수밖에 없는 거겠지. 그래도 이렇게 객관적으로 스트레이트로 말해주니까 고맙네.'

속으로 혼자 생각하는데 간호사가 내 손을 잡고 진료실 밖으로 데리고 나왔다. 그러고는 수술 전에 받아야 할 검사들이 많다며 오늘 안으로 모든 검사를 마치고 가라고 알려주었다.

'아내에게 전화를 해서 이리로 오라고 할까? 아니야, 지금 아내도 아마 수술을 하고 있어서(내 아내는 산부인과 의사다) 전화를 받을 수 없을 거야.'

암 진단을 받은 충격이 채 가시지도 않았고 마음도 몹시 외로웠지만 하루라도 빨리 수술을 받기 위해서는 오늘 안에 모든 검사를 받아야만 했다. 수많은 외래 환자와 병원 직원들 사이를 뚫고 지나다니면서 나는 용케도 혈액 검사, 심전도 검사, 가슴 X ray 검사 등을 받았다. 그런데 하나씩 검사를 받을 때마다 내가 진짜 암 환자이고, 곧 수술을 앞두고 있다는 현실감이 진하게 느껴졌다. 악성종양! 수술! 항암 치료! 이런 현실의 압력 앞에서 멍 때리기 신공은 더 이상 힘을 발휘할 수가 없었던 것이다.

갑자기 기가 막히고 코가 막혔다! 도저히 억울해서 받아들일 수가 없었다. 아니, 웬 족보에도 없는 임파선암이란 말인가? 그것도 내가? 아버지가 대장암으로 돌아가셨기 때문에 나는 늘 대장암을 염려해 정기적인 검사도 받고 나름 금주 금연에, 벌써 10년째 현미밥 도시락을 가지고 다니면서 먹고 있다. 게다가 위암 걱정에 위내시경 검사, 헬리코박터 검사도 빠지지 않고 받아왔고, 매번 설사약 먹고 대장내시경 검사도 받았는데, 어쩌자고 소장에 악성의 암덩어리가 생긴 걸까? 악성종양이라면 도대체 얼마나 퍼져 있는 것일까? 1기야, 2기야, 3기야, 아니면 말기야? B야? T야? 인생이 '1박 2일' 예능도 아닌데 그야말로 복불복이구나 싶은 생각에 기가 막히고 코가 막혔다.

검사를 마치고 나니, 내 병원에서도 예약 환자가 날 기다리고 있다는 사실이 떠올라 일단 내 작은 병원으로 돌아왔다. 의자에 앉아 언제나처럼 심호흡을 크게 세 번 했다. 도무지 마음이 가라앉지 않았다. '뭔가 빼먹은 게 있는 것 같은데 뭐였더라? 참, 아내에게 이 사실을 알려야지. 아니야, 이따가 저녁에 얼굴 보고 직접 말하는 게 낫지 않을까?' 하고 생각하는 순간, 핸드폰이 울렸다.

"검사 잘 받았어?"

이미 살짝 긴장한 듯한 아내의 목소리였다.

"으…… 응."

"뭐래? 결과 언제 나온대?"

"외과에 있는 종섭이 덕분에 오늘 검사도 다 받고 결과도 다 들었어."

"그래서 뭐라고……?"

긴장한 듯 아내는 말을 다 잇지 못했다. 아무리 아무렇지 않은 척 쿨하게 말하려 해도 가슴 깊은 곳에서 울컥 하고 뭔가 뜨거운 것이 올라오는 것이 느껴졌다.

"소장에 생긴 임파선암이래. 다음 주에 수술하기로 해서 오늘 검사 다 받고 왔어."

"뭐? 임파선암?"

작은 목소리였지만 아내는 내 대신 비명을 지르고 있었다.

"아직 초기래. 걱정하지 마. 일단 매스가 작아서 수술하면 괜찮을 거라고 하네."

"……."

아내의 비명소리가 느껴졌기에 난 더 쿨하게 거짓말을 보탰다. 하지만 어설픈 거짓말을 눈치 챈 아내는 이윽고 울기 시작했다.

"나 이제 환자 봐야 되거든, 이따가 저녁에 집에서 얘기하자."

아내는 대답도 없이 계속 울기만 했다.

"걱정하지 마. 정말이야. 담당 의사가 괜찮다고 했어. 이따가 봐. 끊는다."

수화기를 내려놓으니 그제야 나도 울컥 눈물이 났다. 한참을 울다 보니 우는 것도 지쳐서 못 해먹을 노릇이었다. 차라리 심호흡을 세 번, 아니 다섯 번, 아니 열 번 하였다. 조금 진정이 되었다. 나는 눈을 감고 나 자신에게 타이르듯 말했다.

'일단 수술은 일주일 뒤에 하는 것이고, 그동안은 그저 내 할 일에 집중하자. 지금 밖에는 널 기다리고 있는 사람이 있잖아? 정신 차려야 해.'

비관적인 생각, 두려운 감정 따위를 얼어붙게 하고 최대한 이성의 힘을 발휘해야겠다고 마음먹었다.

'내 걱정 하는 것보다 남 걱정 듣는 것이 차라리 나을 것 같지 않냐? 이제 진료 시작해. 준기야!'

얼굴을 매만지고 심호흡을 다시 하고 난 뒤 간호사에게 '최수정 씨 들어오시라고 해요' 메신저를 보냈다. 곧 최수정 씨가 들어왔다.

"어떻게 지내셨습니까?"

매번 만나는 환자에게 내가 늘 먼저 하는 질문이다.

"뭐 그냥 그렇게 별일 없이 지내긴 했는데……."

최수정 씨도 늘 이렇게 이야기를 시작했다.

"어머니가 고열이 나고 거동을 하실 수가 없어서 응급실에 입원했다가 지금은 일반 병동에 입원 중이세요."

"음, 저런!"

그녀에게 어머니가 얼마나 중요한 존재인지 난 익히 알고 있었다.

"어머니 상태에 따라 제 마음이 수시로 왔다갔다해요. 어머니가 한참 동안 눈을 안 뜨시면 이대로 돌아가시는 거 아닌가 싶어 조마조마하다가, 어머니가 웃으며 물을 달라고 하시면 또 마음이 편안해졌다가……."

그녀의 이야기를 들을 때마다 의아스러운 점이 하나 있다. 그동안 들은 이야기를 분석해보면 어린 시절부터 딸이라는 이유 하나만으로 그렇게 구박하고 거의 방임 수준으로 무관심했던 사람이 바로 엄마인데, 그녀는 지금 아픈 엄마를 지극정성으로 병간호하면서 엄마가 어찌 될까 하는 걱정에 정신이 하나도 없다. 사실 그녀는 외국의 유명 대학에서 인류학을 공부하던 중 어머니가 아프다는 소식에 모든 것을 포기하고 한국으로 돌아왔다. 자신이 괜찮은 딸이라는 인정을 받고 싶어서 그러는 것인지, 아니면 뭔가 잘못한 것을 속죄받고 싶어서 그러는 것인지 그녀의 속마음이 궁금하지만 그녀는 그냥 자신의 미래 따위보다는 엄마의 현재 건강이 더 중요하니 어쩔 수 없는 선택이었다고만 주장하고 있다.

"사실 외국에 계신 담당 교수님이 지금이라도 돌아와서 박사 학위도 마치고 같이 일해보지 않겠냐는 연락을 주셨어요."

"좋은 기회인 것 같은데요. 어머니 건강이 어느 정도 회복되시면 다시 해보는 것도 좋을 것 같은데……."

"이제 그쪽 일을 할 자신이 없어요. 나와는 다른 사람을 포용하고 그들과 어울려야 하는데, 그게 어떨 때는 제 감정에 너무 치우쳐서 전혀 통제 불가능한 상태가 돼요."

뜻밖의 이야기였다. 평상시의 최수정 씨는 늘 예의 바르고 다른 사람에게 양보를 지나치게 많이 하는 사람이었다.

“전에 일할 때도 그런 적이 있었나요?”

환자의 이야기를 더 자세히 듣고 싶을 때 내가 하는 질문이다.

“전에 제가 말씀드린 적 있었는데, 5년 전에 고엽제 후유증에 대한 연구를 하러 베트남에 간 적이 있었어요. 그곳에서 후유증에 시달리는 사람들을 심층 면접하기 위해 그곳 주민들과 어울리면서 친해지려고 무척 노력했어요. 아픈 아이들을 씻기고 간호하고 깨끗한 우물물도 나오게 하고 동네 공동 화장실도 만들고 하면서 그들과 겨우 친해져 드디어 그곳 주민들과 심층 면접을 하게 되었어요. 그런데 우연히 그곳의 공무원이 고엽제 후유증 환자들을 위한 약을 뒤로 빼돌린다는 사실을 알게 되었어요. 그 공무원들의 부조리에 너무 화가 나서 제가 유엔에 보고하고 경찰에 신고하고 난리를 쳤거든요. 그런데 그 이후 마을 주민들이 저와 전혀 말을 안 하려고 하는 거예요. 게다가 제가 속한 구호단체에서 주는 도움도 받지 않으려고 모두 피하는 것이었어요. 난 정의를 위해서 한다고 했는데 결과는 완전 엉망이 되고 저는 아무것도 할 수 없는 존재가 돼버렸지요. 결국 제가 속한 단체는 그곳에서 철수할 수밖에 없었어요. 떠나는 날 그곳에서 친해진 대학생 한 명이 제게 이렇게 말하더라고요. 당신이 믿는 정의가 반드시 정의일 것이라고 확신하지 말라고, 당신이 믿는 정의는 당신이 속한 문화의 편견일 뿐이라고. 전 멍해졌죠. 전 저만 상처받았다고 생각했는데 결국 내 오만이 그들에게 상처를 주었다는 사실을 깨달았어요. 한데 돌이켜 생각해보니 그때 그곳에서만 제가 그런 것이 아니었더라고요. 고등학교 때도 대학 때도 저는 늘 비슷한 갈등 상황에서 제 고집만 부렸던 것 같아요. 제 안의 어떤 괴물 같은 분노가 다른 사람과 어울리고 타협하는 기술을 성장하지 못하게 오랫동안 방해해왔던 것 같아요."

"그 사건으로 인해 당신에게 어떤 부정적인 믿음이 생겨났나요?"

이 말도 내가 환자에게 자주하는 질문이다.

"난 뭔가 문제가 있는 인간이다. 아니, 아주 심각한 결격 사유가 있는 형편없는 인간이다."

그녀는 가볍게 웃으면서 당연하다는 듯이 말했다.

그녀가 지금 자신의 미래를 포기하고 엄마의 병간호에 모든 것을 걸고 있는 것은 혹시 그런 믿음 때문에 자신에게 벌을 주고 있는 것은 아닐까? 어린아이들은 자신을 학대하는 엄마에게 분노를 느끼면 자신이 잘못된 존재라고 생각하는 경향이 있다. 왜냐하면 엄마를 부정하고 미워하느니 차라리 자기 자신에게 문제가 있다고 믿는 편이 덜 위험하고 더 받아들이기 쉽기 때문이다. 그리고 그렇게 생각해야 결국 더 생존할 가능성이 높아진다. 인간은 이렇게 약한 존재다. 난 정신과 의사로서 그녀가 갖고 있는 부정적 믿음에 대한 이런저런 가설을 추측하는 데 빠져 있었다.

그러다 갑자기 '헛! 지금 내가 뭘 하고 있는 거지?' 하는 생각과 함께 정신과 의사 역할에 빠져 있는 나 자신을 발견했다. 정신과 의사로서 다른 사람 이야기에 집중하다 보니 암 환자로서의 내 걱정을 잠시 잊고 있었던 것이다. 난 계속 정신과 의사 역할을 하면서 그 상담시간을 무사히 마칠 수 있었다.

그녀가 나간 뒤 '그래, 어차피 이제 암이라는 것은 결정이 되었고 나머지는 수술을 해봐야 자세한 병의 진행 상태를 알 수 있는 것이니, 지금은 일단 내가 할 수 있는 일에 집중하자'라고 스스로를 위로했다. 하지만 그 얄팍한 역할 놀이 효과는 그리 오래갈 수 없었다. 이곳저곳에 전화를 하면서 건강 상태가 안 좋아져 강연을 취소할 수밖에 없다고, 모임에 나가지 못하게 되었다고 소식을 전할 때마다 결국 '난 암 환자가 되었구나' 하는 현실감이 뼈저리게 다가왔다. 난 아까 최수정 씨의 믿음과 같은 '나는 심각한 결격 사유가 있는 인간이구나' 하는 믿음이, 그리고 한 걸음 더 나아가 '그래서 이대로 내 인생이 끝날 수도 있구나' 하는 믿음이 내 안에서 점점 더 증폭되어가는 것을 느꼈다.

결국 저녁에는 완전 녹초가 되어 집으로 돌아왔다. 먼저 집에 온 아내는 안방에서 혼자 울다 지쳐 잠이 들었는지 기척이 없었다. 불도 켜지 않고 옷도 갈아입지 않고 소파에 널브러져 앉아 있는데 또 내 머릿속에서는 '하필 왜 내가?', '이대로 인생이 끝날 수도 있다니……', '인생 복불복이네' 하는 잡념이 자꾸 떠올랐다. 잡념을 피하려고 텔레비전을 켰다. 하하, 그 와중에 운이 좋았다. 마침 '무한도전' 재방송을 하고 있었다. 긍정왕 노홍철이 홋카이도의 눈과 얼음을 온몸으로 비비면서 "행복해서 웃는 것이 아니라 웃으니까 행복한 것입니다"라며 웃고 있었다. 지난 7년간 1회부터 한 번도 빠지지 않고 주말마다 본방을 사수한 무한도전 왕팬인 나는 지금 같이 어처구니없는 상황에서도 그 어처구니없는 화면 속에 빠져들었다.

그렇게 계속 무한도전에 몰입해보려는데 문득 머릿속 한 켠에서는 '엄마에게는 어떻게 말해야 하나? 수술 며칠 뒤가 어버이날인데 어떻게 하지? 엄마가 아시면 얼마나 걱정하실까?' 하는 걱정거리가 갑자기 떠올랐다. 그래도 텔레비전 속 무한도전은 여전히 웃고 있었다. '아내와 아이들은 어떻게 하나?' 가족들에게 미안하다는 생각에 내 눈에서는 눈물이 나는데 무한도전은 계속 웃고 있었다.

## 꽃이 만발한 봄날,
## 내 안에서는 분노가
## 만발했다

며칠째 계속되는 뒤숭숭한 꿈에 시달리다 새벽에 깨어났다. 한데 꿈에서 깨어나면 내가 암에 걸려 있다는 현실이 더 꿈같이 느껴졌다. 머리는 아프고 잠은 오지 않아 세수를 하려고 세면대 앞에 서니 거울에 비친 내 모습이 보였다. 풀 죽은 몰골을 바라보고 있자니 나도 모르게 눈물이 흘렀다. 물론 두통 때문은 아니었다. 분통 때문에 솟구치는 눈물이었다. '젠장! 도대체 왜 내가 암에 걸린 거야!' 생각하면 생각할수록 억울하고 분통이 터져 욕이 절로 나왔다. 밖은 봄기운이 완연해서 벚꽃이 만발한데 내 안에서는 분노가 만발했다.

차라리 다시 잠으로라도 도망가려 침대에 누웠지만 좀처럼 잠은 찾아와주지 않았다. 뒤척거리다 보니 침대 옆에 아내가 읽고 있던《암을 극복한 의사들》이란 책이 보였다. 별 생각 없이 책장을 뒤적거렸다. 그 안에서 암을 극복할 수 있었던 희망찬 이야기는 지금 내 눈에 들어오지 않았다. 오로지 내 관심사는 그들은 '어떻게 하다가, 왜, 암에 걸렸나?'였다.

그런데 그 부분만 중점적으로 읽다 보니 희망이 아니라 점점 더 분노 게이지만 올라갔다. 그분들은(모두 나보다 선배님들이었다) 자신들의 과음, 과식, 흡연, 육류의 과다섭취, 운동부족, 스트레스가 암의 주된 원인이었던 것 같다고 고백하고 있었다. 아니, 그렇다면 난 왜 암에 걸린 의사가 된 거지? 나는 분명 그동안 술, 담배도 안 했고, 아버지가 대장암으로 돌아가신 뒤에는 10년 이상 도시락 통 들고 다니며 현미밥 챙겨 먹고, 운동도 나름 꾸준히 한 편인데, 왜 이런 내가 암에 걸렸느냐 말이다. 한 가지 내게도 해당되는 암의 원인이 있다면 스트레스였다. '스트레스? 내가 스트레스가 너무 많았나? 환자 보는 것이 힘들었나? 욕심이 많았나? 쉴 줄을 몰랐나?' 많은 현대병의 원인에는 거의 대부분 스트레스가 어느 정도는 관여를 하고 있으니 누가 "너 스트레스 때문에 암 걸렸어" 하면 나도 뭐라 할 말이 궁색해지기는 한다. 나는 그야말로 스트레스 하나 제대로 풀 줄 몰랐던 바보가 된 기분이 들어 이번에는 분노 대신 우울감이 찾아왔다.

한데 잠깐만 곰곰이 생각해보면 좀 납득하기 힘든 점들이 있다. 아프리카 수단에서 슈바이처처럼 봉사에 매진하며 살았던 이태석 신부님도 스트레스 때문에 암에 걸렸다고? 이해인 수녀님 같이 인자한 분이 왜 암에 걸렸지? 산속 암자에서 수행하시던 법정 스님은 왜 폐암에 걸렸지? 그분들도 다 일반인들은 이해할 수 없는 스트레스에 시달렸다는 말인가? 말이 돼? 그리고 내가 상담하는 내 환자들은 죄다 엄청난 스트레스에 시달리는데 왜 우울증, 불안증, 강박증에는 걸리는데 암은 안 걸리는 거지? 도무지 이해가 가지 않았다. 난 내가 스트레스 때문에 암에 걸렸다는 것을 도저히 받아들일 수 없었다.

답답한 마음에 컴퓨터를 켜고 인터넷 검색창에 '암과 스트레스'를 쳐보았다. 한참 동안 인터넷 서핑을 하다 보니, 속상하게도 대부분의 연구 결과는 스트레스와 암이 연관성이 있다고 보고하고 있었다. 저명한 심리학자인 마틴 셀리그만이 시행한 유명한 실험에 의하면 쥐 300마리에게 암세포를 주입한 후 100마리씩 A, B, C 그룹으로 나누어, A그룹의 쥐에게는 전기 충격을 주어서 다른 방으로 도망을 가도 조금 잔인하게 다시 전기 충격을 주었고, B그룹의 쥐에게는 전기 충격을 주고 다른 방으로 도망가면 전기 충격을 주지 않았고, C그룹의 쥐에게는 처음부터 전기 충격을 주지 않고 그냥 푹 쉬게 하였다. 그리고 시간이 지난 뒤 쥐들을 살펴보니 A그룹에서는 70%의 쥐에서 암이 발병했고, B그룹에서는 31%, C그룹에서는 51%에서 암이 발병했다고 한다.

이는 결국 피할 수 없는, 통제할 수 없는 스트레스를 오래 받으면(A그룹) 암 발병 확률이 높아지고, 스트레스 없이 편안하게만 있어도(C그룹) 그리 바람직한 최상의 결과가 나오는 것이 아니며, 극복할 수 있고 통제할 수 있는 스트레스를 받을 때(B그룹) 암의 발병 확률이 가장 적다는 이야기다. 왜 그럴까? 피할 수 없는 압도적인 스트레스를 받게 될 경우 노아드레날린과 코티졸이라는 스트레스 호르몬의 분비가 늘어나는데, 이놈의 호르몬들이 우리 몸의 면역기능을 억압하여 결과적으로 암세포가 늘어나도록 돕기 때문이다. 뭐야? 그래서 결국 내가 스트레스 때문에 암에 걸렸다는 거야?

다시 찬찬히 과학적인 문헌들을 종합해보니, 스트레스가 암을 발병시키는 직접적인 원인이라고 할 만한 증거는 아직 없지만 일단 발병한 암을 악화시키는 데는 분명히 영향을 끼친다고 이해하면 될 것 같았다. 그러니까 즉, 스트레스와 암은 인과관계는 아니지만 상관관계는 있기 때문에 스트레스 관리를 잘하는 것이 암의 재발을 예방하는 데 중요한 역할을 한다 이 말이다. '그럼 뭐, 일단 스트레스가 발병 원인은 아니라는 말이네.' (하지만 여전히 스트레스가 암을 발생하게 하는 메커니즘 중 하나일 수도 있다는 학설도 꾸준히 제기되고 있다.)

그래도 대체로 과학적 연구 결과들이 암과 스트레스가 직접적인 인과관계를 갖고 있지 않다고 하니 명색이 정신과 의사이면서 스트레스 하나 조절 못해 암에 걸렸다는 건 아니라는 말이니까, '그럼 부끄러워하지 않아도 되겠네' 하는 생각이 들어 약간 위안이 되기도 했다. 하지만 '그럼 역시 운이 나빠서 내가 암에 걸린 거란 말이야? 그래, 어차피 인생, 복불복이란 말이지?' 하는 생각이 들자 다시 우울해지고 자괴감마저 들었다.

나는 정말 운 나쁘게도 썩은 동아줄을 잡았단 말인가? 우리 인생이란 한 치 앞을 예측할 수 없고 한 치 앞을 통제할 수 없는 것이란 말인가? 그럼 난 이제 뭘 할 수 있는 거지? 정신과 의사랍시고 나름 주변 상황에 대해 현명하게 대처하며 살아왔다고 믿었는데 '이게 도대체 뭔가……' 하는 생각이 들며 온몸에서 힘이 빠져 나가는 기분이 들었다.

'왜 내게 암이 생겼을까?' 하는 질문은 암에 걸린 당사자에게는 매우 중요한 의미가 있다. 고통스러운 문제의 원인을 알아야 그 문제를 받아들이고 해결하기가 한결 쉬워지기 때문이다. 그래서 암에 걸리면 그 문제의 원인을 찾고 자신의 상태를 이해하고자 하는 마음이 대개 저절로 생겨난다.

그런데 놀랍고 열 받게도 암이란 녀석은 원인이 불명료한 경우가 참 많다. 식사 조절의 실패, 알코올 남용, 흡연, 방사능 등과 같이 암의 발명 원인으로 밝혀진 것이 많다고는 하지만 그런 원인 중 하나 때문에 암이 발병했다고 단정 짓기가 쉽지 않기 때문이다. 암의 발병은 하나의 단순한 원인보다는 여러 가지 복합적인 원인들이 합쳐져서 일어나는 것으로 봐야 한다.

그래서 암에 걸린 당사자들은 나처럼 '왜 내게 암이 생겼을까?'에 대한 답을 찾아보려고 낑낑대다가 풀리지 않는 수수께끼를 푸는 기분이 들어 화가 나기도 하고 좌절하기도 하고 자포자기한 심정이 되기 십상이다. 그러니 암에 걸린 원인을 분석하는 데만 너무 지나치게 신경을 쓸 필요는 없을 것 같다. 정말 왜 암에 걸렸는지는 하느님만 아시지 않을까?

차라리 '왜 내게 암이 생겼을까?'에 대한 답을 찾으려 하기보다는 '암이 내게 어떤 중요한 메시지를 전달하기 위해 찾아왔나?'에 대해 고민해보는 것이 현명할 것 같다. 물론 이 또한 단답형의 답이 아니라 좀 더 깊이 있는 깨달음의 답을 찾을 때까지 꽤 오랜 시간이 걸리겠지만 말이다.

"암은 원래의 자신으로
돌아가라는 메시지이다." _ 칼 사이먼튼

당신이 겪은 고통에는 반드시 이유와 목적과 의미가 있으며,
당신이 회복하는 과정에도 반드시 이유와 목적과
의미가 있을 것입니다. 이유와 목적과 의미를 발견한다면
당신의 고통은 영원히 지속되지 않을 것입니다.

# 정신 나간 정신과 의사

여기까지 읽었다면 누구나 알겠지만 내 직업은 정신과 의사다. 한데 나는 약간 특이한 분야를 전공한 정신과 의사다. 거식증, 폭식증으로 알려진 식이장애 환자를 전문으로 치료하는 정신과 클리닉을 20년째 운영해오고 있다. 20년 전만 해도 식이장애는 서양에서 주로 발생하는 선진국 병으로 알려져 있었고 당연히 우리나라에는 전문 클리닉이 없었다. 그런데 웬걸? 막상 시작하고 나니 식이장애 환자들이 넘쳐났다. 그동안 제대로 치료를 받지 못했던 환자들이 처음 생긴 전문 클리닉으로 일시에 몰려온 것이다. 부산, 목포, 제주도는 물론이고 홍콩, 일본, 미국에서도 교포환자들이 찾아왔다. 20년이 지난 지금까지도 식이장애 환자들은 꾸준히 우리 클리닉을 찾아오고 있다. 왜냐하면 여전히 경쟁업체(?)가 별로 없기 때문이다. 식이장애는 치료가 상당히 까다롭기 때문에 매우 공을 들여야 하는데 대학병원 정신과에서는 언제나 짧게 상담하고 약을 타가는 환자들로 가득하니 부끄러운 많은 식이장애 환자들이 찾아갈 만한 곳이 못 되었다. 입원치료를 하기 위해서라면 모를까 대학병원 외래에서 5분 진료로 식이장애 환자를 치료하는 것은 불가능한 일이었다. 힘들고 어려운 분야이다 보니 개업을 한 다른 정신과 의사들도 굳이 까다롭기로 소문난 식이장애 환자만을 진료하려고 하지 않았다. 사실 식이장애는 정신과 질환 중에서 자살률과 사망률이 꽤 높은 질환 중 하나다. 자해, 자살시도도 많고, 영양부족, 저혈압으로 잘 쓰러지기도 하고, 전해질 불균형으로 심장이 갑자기 멈추기도 하는 등 그야말로 말썽 많고 사고 많이 나는 질환이기 때문에 선불리 식이장애를 보겠다고 나서는 정신 나간 정신과 의사들이 별로 없었다.

자연스럽게 식이장애 환자들은 자신들에게 도움을 줄 전문 클리닉을 찾아 우리 병원으로 왔다. 한 대학병원 교수님이 학회에서 내게 한 뼈 있는 질문, "그 병이 나아요?"라고 한 것처럼 20년 전부터 지금까지 계속해서 내게 치료를 받는 환자들이 여전히 있기는 하다. 정신 치료, 인지행동 치료, 약물 치료, 충동조절 치료, 가족 치료, 마음의 상처 치료, 최면 치료…… 난 내가 할 수 있는 모든 방법을 동원해 식이장애 환자들을 치료하지만 정말 꿈쩍도 하지 않고 늘 같은 증상으로 제자리걸음만 하는 환자들도 제법 된다.

앞에서 말한 화상을 입은 환자도 내가 처음 개원했을 때부터 지금까지 다니는 환자다. 그녀는 나와 비슷한 나이, 50이 넘어가지만 여전히 몸무게가 늘어나는 데 대한 공포가 대단하다. 이제는 나이가 들어 거울에 비친 자신의 마른 몸매가 스스로도 보기 싫은데 체중이 45kg을 넘어가는 것은 죽기보다 싫다고 한다. 참 이해하기 힘든 증상이 아닐 수 없다. 그래도 어느 기간 동안에는 음식 섭취량을 늘려 몸무게를 3, 4kg 정도 늘려보기도

하지만, 그러다가 어느 순간 그녀는 집 안 청소를 심하게 하거나 운동을 심하게 해서 다시 원래 체중으로 돌아가 버렸다. 여름에 민소매를 입고 온 그녀의 팔 근육은 실로 압권이다. 마치 에이리언 영화에 나오는 여전사 리플리 같은 근육을 갖고 있었는데 그 근육들은 열량을 소모하기 위해 하루에 5, 6시간씩 하는 집 안 청소 때문에 생긴 것이다.

게다가 자기비하가 얼마나 심한지, 자신은 좋은 음식을 먹으면 안 된다는 생각으로 멀쩡한 좋은 음식을 놔두고 항상 상한 음식을 먼저 냉장고에서 꺼내 먹다가 배탈이 나 응급실을 간 적이 한두 번이 아니다. 그녀의 예민한 성격은 스트레스를 받으면 먹고 토하는 횟수를 두 배로 증가시켜 몸무게를 쥐어짜내듯이 감소시켰다. 심장박동이 불규칙해지고 자주 쓰러져 아무리 입원을 권유해도 그녀는 절대로 입원하지 않고 버텼다. 그러면서 끈질기게 날 찾아왔다. "정말 날 놀리는 거냐? 왜 그렇게 말을 안 듣는 거냐?" 하고 화를 내면 내게 삐쳐서 한두 달 정도 모습을 보이지 않다가도, 내가 '어, 슬슬 올 때가 됐는데' 하고 생각하면 반드시 다시 나타나서 청소하지 못하게 하는 약을 달라고 하소연했다. 체중이 늘고 구토가 줄어야 강박증이 줄어든다고 아무리 설득하고 달래도 보고 위협을 하고 애원을 해봐도 그녀는 끄떡도 하지 않았다.

나는 식이장애를 치료하는 데 조금이라도 도움이 되는 치료 방법이라면 뭐든 이것저것 배우러 다녀야 했다. 그러다 10년 전에는 EMDR이라고 하는 독특한 치료 기법을 배우게 됐는데, 이 치료 기법은 환자를 조금 더 깊게 이해하고 그들에 대한 치료적 전망을 넓히는 데 중요한 기여를 했다. EMDR, 즉 eye movement desensitization and reprocessing이라는 이상한 이름의 이 치료 기법은 정신과에서 시행하는 외상 후 스트레스 장애(트라우마)의 치료 방법 중 하나이다. 흔히들 식이장애라고 하면 예뻐지기 위해 과도한 다이어트를 하다가 생기는 병이라고 생각하기 쉬운데, 사실 식이장애는 트라우마의 용광로라고 할 만큼 환자들이 어린 시절부터 크고 작은 상처를 받은 경우가 많다. 그래서 내 환자 중에는 성폭행 피해자, 어린 시절 학대를 당한 사람, 학교에서 놀림을 받거나 왕따를 당한 사람, 갑자기 소중한 사람을 잃고 비탄에 빠진 사람들이 많다.

시간이 지날수록 EMDR로 환자들의 상처를 치료하는 것이 나의 중요한 일상이 되었다. 마음의 상처를 치료할 때 가장 중요한 것은 주변으로부터의, 특히 가족으로부터의 안정감이 제공되는 것이다. 지금 현재 상황에서 안정감을 제공받지 못하면 과거의 상처가 너무나 쉽게 자극받기 때문이다. 그런데 불행하게도 우리 인간은 가까운 사람들로부터 상처와 자극을 더 많이 받는 존재다. 엄마, 아빠, 언니, 오빠, 남자친구 등으로부터 잔소리, 비난, 폭언 등의 자극을 받으면 이것이 어린 시절 받은 상처를 자극하는 기폭제가 되어 충동적인 행동을 하게끔 만든다. 한강 다리 위에서 뛰어내리려다가 경찰에게 잡혀온다든지, 목매달다가 끈이 끊어져 응급실로 실려 간다든지, 수면제를 왕창 입에 털어 넣고 상담을 하러 온다든지, 갑자기 전화를 걸어 "내가 살아야 할 이유가 뭔지 이야기하지 않으면 죽겠다"며 협박하는 환자들이 내게는 조금(?) 많은 편이다. 그럴 때마다 나도 가슴이 떨리고 무서웠다. 실제로 "지금 당장 병원으로 와!"라고 전화로 소리 질렀지만 결국 전화를 끊자마자 바로 목숨을 끊은 환자도 있었다. 그래도 식이장애 클리닉을 처음 시작한 정신과 의사로서 이 정도의 어려움은 견뎌내야 한다며 나는 내 두려움과 불안을 잘 다독이며 버텨왔다고 생각하고 있었다.

그런데 그런 사건들이 치료자인 나에게도 트라우마가 되었는지도 모르겠다. 트라우마를 치료하다가 트라우마를 받다니, 지나가던 개가 웃겠다 싶지만 사실 이런 경우가 드문 현상은 아니다. 이름하여 대리 외상vicarious trauma! 환자의 아픔에 공감하던 치료자도 환자와 같은 경험을 하는 듯한 느낌을 갖게 되면서 받게 되는 상처다. 버틴다고 버텨왔지만 사실 난 몇 년 전부터인가 무의식적으로 트라우마의 깊은 늪에 빠져 허우적대고 있었는지도 모르겠다. 그렇다고 이게 내 임파선암의 원인이라니! 정말 지나가던 개가 웃겠다!

# 세컨드 오피니언

수술을 하루 앞두고 나는 서둘러서 가야 할 곳이 있었다. 우리나라에서 임파선암 환자를 가장 많이 치료하고 있다는, 소위 대한민국 최고의 권위자를 만나러 가기 위해 큰 대학병원을 찾아 나선 것이다. 왜? 세컨드 오피니언second opinion을 얻기 위해.

대부분의 암 환자에게는 세컨드 오피니언, 즉 다른 의사의 소견과 치료 계획을 들어보는 것이 중요하다. 목숨이 왔다갔다하는 치료를 받아야 하니, 한 사람의 전문가 말만 무조건 따를 것이 아니라 일단 처음에는 다른 많은 전문가들의 이야기를 들어볼 필요가 있다. 두렵고 불안한 마음에 사로잡힌 환자 입장에서는 조금이라도 더 내게 맞는 치료가 없는지, 조금이라도 더 효과는 크고 부작용은 적은 치료가 없는지 알아보고 싶은 마음이 자연스럽게 생겨나기 때문이다. 사실 외국에서는 자신의 암 치료에 대해 다른 전문가의 의견을 들어보는 것, 세컨드 오피니언, 혹은 써드 오피니언을 구하는 것을 권유하고 있기도 하다. 그렇게 여러 전문가의 의견을 듣고 가장 신뢰감과 안정감을 주는 치료자와 치료 방법을 환자 스스로가 선택하는 것이 치료 경과에도 좋은 영향을 주기 때문이다. 물론 그렇다고 너무 많은 전문가를 만나려 하다 보면 오히려 더 혼란스러워질 수도 있고 경제적인 낭비도 클 테니 2명, 혹은 3명 정도의 전문가를 만나 보는 것이 적당할 것 같다. 사실 다 같을 것 같으면서도 조금씩 다른 의견을 갖고 있는 것이 전문가들이다.

그런데 대개의 전문가들은 환자가 세컨드 오피니언을 구하러 다니는 것을 매우 싫어한다. 전문가들은 환자들이 '닥터 쇼핑'을 한다고 생각하며 불쾌해하기가 일쑤다. 마치 환자가 자신의 능력을 믿지 않고 감히 자기를 다른 사람과 비교, 평가한다고만 생각해 자존심이 상하기 때문이다. 한 유명 대학의 위암 분야의 대가 선생님께서는 자신에게 항암 치료를 받다가 중간에 다른 병원 의사가 권한 다른 치료를 받으러 갔다가 다시 돌아온 환자에게 아주 차갑고 냉소적으로 다음과 같이 말했다고 한다.

"이 남자에게 갔다, 저 남자에게 갔다 돌아온 여자를 어느 남편이 기분 좋게 받아들이겠습니까?"

환자는 정말 바람피우다가 들킨 사람처럼 쩔쩔매며 거의 절망적인 심정으로 그 대가 선생님의 처분만을 기다렸다고 한다. 그 이야기를 들었을 때 나는 소위 대한민국 최고의 대가라고 하시는 선생님께서 너무 속이 좁은 게 아닌가 하는 생각이 들었다. 조금만 암 환자의 입장에서 그 마음을 헤아려보려 했다면 그렇게 매몰차게 대할 수는 없을 텐데 말이다. 만약 그 대가 선생님께서 내게 그런 말을 했다면 아마도 난 이렇게 받아쳤을 것이다.

"암 환자에게 주치의는 남편보다 어느 순간 100배, 1000배 더 중요해

집니다. 그러니 이 남자든 저 남자든 분명한 확신을 주지 않는다면, 확신이 들 때까지 신뢰감과 안정감을 주는 남자를 찾아다니는 것이 훨씬 더 현명한 거 아닌가요? 선생님이라면 같이 살다 보면 아무래도 내가 죽을 것 같은 느낌이 드는 배우자랑 그냥 죽음을 무릅쓰고 살겠습니까?"

그렇게 당당한 마음으로 무장하고 세컨드 오피니언을 듣기 위해 병원으로 갔지만, 병원에 도착하자마자 괜히 온 것이 아닌가 하는 후회스러움이 밀려왔다. 도착한 병원은 마치 도떼기시장처럼 시끌벅적하고 복잡한 대형병원이었다. 외래진료 접수를 하는 데도 한참을 기다려야 했고 혈액암 외래의 대기실 앞도 한창 크리스마스 세일 중인 백화점처럼 복잡했다.

"어휴! 아무래도 잘못 온 것 같아! 이게 뭐 도떼기시장이지, 병원이야?" 하고 같이 온 아내에게 투덜거렸다. 아내는 어린아이처럼 집에 가자며 보채는 날 달래며 "그래도 경험 많은 전문가 이야기를 듣는 게 필요하대. 암 치료를 받을 때에는 세컨드 오피니언을 꼭 받아야 한다고 당신이 그랬잖아"라고 말했다. 귀가 얇을 대로 얇아진 나는 다시 솔깃해졌다. '그래, 이 선생님은 내게 수술하지 않아도 된다고 할지도 몰라'라는 헛된 기대감이 솟아났다. 배를 갈라내고 종양덩어리가 자라고 있는 장을 떼어낸다는 상상만으로도 견디기 힘들 만큼 충분히 공포스러웠기 때문이다. '이 선생님은 그냥 약물로 암세포를 다 죽일 수 있다고 할지도 몰라' 하는 부푼 기대감을 안고 난 드디어 임파선암에 관한 한 대한민국 최고의 대가 의사 선생님 방으로 들어갔다.

잠시 후, 진료를 마치고 그 대가 선생님 방에서 나오며 나는 아내에게 "역시 오길 잘했네"라고 연신 반복해서 말했다. 그래, 의술은 역시 공부와 연구만으로 되는 의학과는 다른 것이었다. 치료 경험이 많다는 것은 뛰어난 연구 실적이나 높은 직함보다 환자에게 더 큰 안정감을 줄 수 있었다. 그 대한민국 최고의 대가 의사 선생님은 내가 갖고 있던 세 가지 궁금증에 대한 답을 분명하고 정확하게, 이해하기 쉽게 알려주었다. 우선 가능하면 빨리 수술을 하는 것이 좋고(아, 실망!), 수술을 하고 난 뒤 2주 정도 후에 수술 부위가 어느 정도 아물면 바로 항암 치료를 하도록 스케줄을 잡아야 한다는 것, 그런데 그렇게 바로 항암 치료를 시작하려면 항암 치료의 고통을 견디기 위해 수술 후 빨리 체력을 회복해야 한다는 것을 강조했다.

두 번째, 항암 치료를 받는 동안 일을 계속 할 수 있느냐는 내 질문에 대가 선생님은 "나라면 항암 치료를 받으면서 일을 계속하겠다"며 자신 있게 답해주었다. 항암 치료가 괴롭기는 하지만 죽을 만큼 고통스러운 것은 아니니 일을 손에서 완전히 놓을 필요는 없다, 일단 약 60, 70% 정도까지 업무를 줄여서 하다가 나중에 항암 치료가 끝나고 서서히 일을 늘려가면 된다고 명확하게 알려주었다.

세 번째 질문, "어떻게 처음에 CT에서 그 큰 암덩어리를 못 볼 수가 있었을까요? 치료가 그때 빨리 시작되었으면 더 좋았을 텐데요?"라는 지나간 일에 대한 나의 부질없는 질문에 대해서는 CT에서는 소장에 생긴 임파선암을 얼마든지 못 알아챌 수 있다며, 지난번 찍은 내 CT를 다시 한 번 찬찬히 들여다보고는 사실 임파선암이라는 사실을 알고 보면 암덩어리가 보이지만, 설마 하는 기분으로 바라보면 그냥 정상적인 소장이 뭉친 것처럼 보여 얼마든지 발견하지 못할 수 있는 그런 암덩어리라고 말해주었다.

그 말에 후배 의사에게 남아 있던 앙금도 죄다 사라졌다.

이렇게 조금의 주저함도 없이 명쾌하게 자신의 고견을 말해주는 그 대가 선생님의 모습과 태도는 물에 빠져 지푸라기라도 잡고 싶은 심정인 나 같은 암 환자에게 커다란 안심과 신뢰감을 주었다. 난 첫눈에 사랑에 빠진 사람처럼 도떼기시장의 그 복잡함은 전혀 보이지도 들리지도 않았고, 오로지 그 대가 선생님이 확신에 차 신뢰감을 주는 잔상만이 남았다.

"여보, 수술 끝나면 저 선생님 때문에 이곳 도떼기시장에서 치료를 받아야 할 것 같아! 시끄러운 거야 좀 참으면 되지, 뭐!"

아내도 웃으면서 고개를 끄덕이며 동의했다. 기분이 조금 나아진 나는 드디어 암 치료라는 거대한 미션 수행지를 받아든 기분이었다.

## 암 진단을 받은 후의 심리 상태

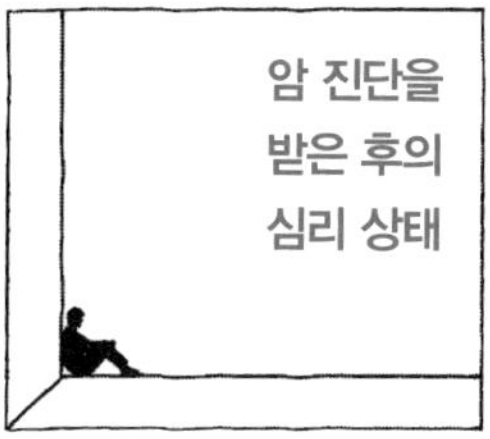

아무리 치료 기술이 발달했다고는 하지만 여전히 우리는 '암' 하면 '죽음'을 떠올린다. 그래서 암을 진단 받은 뒤에 우리 내면에서 일어나는 심리 변화는 우리가 죽음을 받아들이는 5단계의 심리 변화와 거의 일치한다.

### 1단계 부정

먼저 '아니야, 그럴 리 없어. 난 괜찮을 거야. 말도 안 되는 소리지. 의사가 진단을 잘못한 거야. 어떻게든 될 거야!'라면서 암에 걸린 사실을 받아들이지 못하고 부정하는 단계부터 시작한다. 하지만 아무리 현실을 부정하려 해도 내면의 불안과 두려움은 오히려 점점 더 커지기 때문에 차라리 감정을 느끼지 않기 위해 멍한 상태가 되기도 한다. 내 경우에는 이 '멍 때리기'가 꽤 오래 지속되었다.

### 2단계 분노

그다음은 '하필 왜 내가 암에 걸린 거지? 왜 나만 이렇게 운이 나쁜 거지? 하늘도 무심하시지. 도대체 뭐가 잘못됐다는 거야!' 하면서 분노하는 단계가 찾아온다. 그래서 시도 때도 없이 격한 감정이 올라온다. 피해의식에 사로잡혀 하느님을 원망하고 세상을 원망하고 가족이나 친구, 동료들에게도 화를 자주 낸다. 동시에 암에 걸리게 된 자기 자신에게도 화를 내면서 자책을 많이 하게 된다.

### 3단계 타협

그렇게 분노와 원망의 감정에 지치게 되면, 갑자기 신이나 하느님에게, 혹은 자기 자신에게 타협하려는 시도를 하게 된다. "하느님, 이번 치료만 잘 끝나면 이젠 정말 착하게 살고 교회에도 열심히 다니겠습니다", "다시 건강이 회복되면 앞으로 술, 담배는 입에도 안 대야지" 하는 식으로 흥정을 하면서 자신의 삶을 연장시켜보려는 시도를 하게 된다.

### 4단계 우울

그러나 그러한 시도를 해도 결국 암에 걸린 사실을 받아들여야 하는 현실에 직면하게 되면 '아, 결국 나는 죽는 건가? 앞으로 얼마나 살 수 있을까? 그 힘든 항암 치료를 내가 견뎌낼 수 있을까?' 하는 걱정을 하게 되면서 이번에는 한없이 우울한 감정에 빠지게 된다. 이 시기에는 내면이 많이 나약해지고 외로움도 많이 느끼게 된다. 그 어느 때보다도 가족과 주변 지인들의 도움이 필요한 때이다.

5단계 수용

우울의 단계를 잘 넘기게 되면 결국 암에 걸린 사실을 받아들이고 수용하는 단계에 도달하게 된다. 암으로 죽을 수도 있다는 사실, 삶에 커다란 변화가 일어났다는 사실을 받아들이고, 현실적인 희망을 바탕으로 한 치료 계획을 세우거나 죽음을 맞이할 준비를 하게 된다.

이러한 심리적 변화가 순차적으로 착착 일어나 빨리 수용의 단계에 도달하면 좋은데, 대개의 경우 우리는 수용의 단계에 도달하지 못하고 부정, 분노, 타협, 우울의 단계를 오르락내리락하게 된다. 자신의 죽음을 받아들이기가 힘들듯이 자신이 암에 걸렸다는 사실을 받아들이기가 쉽지 않기 때문이다.

전문가들은 암에 걸리면 최대한 당황하지 말고, 가능한 빨리 암에 걸린 현실을 받아들여야 한다고 말한다. 그래야 제대로 된 현실적인 치료 계획과 합리적인 삶의 계획을 세울 수 있기 때문이다. 이론적으로는 그 말이 분명 옳은 말이기는 하지만, 내가 직접 경험한 바에 의하면 일단 암 진단을 받으면 누구라도 당황할 수밖에 없고 이성적으로 차분해지기가 결코 쉽지 않다. 암을 진단 받는 것은 그 자체만으로도 큰 충격을 주는 트라우마 사건이기 때문이다.

"당신은 암에 걸렸습니다. 악성종양입니다"라는 말을 듣는 순간 우리의 마음속에서는 바로 죽음에 대한 두려움, 치료에 대한 걱정, 미래에 대한 불안감 등이 끊임없이 일어난다. 이러한 감정들은 모두 비이성적이고 원초적인 감정들이다. 그만큼 압도적이고 강렬하다. 그래서 우리의 이성을 완전히 마비시켜놓는다.

우리의 합리적인 이성이 마비가 되면 내면에 잠재적으로 숨어 있던 부정적인 믿음들이 갑자기 표면 위로 올라온다. '내가 암에 걸린 것은 내가 부족하고 모자란 인간이고, 또 형편없는 인간이기 때문이야'와 같은 자신의 부족함에 대한 믿음, '난 힘든 투병 생활을 감당해낼 수 없고 도저히 대처해나갈 수 없어'와 같은 자기 조절과 통제력 상실에 대한 믿음이 생겨나는 것이다. 이런 부정적인 믿음은 암에 걸린 자신을 지나치게 자책하게 만들고 치료에 대해서도 자신감을 잃게 만든다.

가능한 한 빨리 이러한 충격에서 벗어나는 것이 좋은데, 그러기 위해서는 우선 적어도 암에 걸렸다는 사실이 '이제 곧 죽는다'는 사형선고와 동의어가 아니라는 사실을 직시할 필요가 있다. 대부분의 암세포는 수년에 걸쳐 증식하기 때문에 아무리 말기 암이라 해도 상태가 하루, 이틀, 일주일 만에 급작스럽게 악화되어 죽음을 맞이하게 되지는 않는다.

심호흡을 몇 번 한 뒤 '암에 걸렸다고 해서 반드시 지금 당장 죽는 것은 아니야'라고 스스로 위안이 되는 말을 해보자. '나에게는 적어도 한두 달, 운이 좋으면 반년, 일 년 이상 삶을 정리할 시간이 있어'라고 다짐해보자. 그래도 마음이 진정되지 않는다면 무작정 걷는다든지 산을 오른다든지 숨이 넘어갈 정도로 러닝머신 위에서 달린다든지 해보자. 대개 몸을 움직이면 잡념이 사라지고 마음도 평온해진다.

일단 어느 정도 한숨 돌렸다면, 먼저 자신의 암에 대한 지식과 정보를 최대한 많이 찾아보자. 책을 사서 볼 수도 있고 인터넷에서 정보를 찾아낼 수도 있다. 주치의에게도 깐깐하게 자신의 암에 대해서 궁금한 점과 의문

점을 물어보고, 필요하다면 세컨드 오피니언을 구하기 위해 다른 의사도 만나보자. 자신이 걸린 암에 대한 많은 정보와 풍부한 지식을 가질수록 암에 대한 불합리한 두려움이 줄어들고, 가장 적절하고 현실적인 자신만의 치료 계획과 치료 목표를 세울 수 있다.

그래도 마음이 진정이 안 된다면 어쩔 수 없다. 그게 정상적인 반응이니 말이다. 스스로에게 "이게 정상인 거야. 어쩔 수 없어"라고 다독이며 말해주자. 사실 자신이 암에 걸렸다는 것을 알고도 마음이 평안하다면, 그것이 비정상적이지 않은가?

잊지 말자. 암은 당신을 순식간에 죽음의 공포에 밀어 넣을 수는 있지만, 당신의 생명을 순식간에 빼앗아 갈 수는 없다.

인간에게 통증은 몸에 찾아온 위험을 알리는 신호로 꼭 필요한 감각이지만, 지속되는 통증의 경우에는 인간의 정신과 영혼을 황폐하게 만드는 아주 고약한 감각이다. 그래서 대부분의 암 환자들이 두려워하는 것은 죽음 그 자체라기보다는 고통스러운 죽음이다.

2

# 고통이 커지면 원망이 커진다

# 통증을 이겨내는 나만의 방법

아침에 눈을 뜨자마자 바로 수술실로 실려 내려갔다. 아내는 애써 웃는 얼굴로 수술실 앞까지 따라왔다. 내 속마음은 도살장에 끌려가는 개마냥 깽깽거리고 싶을 만큼 두려웠지만, 애써 불안을 감추며 비장한 표정으로 "걱정 마, 잘될 거야"라고 말해주었다. 왜 이럴 때 남편들은 "여보, 나 실은 무서워 죽겠어"라고 아내에게 눈물을 보이지 못하는 걸까?

지옥의 문이 열리듯 스르르 소리와 함께 자동문이 열리면서 수술실 안으로 실려 들어가니 서늘한 냉기가 엄습했다. 다행히도 그 추위가 내 두려움을 살짝 얼려주었다. 멍하니 누워 천정을 바라보고 있자니 조금 마음이 덤덤해졌다.

잠시 후, 마스크로 얼굴을 가리고 눈만 보이는 사람이 마치 냉혹한 도살자처럼 다가왔다. 흠칫 놀라는 내게 그는 자신을 마취과의사라고 소개하며 수술 후 통증을 조절하기 위해 경막외마취epidural anesthesia를 준비하겠다고 말해주었다. 전혀 예상치 못한 천사의 출현이었다. 체면불구하고 무조건 진통제를 최대 용량 넣어달라고, 안 아프게 마취해달라고 부탁하려는데, 갑자기 발등에 따끔한 주사가 들어오는가 싶더니 그 후 의식을 잃었다.

다시 눈을 떴을 때, 온몸은 무거웠고 배에서는 묵직한 통증이 느껴졌다. 몸을 옴짝달싹할 수 없는 상황이었다. 조금만 꿈틀거려도 배의 생살이 찢어지고 위장이 터져 나올 것 같았다. 그때 누군가 다가와 "김준기 씨, 수술 잘 끝났고요, 여기는 수술 후 회복실이고, 지금은 12시인데요, 이제 곧 다시 병실로 올라갑니다"라고 말해주었다.

그 아픈 와중에도 '내가 4시간이나 수술실에 있었다고? 뭐가 그렇게 오래 걸렸지? 수술이 어려웠나? 암세포가 많이 퍼져 있었나?' 하는 불길한 생각이 불현듯 떠올랐다. 그런데 수술 회복실을 나오니 아내가 울다가 웃으며 "수술 잘됐대. 다행히 암세포가 퍼져 있지 않았대"라고 말해주었다.

"아파!"

암세포가 퍼져 있지 않았다는 희소식조차도 묵직한 통증 때문에 뒷전으로 밀려났다. 병실에 돌아와서도 통증은 진정되지 않았다. 아니, 진정은커녕 마취가 풀리고 의식이 점점 명료해지면서 통증은 더 심해졌다. 누군가에게 맞아서 생기는 통증이라면 움츠리든 피하든 줄행랑을 치든 해볼텐데, 통증의 진원지가 배를 가르고 장을 뜯어낸 내 배 속이다 보니 어디로 피할 수도 없었다. 꼼짝 못하게 묶인 상태에서 인두로 사정없이 지짐을 당하는 느낌이었다. 계속되는 통증이 너무 지겨워 눈물을 찔끔 흘리는 순간, 평소에 내가 환자들에게 가르쳐주던 안정화기법이 머릿속을 스쳐 지나갔다.

"자, 편안하게 심호흡을 천천히 하면서 당신이 가장 안전하게, 그리고 평온하게 느껴지는 장소나 평화로운 장면을 한 번 떠올려보십시오."

늘 환자들에게 해주던 말을 나 자신에게 해주었다.

"숨을 들이쉬고 멈추었다가 천천히 내뱉고……. 들이쉬고 멈추었다가 다시 천천히 내뱉고……. 가능하면 천천히 숨을 내뱉는 것이 매우 중요합니다. 숨을 천천히 내뱉을 때 부교감 신경이 항진되면서 우리 몸이 이완되고 심장도 천천히 뛰게 됩니다. 자, 다시 천천히 들이쉬고 멈추었다가 다시 천천히 내뱉고……. 네, 좋습니다."

내 안에서 들려오는 익숙한 지시대로 난 스스로 착한 환자가 되어 천천히 숨을 들이쉬었다가 멈추었다가 내쉬었다가 하는 심호흡을 반복했다. 처음에는 복부 통증 때문에 심호흡하기가 쉽지 않았지만 그래도 서서히 심호흡에 익숙해져 갔다.

나는 계속 심호흡을 하면서 눈을 감고 안전하고 평온한 장소나 평화로운 장면을 머릿속에 떠올리려고 안간힘을 썼다. 사실 내게는 아주 확실하게 떠올릴 수 있는 나만의 안전지대가 있다. 어린 시절 자주 안겼던 외할머니의 따뜻한 품 안이다. 늘 바빴던 어머니 대신 내 옆에서 젖가슴을 만지게 해주시던 외할머니는 내 어린 시절의 애정 결핍을 채워주시던 분이었다. 한없이 따뜻하고 인자하셨던 분이었고, 주머니 사정이 넉넉하지는 않았지만 떡볶이와 호떡, 그리고 만두는 내가 원하는 만큼 무한리필 해주셨던 분이었다. 그래서 어린 시절의 나는 외할머니에게 맘껏 응석을 부릴 수가 있었다. 외할머니 품 안에서 응석을 부리는 상상을 하면 할수록 내 마음은 평온해졌다.

대부분의 사람들에게는 이런 안전한 장소, 평화로운 장면에 대한 기억이 있다. 어떤 사람은 어린 시절 어머니 품속이나 아버지와 놀러갔던 장소, 혹은 할머니의 시골집을 떠올리기도 한다. 또 어떤 사람은 깊은 산속이나 조용한 호숫가, 혹은 한적한 바닷가를 떠올렸으며, 교회나 성당, 절 같은 영적인 느낌을 주는 장소를 떠올리는 사람도 있다. 또 다른 사람들은 완전한 상상의 장소, 예를 들면 구름 위, 요정 나라, 하느님 품속, 우주 저편이라는 안전지대를 떠올리기도 한다. 아니면 그냥 자수를 놓는다든지 악기를 다룬다든지 음악을 듣는다든지, 이렇게 어떤 행위에 몰입했을 때를 떠올리면 마음이 평온해진다는 사람도 있다. 모두 다 훌륭한 안전지대의 기억이 될 수 있다.

안타깝게도 이런 안전지대의 기억을 떠올리지 못하는 사람들도 가끔 있다. 어린 시절부터 살아온 과정이 압도적으로 힘들고 고통스러웠던 사람들에게는 안전한 장소나 평화로운 장면을 떠올리는 것이 좀처럼 쉽지 않다. 그럴 때는 안전한 장소나 평화로운 장면을 떠올릴 수 있도록 돕는 작업이 고통스러운 상처 치료의 출발점이 된다. 그만큼 안전지대를 떠올리는 작업은 불안과 두려움 속에서 심리적인 안정을 찾는 데 매우 중요한 역할을 한다.

어린 시절 심한 학대를 받으며 자랐지만 비교적 잘 성장하여 사회적으로 성공한 한 변호사가 아내의 손에 끌려 상담을 받으러 온 적이 있다. 아내는 남편이 좋은 사람이기는 하지만 도무지 자기 감정을 표현할 줄 모르고, 결혼 생활 25년 동안 매일 운동을 거르지 않는 운동중독에, 며칠씩 연락도 없이 사라지고, 돈도 되지 않는 엉뚱한 땅을 사들이고 있는 것이 문제라며 남편의 어린 시절 트라우마를 치료해달라고 나를 찾아온 것이다. 친어머니의 갑작스러운 죽음, 정신지체였던 새엄마의 폭력적인 학대, 홀로 서울로 떠난 후 평생 무관심했던 아버지, 이 환자의 어린 시절은 한마디로 비참했다. 다행히 공부를 잘해 변호사가 되었지만 젊은 시절 우울증으로 고생도 많았고 자해시도도 많이 했다. 그러다 지금의 아내를 만나 결혼을 하고 비교적 안정을 찾아 변호사로도 성공했지만, 아내는 남편의 뭔가 이해할 수 없는 부분 때문에 많이 답답해하고 있었다. 나는 이 환자의 비참하고 고통스러웠던 과거력을 생각해보았을 때 그에게 안전지대가 있을까 걱정이 되었지만 일단 그래도 안전지대를 찾는 작업을 시작했다. 눈을 감고 천천히 심호흡을 하며 주저주저하던 그는 천천히 자신의 안전지대를 이야기하기 시작했다.

"새엄마는 일단 매를 들면 멈출 줄 모르는 사람이었어요. 난 정말 이렇게 맞다가는 죽을 것 같다는 공포감을 매일 느꼈지요. 그래서 처음에는 웅크리고 그냥 맞았지만 때리다 지친 새엄마가 잠깐 숨고르기를 하는 순간, 집 밖으로 줄행랑을 쳤죠. 뒤도 안 돌아보고. 그리고 볏단에 숨어 하루 이틀 자다 보면 배가 고파 견딜 수가 없었는데, 그럴 때 마을 끝자락에 있던 외할머니(죽은 어머니의 엄마) 집을 찾아가면 어두운 부엌에 항상 삶은 감자가 놓여 있었어요. 내가 새엄마에게 맞고 집을 나갔다는 이야기를 들은 외할머니가 부엌에 감자를 삶아놓으셨던 거죠. 배가 고프면 내가 찾아와서 먹을 거라고 생각하고. 지금도 그 부엌을 떠올리고 그곳에서 허겁지겁 먹었던 감자의 맛을 떠올리면 마음이 아주 평온해집니다."

나는 이 환자가 그렇게 힘든 상황에서 어떻게 버티고 여기까지 살아올 수 있었는지 조금은 이해할 수 있었다. 이 환자가 샀던 돈도 되지 않는 땅은 사실 외할머니 집 주변의 땅이었다. 힘들고 지치고 스트레스를 받을 때면 그는 외할머니 집에 가서 혼자 며칠씩 지내고 온 것이었다. 그는 기억 속의 안전지대를 현실의 안전지대로 확실하게 만들어놓았던 것이다.

내게도 확실하게 떠올릴 수 있는 안전지대가 있었기 때문에 나는 천천히 심호흡을 반복하며, 외할머니와 함께 있었던 기억이 주는 느낌을 더 자세히 떠올리려 노력했다. 할머니 품 안의 부드러움, 푸근함, 기분 좋은 냄새, 할머니의 웃음소리, 내 엉덩이를 도닥여주시던 손길……. 집중할수록 외할머니에 대한 기억이 점점 더 생생해졌다. 그러면서 자연스럽게 어린 시절의 또 다른 좋은 기억들이 머릿속에 떠올랐다. 식구들과 함께 창경원 유원지에서 놀이기구 탔던 기억, 처음으로 함박스테이크를 먹고는 그 신기하고 오묘한 맛에 놀랐던 기억, 하늘 높이 뜬 야구공을 무서워하지 않고 처음으로 캐치해냈던 기억, 빡빡 머리 시절 테니스 치던 여자아이를 짝사랑했던 기억, 불알친구들과 처음 갔던 제주도 여행, 대학 연극반 시절 첫 공연에서 너무 긴장해 대사를 까먹었지만 아슬아슬하게 다음 연기로 넘어갈 수 있었던 기억…… 내 기억회로에 재미난 기억이 생각보다 많다는 사실에 놀랄 즈음, 난 어느새 심호흡을 3시간째 하고 있다는 사실을 깨달았다. 그 묵직한 통증 속에서 안전지대를 떠올리며 심호흡을 그렇게 오래 지속한 스스로를 대견하다고 생각하면서 나도 모르게 스르르 잠이 들었다.

인생의 위기 상황에 놓였을 때,
그리고 그 위기 상황을 당장 해결할 수 없어
오랫동안 힘든 스트레스 상황을 견뎌내야 할 때,
우리가 할 수 있는 최선의 방법은
자신의 기억 네트워크 안에 저장되어 있는
긍정적인 기억을 불러내는 것이다.

자신의 삶에서 가장 안전하고 평온했던 장소,
가장 행복했던 순간,
짜릿한 성취를 이뤄냈던 스몰 빅토리small victory의
시간 등을 기억해내고 거기에 몰입하다 보면,
그 당시 느꼈던 긍정적인 감정과 생각,
그리고 긍정적인 신체감각을 느낄 수 있게 된다.

우리의 뇌는
기억해내는 것, 상상하는 것, 그리고 실제로 일어나는 것을
잘 구별하지 못하기 때문이다.

# 지금은
# 조금 더 위로가
# 필요할 때

깨어나 주위를 살펴보니 어느새 한밤중이었다. 몸의 감각에 집중해보니 통증의 상황은 잠들기 전보다 더 악화되어 있었다. 수술한 복부의 묵직한 통증은 말할 것도 없고, 이제는 골수검사를 한 엉덩이 뼈 근처에서도 예리한 통증이 느껴졌다. 게다가 숨을 쉴 때마다 목에서는 가래가 끓었고 몸 전체에서는 보일러 끓듯이 열이 펄펄 나고 있었다. 괴로움을 달래기 위해 다시 눈을 감고 안전지대를 떠올리려고 하는데, 병실 간호사들이 수시로 들락날락거리며 체온과 혈압, 소변량을 체크하는 바람에 정신이 사나워져 안전지대를 떠올릴 수 없었다.

인간에게 통증은 몸에 찾아온 위험을 알리는 신호로 꼭 필요한 감각이지만, 지속되는 통증의 경우에는 인간의 정신과 영혼을 황폐하게 만드는 아주 고약한 감각이다. 그래서 대부분의 암 환자들이 두려워하는 것은 죽음 그 자체라기보다는 고통스러운 죽음이다. 고통스럽지 않고 편안하게 눈을 감을 수만 있다면 암으로 인한 죽음의 과정을 좀 더 인간답고 의미 있게 받아들이고 수용할 수 있을 텐데. 아무래도 극심한 통증은 인간 정신의 수양과 고취에는 전혀 도움이 안 되는 감각인 것 같다.

수술이 끝나고 12시간이 지난 시각, 통증은 더욱더 교묘하고 치밀하게 내 마지막 남은 인간성과 인격을 뿌리째 뒤흔들고 있었다. 영혼을 갉아먹는 듯한 통증을 더 이상 맨 정신으로 버틸 수 없게 되자, 나는 진통제 주사를 아끼지 말고 더 놔달라고 간호사에게 신경질을 부렸다. 체면이고 나발이고 다 필요 없었다. 오로지 내 통증을 잠재울 진통제만을 간절히 바랄 뿐이었다. 처음에는 일정 시간이 지나야 한다며 참아보라고 달래던 간호사도 내 신경질이 극에 달하자 결국 진통제 주사를 놔주었다. 진통제가 혈관을 타고 퍼져 나가자 비로소 통증의 칼날이 둔해지는 것 같았다. 그리고 의식이 살짝 멍해지면서 겨우 다시 잠들 수가 있었다.

어렵게 잠이 들어 얼마 시간이 지나지 않은 것 같은데, 침대 옆에서 들리는 부스럭거리는 소리에 놀라 잠에서 깨어났다. 동시에 온몸의 묵직하고 날카로운 통증도 덩달아 깨어났다. 아내가 깨서 움직이나 싶었는데 가만히 보니 아내가 움직이는 것이 아니었다. 마치 닌자처럼 살며시 병실로 침투해 들어온 젊은 간호사가 곤히 자고 있던 아내를 흔들어 깨우고 있었던 것이다. 깊은 잠에서 깨어나 비몽사몽한 아내에게 간호사는 플라스틱 용기를 건네며 “이따 낮 12시 이전까지 환자 소변을 여기에 받아서 주세요”라고 말하고는 사라졌다. 얼결에 소변 용기를 받은 아내와 나는 잠시 눈이 마주쳤다가 동시에 시계를 보았다. 새벽 3시 50분! 아내가 나보다 먼저 화를 냈다.

“아니, 낮 12시까지 내면 되는 걸 왜 이 새벽에 전달하는 거야?”

아내의 화에 전적으로 공감하며 나도 속삭이듯 맞장구를 쳤다.

"그러게 말이야. 참, 너무하네. 꼭 곤히 자는 환자와 보호자를 깨우면서까지 소변 용기를 전달해야 하는 거야? 망할! 절대안정이라고 하면서 지들이 안정감을 뒤흔들어놓으면 어떻게 하냐고!"

내 말에 대해 아내가 격한 공감을 할 차례였는데 어찌된 영문인지 아내는 조용했다. 하루 종일 옆에서 병간호하느라 피곤했는지 아내는 어느새 다시 곤히 잠들어 있었다. 그런데 문제는 나였다. 평소에도 한번 깨면 좀처럼 다시 잠이 오지 않는 스타일인데 난생처음 겪는 엄청난 통증 속에서 도저히 잠들 수가 없었다.

'도대체 그 간호사는 왜 지금 이 시간, 새벽 4시에 어둠 속을 뚫고 소변 용기를 전달해야 했을까? 수술한 지 24시간이 지나지 않은 환자니까 절대안정이라고 침대 끝에 적어놓고는 왜 닌자처럼 침투해서 절대 불안정하게 만들어야 했을까? 밤샘 근무를 한다고 해도 새벽 4시에 퇴근하지는 않을 텐데 왜 아침에 퇴근할 때 전달하지 않은 걸까? 너무 성실해서 그런 건가? 아님 너무 생각이 없어서 그런 건가?'

풀리지 않는 의문에 매달려 있다 보니 내 의식은 점점 더 명료해지고 통증은 점점 더 심하게 온몸을 두드렸다. 진통제를 놔달라고 하라고 아내에게 부탁하려다가 다시 깊은 잠에 빠진 아내를 깨우기가 미안해 이를 악물고 혼자 심호흡하고 안전지대 떠올리기를 반복하며 시간이 지나길 기다렸다.

입원해 있는 동안 느낀 점인데, 대부분의 간호사는 아픈 환자들에게 친절하다.(평균적으로 의사보다 몇 배는 친절하다.) 그리고 이 병실 저 병실 계속

왔다갔다하느라 바쁘다. 나처럼 수술한 환자 방에는 수시로 들어와 체온, 맥박, 소변량 등을 체크하고 나간다. 환자가 아프다고 징징대면 진통제를 가져다주고, 잠이 안 온다고 호소하면 수면제를 가져다준다. 열이 나 끙끙 앓는 소리를 내면 해열제 주사를 놔주기도 한다. 그러면서도 별로 귀찮아하지도 힘들어하지도 않는다. 분명히 대부분의 간호사들은 친절하고 성실하다. 백의의 천사가 분명하다.

한데 사람이 몸이 아프다 보면(특히 암 때문에 몸이 아프다 보면) 조금 더 따뜻하게 돌봐줬으면 하는, 조금 더 세심하게 배려해줬으면 하는 욕심이 생긴다. 보통 친절한 것보다 조금 더 친절히 대해줬으면 하는 바람을 암 환자들은 갖게 된다. 말하자면, 내가 겪는 고통과 두려움에 조금 더 따뜻하게 공감해줬으면 하는 간절한 바람을 갖게 된다.

물론 통증이 심한 환자, 요구가 많고 까다로운 환자, 병세가 위태로운 환자, 죽음이 가까워진 환자들을 돌보면서 늘 일정한 수준의 공감 상태를 유지하는 것이 얼마나 힘들고 지치는 일인지 나도 잘 알고 있다. 때로는 치료자도 자신의 내면을 보호하기 위해 어느 정도 감정적인 거리감을 유지할 필요가 있다는 것도 잘 안다.

그래도 나는 "환자분, 체온 잴게요" 하는 사무적인 말투보다 "많이 힘드시죠? 체온 한번 재볼게요"라는 따뜻한 말이 듣고 싶다. 아프다고 소리 지를 때 "알았어요. 진통제 놔드릴게요"라는 수동적인 반응보다 "아프시면 참지 말고 절 불러주세요"라는 적극적인 반응을 난 더 원한다. 영혼 없는 친절이 아니라 영혼 있는 친절을 받고 싶다. 몸이 아프니 그런 진정성을 느낄 수 있는 특별한 대접을 받고 싶은 뻔뻔함이 생겨나는 것 같다.

많은 간호사들이 내 방을 오가며 내 상태를 체크했지만, 그중 한 분은 정말 진정성 있는 모습을 보여주었다. 따뜻한 미소를 지으며 "원래 지금이 가장 아플 때예요, 하루만 참으시면 돼요", "입술이 많이 마르셨네요. 물 묻은 거즈를 대드릴게요"라고 따뜻하게 말해주었다. 체온계를 댈 때도 "조금 차가워요"라고 웃으며 말해주었고, 아내에게도 "의자에서 주무시느라 힘드시죠?"라는 말을 잊지 않았다. 그 간호사의 성격, 혹은 직업정신에서 나온 작은 친절이고 작은 배려였지만, 난 그 친절과 배려에서 특별한 돌봄을 받는다는 느낌을 받았다.

아침이 밝아올 때까지, 가라앉지 않는 고열과 통증과 싸우면서 나는 그 안전지대와도 같은 친절한 간호사를 기다리며 시간이 지나가기를 버틸 수밖에 없었다.

## 따뜻한 말 한마디가
## 그 어떤 항암제보다
## 더 강력하다

아침이 되자 주치의가 빠른 걸음으로 회진을 왔다. 그는 수술 부위를 감싸고 있던 거즈를 사정없이 걷어내고 수술 부위를 이리저리 찔러보더니 수술은 아주 잘되었으니 걱정하지 말고 빨리 걸어야 한다고 채근했다.

"오늘부터 걸어야 한다고요?"

나는 불가능한 숙제를 받은 아이마냥 놀라서 물었다.

"빨리 걸어야 장운동이 돌아오고 방귀도 나오고, 그래야 링거를 빼고 식사를 할 수 있으니까요. 그리고 걸어야지 수술한 부위도 빨리 아물거든요. 무조건 걸으셔야 합니다."

끔찍하게 아파 꼼짝도 못하겠는데 어떻게 걸으라는 말인지 모르겠다고 물어보려는데 주치의는 빠른 걸음으로 도망가듯 다른 방으로 가버렸다.

"조금 있다가 나랑 같이 좀 걷자."

아내가 걱정하지 말라는 듯이 말했다.

"다른 수술한 사람들도 바로 그 다음날부터 걸어? 이렇게 아픈데?"

"산부인과에서도 자궁적출 수술 받은 환자들에게 다음날 아침부터 무조건 걷게 하기는 해. 제왕절개한 아기 엄마들은 내가 걸으라고 하지 않아도 다음날 스스로 걸어서 아기에게 젖 물리러 가는데."

아내는 웃으면서 말했다.

그래? 내가 엄살을 부리는 거라고? 난 약이 올라 이를 악물고 침대에서 일어나 보려 했다. 수술한 부위가 다시 찢어지는 것 같은 통증이 왔지만 다른 사람들도 수술한 다음날부터 바로 걸었다고 하니 오기가 발동했다. 안간힘을 쓰면서 천천히 일어서니 역시 다리가 휘청거리고 배 속의 장기들이 다 쏟아져 내리는 듯한 통증이 느껴졌다.

그러나 한 번 더 이를 악물고 왼발 한 발짝, 쉬었다가 오른발 한 발짝, 아기가 걸음마 하듯이 천천히 걸어서 방을 나왔다. 링거와 소변 통이 달린 폴대를 오른쪽 지팡이 삼아, 아내 어깨를 왼쪽 지팡이 삼아 병실 복도를 슬로모션으로 걷기 시작했다. 한 발 한 발 걷다 보니 비로소 병실 복도 주변 상황이 파악되기 시작했다. 의외로 병실 복도를 걷고 있는 사람들이 많았다. 모두 주치의가 빨리 걸어야 한다고 협박해서 억지로 걷고 있는 사람들처럼 보였다. 그 무리에 끼어들어 나도 천천히 걷기 시작했다.

복도 끝에서 끝이 너무 길게 느껴져 처음에는 한 번만 왕복하려고 했는데, 어느새 나도 모르게 병실 복도를 일곱 번이나 왕복해 걷고 있었다. 아마 나도 필사적으로 착한 환자가 되고 싶었던 모양이다. 그런데 그렇게 병실 복도를 여러 번 왕복해 걷다 보니 기묘한 사회 현상이 보이기 시작했다. 나와 같은 남자 환자들은 대개 옆에서 아내들이 부축해서 같이 걸어주고 있는 반면, 대부분의 여자 환자들은 딸과 함께 걷고 있거나 아니면 아예 혼자 걷고 있는 놀라운 현상. 신기하게도 수술한 아내와 함께 걸어주는 남편은 한 명도 보이지 않았다.

아마도 대부분의 남편들은 직장에서 일하며 생활비, 병원비를 벌어야 하니까 병간호를 해줄 수 없어 그런가 보다 하고 생각했는데, 딱히 그런 것도 아닌 듯했다. 대개 병실의 복도 끝에는 환자들이 쉴 수 있는 의자가 놓여 있는데, 그곳에서 환자 보호자로 보이는 남편들이 앉아 신문을 읽고 있었던 것이다. 그중 한 남편은 필사적으로 걷고 있는 아내를 가끔씩 쳐다보며 기다리기 귀찮다는 듯이 "얼마나 더 걸으려고 그래?" 하고 무심히 묻고는 다시 신문 쪽으로 머리를 파묻었다. 그리고 마침내 신문을 다 읽은 남편은 자리에서 일어나며 "이제 그만하고 방으로 들어와"라고 말하곤 볼일 다 본 사람처럼 혼자 병실로 들어가 버렸다.

그 모습을 보고 있자니 '나도 남자지만, 참 남자는 아내 병간호도 할 줄 모르는 이상한 족속이구나' 하는 생각이 들었다. 나도 저 남자들과 다를 바 없는 행동을 아내에게 했을 거라는 생각이 들자 옆에서 부축해주고 있는 아내에게 대단히 부끄럽고 미안한 마음이 들었다. 아내가 제왕절개 수술로 아이를 낳았을 때 난 얼마나 아내를 옆에서 부축해줬던가?

침대에 누워 잠시 휴식을 취하다 보니 전에 읽었던 재미있는 실험이 떠올랐다. 남녀의 공감뉴런에 대한 실험이었는데, 사랑하는 부부나 연인을 대상으로 먼저 남자의 손등에 자극을 주어 통증을 느끼게 하자 남자의 뇌에서 통증을 느끼는 신경회로에 불이 켜졌다. 그리고 놀랍게도 그런 남자를 안쓰럽게 바라보는 여자의 뇌에도 통증을 느끼는 신경회로에 불이 켜졌다. 감정과 감각을 공유하는 공감뉴런, 거울신경이라고 하는 것이 여자의 뇌에서 제대로 작동했기 때문이다. 다음에는 반대로 여자의 손등에 자극을 주어 통증을 느끼게 하자 여자의 뇌에서 통증을 느끼는 신경회로에 불이 켜졌다. 하지만 아까보다 더 놀랍게도 그런 여자를 안쓰럽게 바라보는 남자의 뇌에 통증을 느끼는 신경회로에는 불이 켜지지 않았다. 아무래도 진화론적으로 남자의 공감뉴런, 거울신경은 훨씬 늦게 작동이 되는 게 아닌가 싶다. 나 자신을 위해 남자를 위한 변명을 해보자면, 남자들은 애인이나 아내와 함께 아파하기보다는 '이 문제를 어떻게 해결해야 하나?' 하는 신경회로가 먼저 작동하는 것일지도 모른다. 남자들 입장에서는 생존을 위한 문제 해결의 신경회로를 자동적으로 선택했겠지만, 여자들 입장에서는 아픔을 공감받고 돌봄을 받는 쪽을 더 절실하게 원한다.

부부상담을 할 때에도 남편들의 무딘 공감뉴런이 부부갈등을 더 심각하게 만드는 경우가 많다. 부부상담을 받는 남편들에게 부부 관계 개선을 위해 일주일에 적어도 세 번은 일찍 들어와 식사를 함께하거나 산책을 하고 주말에는 영화를 보러 가라는 행동지침을 내리면, 착한 남편들은 그래도 그 행동지침을 그대로 실행하려고 노력한다. 그런데 문제는 "아내분이 지금 당신의 무심함 때문에 마음의 상처를 입었으니 아내에게 관심을 갖고 돌봐주셔야 합니다. 그리고 아내의 말을 잘 듣고 공감해야 합니다" 하는 애매한 숙제를 내주면 대개 일주일 뒤에 숙제를 제대로 하지 않는 남편의 무심함을 원망하는 아내의 분노는 더 커져 있다. 어떤 남편은 "차라리 저더러 아내를 업고 63빌딩을 계단으로 올라가라고 하면 올라가겠습니다. 그런데 아내의 말에 공감하고 아내를 돌보라고 하면 정말 어떻게 해야 할지 막막합니다"라고 호소한다. 또 어떤 남편은 "선생님, 전 아내에게 한 번 잘못했다는 이유로 15년 동안 벌을 받았지만 그래도 참고 살았습니다. 한데 15년이 지나도록 아내는 내게 조금도 마음의 문을 열지 않습니다. 이거 정말 너무한 거 아닙니까?"라고 따지듯이 묻기도 했다. 그때 난 그 남편분에게 이렇게 말했다. "15년 동안 벌을 받지 마시고, 단 15일간만이라도 아내분의 아픔에 공감하고 아내분의 상처를 돌보셨다면 아내분 마음의 문이 조금은 열렸을 텐데요."

한번은 유방암 절제 수술을 받고 항암 치료를 받고 있던 아내가 우울증과 불안증으로 내원한 적이 있다. 아내는 항암 치료의 후유증으로 구토증이 심해서 밥도 제대로 먹을 수 없었고, 잠도 제대로 잘 수 없었으며, 늘 가슴이 두근거려 누워 있지도 못하는 최악의 상태였다. 그런데 정작 이런 아내의 우울증과 불안증을 한층 더 증폭시켰던 것은 남편의 무심한 태도였다. 제대로 먹지 못해 하루가 다르게 말라가는 아내 앞에서 혼자 배부르게 음식을 먹으면서 아내에게는 먹어보라는 말 한마디 안 하는 남편의 꼴이 아내는 너무도 미웠다. 그러다 결국 아내가 영양실조로 입원하게 됐을 때 남편은 "남들은 다 참고 견디는데 왜 그렇게 혼자 예민해서 스스로 병을 만드는지 모르겠군" 하며 이죽거렸다. 하루는 면역력이 떨어진 아내가 감염에 대한 두려움으로 일회용품을 쓰니까 남편은 세계환경보호기관의 수장이라도 된 양 "지구를 위해서라도 물건을 아껴 써라" 하고 난리를 쳤던 적도 있다고 한다.

일부러 아내를 괴롭히려는 의도가 없었다 해도, 제3자 입장에서 들어봐도 남편이 좀, 아니 많이 너무했다. 남편은 항암 치료로 인해 지칠 대로 지친 아내의 심정에 대해 너무나 무심했던 것이다.

그런데 남편의 무심함은 여기가 끝이 아니었다. 사실 남편의 무심함의 결정타는 아내가 아무리 술을 마시지 말아달라고 부탁해도 매일 술을 마시고 오는 행동에 있었다. 그럴 때마다 아내는 아주 예민하게 히스테리 반응을 보였는데, 이는 젊은 시절 남편이 술만 마시면 집에서 난폭하게 행패를 부린 적이 있었기 때문이다. 과거에 아내가 받은 트라우마의 기억이 남편이 술을 마실 때마다 자극을 받아 활성화되고 있었던 것이다.

남편은 아내가 암에 걸리고 난 뒤 술을 많이 줄였다고 항변했지만, 암투병 생활로 지칠 대로 지친 아내의 인내심은 이미 바닥 난 지 오래였다. 남편이 조금만 술 냄새를 풍기고 들어와도 "날 정말 죽이려고 작정했지! 내가 스트레스 받아 암이 재발하는 꼴을 보려고 그러냐고!" 하며 악을 썼다. 그러면 남편도 발끈해서 "누군들 천년만년 사는 줄 알아? 다른 사람도 다 죽어. 혼자 난리치지 마!"라고 맞받아쳤다. 결국 남편과 다툴 때마다 아내는 호흡곤란으로 응급실로 실려가기 일쑤였다.

아내의 사정을 듣고 난 뒤, 내가 남편을 만나 이야기를 해보겠다고 하자 아내는 이내 고개를 절레절레 흔들며 말했다.

"선생님, 그 사람은 어린 시절 받은 상처가 많아서 남을 사랑할 줄 모르는 사람이에요. 그걸 알면서도 그 사람에게 따뜻함을 기대하는 제가 바보지요. 암 때문에 이대로 혼자 죽는 것이 두려워 제가 남편에 대한 기대를 포기하지 못하나 봐요."

잠시 침묵이 흐른 뒤 그녀는 내게 한 가지 부탁을 하고 진료실을 떠났다.

"혹시라도 남편이 찾아오면 이렇게 말해주세요. 남편의 따뜻한 말 한마디가 그 어떤 항암제보다도 더 강력한 효과가 있다고."

## 위로가 되는 말, 위로가 되지 않는 말

아내의 도움을 받아 필사적으로 걷고, 덕분에 장이 움직이며 방귀가 나오고, 그래서 겨우 죽 한입 넘길 수 있을 때쯤 남동생에게서 전화가 왔다. 대뜸 볼멘소리로 따져 물었다. "형, 꼭 어버이날에 형수하고 일본여행을 가야 하는 거야?" 즉, 장남이면 장남답게 책임감을 갖고 어버이날을 챙겨야지, 어떻게 동생인 자기에게 아들로서의 책임과 도리를 다 떠넘기고 형만 혼자 놀러가려 하느냐 하는 불만이 담긴 질문이었다. 암에 걸린 사실을 가족에게, 특히 어머니에게 알리지 않으려 한 탓에 생긴 오해였다. 공교롭게도 수술하고 입원해 있는 시기와 어버이날이 겹쳐서 어머니에게는 일본에서 열리는 학술대회에 참석해야 해서 찾아뵙지 못한다고 거짓말을 해둔 참이었다. 그 사실을 어머니에게 전해들은 동생이 열 받아 전화를 한 것이다. "어버이날하고 학술대회 일정이 겹쳐서 어쩔 수가 없었어" 하고 얼떨결에 어설픈 거짓말을 반복할 수밖에 없었다. 하지만 동생은 여전히 내 말이 안 믿겼는지 아쉬워하는 말투로 구시렁거리다 내 변명은 더 이상 듣기 싫다는 듯 전화를 끊어버렸다. 예상치 못한 동생의 전화 때문에 이내 마음이 불편해졌다. 옆에서 통화를 듣고 있던 아내가 불필요한 거짓말로 형제간의 오해가 깊어질 것 같다며 걱정스러워했다.

"휴!"

깊은 한숨을 내쉬고 바로 동생에게 전화를 했다. 여전히 볼멘소리로 "왜?" 하는 동생에게 사실은 형이 암에 걸려 3일 전에 수술을 했고 지금은 병원에 입원 중이라고 자초지종을 설명했다. 어버이날까지 회복될 것 같지 않아서 어머니에게 알리지 않으려고 어쩔 수 없이 일본에 간다고 말한 사정도 이야기해주었다. 아무 말 없이 그저 듣기만 하던 동생은 짧게 "내일 병원에 갈게" 하고는 전화를 끊었다. 짜식! 놀라긴 놀란 모양이다. 하기야 우리 집에서는 '암' 하면 바로 대장암으로 돌아가신 아버지의 모습이 떠올랐으니까. 녀석에게는 갑작스러운 형의 암 발병 소식이 충격이었을 것이다.

다음날, 병실 복도를 낑낑대며 걷고 있는데 동생들이 찾아왔다. 내게는 여동생 한 명, 남동생 한 명이 있다. 전화를 걸었던 남동생은 나를 보자마자 눈물을 글썽거렸다. 나도 순간 울컥했지만 동생들 앞에서 눈물을 흘리는 것이 창피하고 어색해서 짐짓 큰소리치며 말했다.

"아버지는 대장암 수술 뒤에 아프다는 말씀 잘 안 하셨던 것 같은데, 난 왜 이렇게 아픈지 모르겠다! 사실 아버지가 받으신 수술에 비하면 난 작은 수술인데."

하지만 남동생은 여전히 슬픈 표정을 짓고 있었다. 남동생은 나보다 더 가까이에서 아버지 투병 생활을 지켜보며 오랫동안 병간호를 했기 때문에 환자복 입은 내 모습을 보고 아버지 병간호할 때 슬프고 힘들었던 감정이 금방 되살아난 것 같았다. 녀석이 형을 걱정하는 마음, 가슴 아파하는 마음이 무척이나 고마웠다. 그래서 참고 있던 눈물샘이 다시 터지려고 하는데 여동생의 말 한마디가 한방에 내 눈물샘을 마르게 해주었다.

"오빠, 요즘은 드라마에서 암 치료 받는 주인공들 보니까, 약이 좋아졌는지 별로 안 힘들어하는 것 같더라. 그러니 너무 걱정하지 마. 괜찮을 거야."

철딱서니 없는 여동생이 던진 위로의 한마디. 아니 울컥하게 만드는 한마디다. 휴! 여동생은 심성이 착한 아이라는 것은 분명한데 늘 지금처럼 핀트가 어긋나는 말을 하는 데는 일가견이 있었다. 아들 둘 사이에 낀 딸이어서 어려서부터 할머니 구박을 많이 받고 자란 후유증 때문이라 생각하며 '그래도 장남으로서 온갖 특혜 받으며 자란 내가 참아야지' 하면서 화를 억누르며 가벼운 탄식조로 "오빠는 술도 잘 안 마시고 음식도 조심하고 운동도 짬짬이 했는데 어쩌다 암에 걸렸는지 모르겠다"는 말을 꺼내자마자 여동생은 내 인내심을 무너트리는 결정타를 날렸다.

"오빠가 언제 운동을 했어?"

가뜩이나 열이 38도, 39도를 왔다갔다하고 있는데 여동생의 한마디가 내 열을 10도는 더 올려놓았다.

"아니, 넌 지금 오빠가 운동 안 한 탓에 암에 걸렸다고 약 올리는 거냐?"

38도, 39도를 왔다갔다하던 체온 탓이다. 여동생에게 그렇게까지 노기에 찬 말을 내뱉을 필요는 없었다. 하지만 난 그래도 아직 수술에서 회복되지 않은 암 환자 아닌가? 그런 터무니없는 말에 예민해지는 것은 당연한 것 아닌가?

내 분기탱천한 분노 감정의 뜨거움이 전해졌는지 여동생은 새침해져서 이후 한마디도 하지 않고 앉아 있었다. 오빠에게 마음 풀라는 한마디 좀 했으면 좋으련만, 방귀 뀐 놈이 성질낸다고, 참!

그래도 다행히 아내가 여동생과 병실 밖으로 나가 이야기를 나누었기 때문에 나는 남동생에게 암에 대한 설명을 해줄 수가 있었다. 족보에도 없는 임파선암인 건 거의 확실한데 아직 조직검사 결과가 나오지 않아 암의 진행 정도가 어느 정도 되는지는 조금 더 기다려봐야 알 수 있다, 일단 항암 치료는 다시 시작해야 한다는 등의 소식을 알려주었다. 남동생은 심각한 표정으로 묵묵히 듣고만 있었다.

"엄마에게는 이야기하지 마. 내가 직접 할게."

"알았어. 걱정 마."

잠시 후 동생들은 집으로 돌아갔다. 허탈한 마음에 침대에 누워 있는데 아내가 "너무 걱정하지 말라고 한 말이니까 신경 쓰지 마"라고 위로해주었다. 사실 여동생의 말 때문에 계속 속상해하고 있었던 것은 아니었다. (내 여동생은 분명 심성이 착한 아이다.) 다만 정신과 의사로서 암 환자 병문안할 때 가족이나 친구들이 기본적으로 알고 있어야 할 주의사항이나 올바른 대화법에 대한 안내서라도 하나 써야 하는 게 아닌가 하는 생각을 하고 있었다. 암 환자가 있는 다른 가족들 사이에서도 오늘처럼 웃지 못할 코미디 같은 커뮤니케이션이 얼마나 자주 일어날까?

"요즘은 치료 방법이 좋아졌고 부작용을 막아주는 약도 많대."

"저기 누구 누구는 병원에서 치료를 포기한 말기 환자였는데 산속에 들어가서 생버섯만 먹고 좋아졌대."

"반드시 회복될 테니 걱정하지 마세요."

"다 괜찮아질 겁니다. 힘을 내십시오."

"누구나 다 죽는 건데 너무 두려워하지 말아요."

"하느님께서 도와주실 겁니다. 걱정 마세요."

"꼭 이겨내실 거예요."

"이제 좀 그만 힘들어 해, 힘들다고 하면 더 힘들어져."

"그렇게 운동 안 하면 암이 재발하는 거 몰라?"

가족이나 친구들이 흔하게 하는 이런 섣부른 위로나 부적절한 조언은 대개 환자에게 도움이 되기보다는 강한 반발심과 분노감을 일으킬 뿐이다. 그렇다고 암 환자에게 위로가 필요 없다는 이야기가 아니다. 병에 걸리면 누군가로부터 위로와 위안, 보호와 지지를 받고 싶은 애착의 욕구가 커지기 마련이다. 하물며 암과 같은 중병에 걸린 사람들은 자신의 두려움과 불안, 방황하는 마음을 누군가 알아주고 위로해주기를 간절히 원하게 된다. 당연하지 않은가? 죽음의 문턱을 언제 넘을지 모르는데 말이다. 누구나 암 앞에서는 마음이 약해지는 법이다.

그러므로 암 환자에 대한 위로는 부드럽고 섬세해야 하며 타이밍을 잘 맞춰서 해야 한다. 같은 말이라도 아주 미묘한 어투의 차이에 따라, 그리고 상황과 시점에 따라 전혀 다른 뜻으로 전달될 수 있기 때문이다. 아무리 옳은 생각이나 판단일지라도 절대로 먼저 환자에게 가르치려 해서는 안 된다. 좌절과 분노감에 가득 찬 암 환자에게는 아무리 옳은 말이라도 하나도 좋게 들리지 않는다. 그래서 타이밍이 중요하다. 먼저 암 환자의 고통스러운 마음을 어루만져 주고 난 뒤에 가족의 생각과 판단을 이야기하는 것이 환자에게 본 뜻이 제대로 전달될 가능성이 높다. 이때 암 환자의 생각과 감정을 전적으로 인정하고 동의한다는 마음을 전달하는 것이 중요하다. 그리고 무슨 일이 있어도 가족들은 항상 환자 편이라는 사실을 알려주어야 한다. 그러한 공감의 마음이 전달돼야 환자의 마음을 어루만져 줄 수 있기 때문이다.

내 경우에는 수술한 다음날 걸려온 선배 정신과 의사의 말 한마디가 다른 어떤 말보다 마음을 편안하게 해주었다. 누구에게도 알리지 않았지만 모교 병원에 입원해 있으니 선배인 정신과 과장에게 소식이 빨리 전달됐던 것 같다. 갑자기 걸려온 전화에서 선배의 첫 마디는 "야, 새끼야, 허벌나게 아프지?"였다. 평소 같으면 주먹을 부를 것 같은 그 말 한마디에 내 마음은 완전 무장해제되었다. "어, 형, 정말 왜 이렇게 아픈 거야? 정말 미치겠다." 난 그나마 웃으며 대답할 수 있었다. "내가 영감님들 많이 모셔봤잖니? 다들 수술 끝나고 일주일은 엉금엉금 기어 다니셔. 한 열흘 지나니까 그제야 살 것 같다고 하시더라고." 난 선배의 말을 듣고 새삼 '역시 이 인간이 조직 사회에서 까다로운 윗어른들을 모신 경험이 많구나' 하는 생각이 들었다.

"야, 아무튼 네가 암에 걸렸다니 놀랐다. 사실 걸려도 내가 먼저 걸려야 하는데, 나도 스트레스 작렬이거든. 작년엔 위궤양이 심해져 위에 빵구까지 났잖아?"

'어라, 이 선배가 날 이렇게 위로를 하네?' 난 내심 놀랐다.

"야, 내가 도울 일 있으면 언제든지 연락해, 알았지? 또 연락하자."

'어라, 이 인간 봐라? 이런 자상한 면이 있었단 말이야?' 난 속으로 감탄하며 고맙다는 말을 안 할 수가 없었다. 암에 걸린 뒤 처음으로 누군가에게 신경 써줘서 고맙다는 말을 할 수 있었다.

두 번째로 제대로 된 위로의 말을 해준 친구도 정신과 의사였다. 몇 년간 연락이 없던 사이였는데 어느 날 갑자기 전화를 하더니 "야! 깜짝 놀랐어. 네가 웬 암이냐? 팔팔했던 놈이? 지금은 어때? 힘들지?" 간결한 말이었지만 일단 내게 암이 생겼다는 사실에 자신이 놀랐다는 마음을 전해주는 것이 고마웠고, 그다음으로 내가 힘든 것을 알아주는 말도 참 다정하게 느껴졌다. 암에 걸린 나에 대해 특별하게 느낀다는 친구의 뜻밖의 고백은 비록 짧았지만 강한 임팩트를 남겼다. 전화를 끊고 가만히 생각해보니, 그 친구 역시 전에 중증의 신장 질환으로 죽다 살아난 병력이 있었던 것이 기억났다. 역시 죽을 고비를 넘긴 사람이 죽을 고비에 있는 사람을 제대로 위로할 줄 아는 지혜를 갖고 있는 듯했다.

# 회피와 비난의 말 vs. 공감의 말

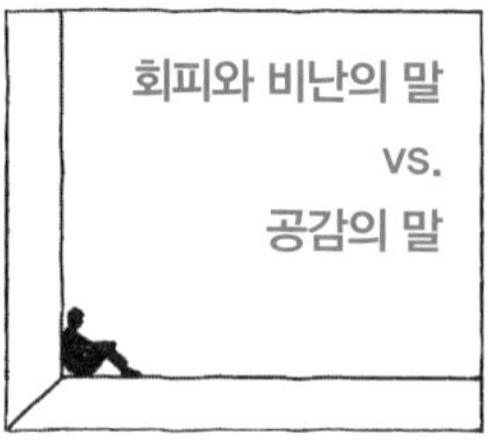

암에 걸린 사람과 대화를 할 때, 그 대화 내용이 얼마나 객관적이고 합리적인 말이냐 하는 것은 그리 중요하지 않다. 오히려 객관적이고 합리적인 조언일수록 암 환자에게 상처를 주는 경우가 의외로 많다.

"빨리 치료 받으면 괜찮을 거야."

"요즘은 치료 기술이 발달했으니 그냥 병원에서 하라는 대로 다 하면 잘될 거야."

"골고루 잘 먹어야지 면역력에 좋아."

"마음 편하게 먹어. 다 잘될 거야."

"하느님을 믿어라. 하느님께서 반드시 좋은 곳으로 인도해주실 거야."

"너무 스트레스 받지 않는 게 좋아."

"긍정적으로 생각해. 처음부터 다시 시작하라는 의미일 거야."

"그거 먹고 그렇게 효험을 봤다는 사람이 있는데 그거 한번 구해 먹어 보지 그래?"

"아무리 힘들어도 매일 꾸준히 운동해야 돼. 무기력해지면 큰일 난다."

이런 말들은 모두 다 환자에게 희망을 주고자 혹은 도움을 주고자 하는 마음에서 하게 되는 말들이지만, 사실 잘 살펴보면 모두 이렇게 생각해라 저렇게 행동해라 하는 식으로 암 환자에게 부담이 되는 행동지침을 강요하는 의미를 내포하고 있을 뿐이다. 그렇기 때문에 이러한 말들은 암에 걸린 환자가 겪고 있는 충격과 혼란 그리고 두려움과 슬픔과 같은 감정에는 전혀 조율이 안 되는 말이라고 할 수 있다. 결국 이러한 말들은 암 환자가 겪고 있는 고통스러운 감정을 회피하고 무시하는 말들이 된다.

또 암 환자의 감정이나 행동이 잘못되었다고 비난하고 수정하려고 하는 말도 환자에게 도움이 되기는커녕 환자에게 더 견디기 힘든 스트레스를 줄 뿐이다.

"정신 차려! 그렇다고 자포자기하면 어떻게 하냐?"

"너만 힘든 게 아니야. 도대체 어떻게 하라는 거야?"

"검사는 자꾸 받아서 뭐해? 뭐 다를 게 있다고."

"빨리 치료를 결정해야지. 그렇게 밍기적대면 어떻게 할 거야?"

"치료를 안 받으면 암세포가 더 퍼질 텐데, 죽으려고 작정한 거야?"

"암에 걸렸는데 무슨 술이야? 제정신이냐?"

"담배를 그렇게 피워대니 결국 이 모양이 됐지!"

"다른 사람 다 하는데 도대체 왜 당신만 못하겠다는 거야? 당신만 힘들어?"

"뭘 먹어야지, 안 먹는다고 문제가 해결돼?"

"아! 그럼 네가 다 알아서 해. 아무튼 고집은!"

"그렇게 치료해서 참 잘도 낫겠다."

이런 말들은 아무리 걱정해서 해주는 말이라고 해도 결과적으로는 모두 다 환자의 감정과 태도와 행동에 대해 직접적으로 비난하고 협박하는 말이 된다. 환자의 아픔에 공감해서 하는 말이 아니라, 자신들이 받는 스트레스를 약한 환자에게 풀기 위해 퍼붓는 말들이기 때문이다. 이런 말들은 결국 가족과 친구들 사이에 갈등과 반목만 유발할 뿐이다.

어떤 말을 하건 암 환자에게 가장 중요한 것은 암 환자가 겪고 있는 심리적 고통에 대해 공감해주는 말과 태도이다. 다른 사람의 감정과 의견에 대해 나도 비슷하게 느끼고 비슷하게 이해하려는 태도를 먼저 전달하는 것이 바로 공감의 기본이다.

암 환자가 느끼는 고통과 두려움과 절망감을 먼저 상상으로라도 느껴보고 이해해보려 해야 한다. 그리고 그때 당신이 진심으로 느껴지고 이해되는 것을 암 환자에게 전달하면 된다.

그럼 아마도 이런 말들을 먼저 하게 될 것이다.

"많이 아프지? 휴, 나라도 참기 힘들었을 것 같아."

"네가 이런 큰일을 겪게 되다니 나도 참 마음이 아프다."

"너에게 이런 일이 일어나다니 상상도 할 수 없는 일이어서 나도 너무 놀랐다."

"얼마나 힘드니? 그래도 그 힘든 치료를 잘 견뎌내는 널 보니 정말 존경스럽다."

"많이 혼란스럽고 충격일 텐데, 내가 뭐 알아봐 줄 것은 없니?"

"널 위해 기도할게. 필요한 게 있으면 언제든지 말해줘."

"지금 네가 보고 싶다. 언제든지 연락해. 언제라도 갈게."

“잘 치료 받으면 그래도 나아질 수 있다고 하니 정말 다행이다.”

요지는 상대방의 아픔에 대해 진심으로 걱정이 되고 이해가 된다고 하는 아주 섬세한 감정의 조율이다.

#### 암을 치료 받는 과정에서 내게 가장 도움이 되었던 말

“사랑해.”

“함께 있고 싶어.”

“걱정돼서 전화했다.”

“많이 힘들었지, 수고했어.”

“내가 도울 일 있으면 연락해줘.”

“널 위해 기도하고 있어.”

#### 암을 치료 받는 과정에서 상처 받았던 말

“어쩌면 이 모든 것이 다 하느님의 뜻일 거야.”(하느님의 뜻이 내가 암에 걸리는 거라고?)

“네 맘 알 것 같아.”(어떻게?)

“너는 꼭 나을 거야.”(네가 그걸 어떻게 아니?)

“넌 재발 안 할 거야.”(넌 내가 얼마나 재발을 두려워하는지 전혀 모르는구나.)

“이제 괜찮으시죠?”(휴, 할 말이 없다! 내 책 나중에 꼭 봐라!)

## 항암 치료, 꼭 받아야 할까?

복부 통증이 서서히 잦아들고 병실 생활에 슬슬 적응이 되어갈 즈음, 주치의가 빠른 걸음으로 휘몰아치듯이 회진을 왔다.

"수술 빨리 하시길 정말 잘 하신 것 같습니다. 조직검사 결과가 나왔는데 주변 림프절에 암세포가 퍼진 흔적이 없고 골수 검사에서도 깨끗이 나왔습니다. 그리고 cell 타입은……."

난 침을 꿀꺽 삼켰다.

"B cell 타입으로 검사 결과가 나왔네요. 이놈은 좀 공격적으로 자라는 놈이기는 하지만 다행히 약에 잘 반응하니까요. 항암 치료 잘 받으시면 재발 없이 잘 회복하실 것 같습니다."

주치의는 그가 전할 수 있는 가장 희망적인 뉴스를 전해주었다. 주치의가 방에서 나가자마자 나는 아내와 부둥켜안고 울었다. 최악의 상황이 아닌 것에 감사하며.

암 발병에는 술, 담배, 기름진 음식, 방사능, 스트레스 등과 같은 여러 가지 원인들이 관여하고 있지만, 신체의 어느 부위에 암이 생기느냐, 예후가 나쁜 미분화된 세포로 된 암이냐 치료에 잘 반응하는 분화된 세포로 된 암이냐, B cell이냐 T cell이냐, 발견 당시의 암이 초기냐 말기냐 하는 것들은 마치 하느님이 무작위로 돌림판을 돌려 정해주는 운명의 시간표 같다는 생각이 든다. 그 운명의 시간표를 하나하나 알게 될 때마다 나약한 인간들은 울고 웃고 괴로워하고 기뻐하고…… 롤러코스터를 탄 것처럼 감정이 출렁거린다.

"하느님, 감사합니다. 다시 새롭게 열심히 살아보라고 치료 기간이 비교적 짧은 B cell 타입으로 정해주신 거죠? 정말 감사합니다."

이제 겨우 수술이 끝났을 뿐이고 본격적인 항암 치료는 아직 시작도 하지 않았는데, 마음은 벌써 완치가 다 되어 제2의 삶을 시작할 기세였다.

B cell 타입이라는 소식을 듣고 의학도서관에 내려가 책과 저널을 찾아보니 내 암의 정식 명칭은 'diffuse large B cell lymphoma, non-hodgkin type'이었다. 다행히도 주변의 림프절이나 골수에 전이가 없었기 때문에 일단은 초기에 해당되고 항암 치료 매뉴얼대로 치료 받았을 경우 치료 성공률은 약 80%라고 나와 있었다. 또한 이 암은 수술만으로는 완전히 치료할 수 없는 혈액암의 일종이기 때문에 아무리 수술을 했다 하더라도 기본적인 치료는 항암 치료라고 한다.

내가 받을 항암 치료는 R-CHOP이라는 약간은 우스꽝스러운 이름의 항암요법이었다. 5가지 항암 치료제 중 4가지는 칵테일처럼 섞어서 한꺼번에 주사로 맞고 한 가지 약은 복용을 하는 것을 한 세트로 한다. 이 한 세트를 우선적으로 3주에 한 번씩 6회를 실시하고 그 후 추이와 경과를 봐서 추가 치료를 결정하기도 한다. '흠…….' 그런데 갑자기 내 마음속에서는 '굳이 힘든 항암제 치료를 받을 필요가 있을까?' 하는 의구심이 들었다.

'몇 개 남아 있을 것 같지도 않은 암세포를 확인사살하기 위해 그 독한 약들로 내 몸의 멀쩡한 정상세포들까지 망가뜨리고 생고생할 필요가 있는 걸까? 구역질, 탈모, 탈진 등과 같은 부작용의 끔찍한 고통을 굳이 경험해야 하나? 일단 수술 받아서 암덩어리를 제거했으니 공격적인 치료는 이제 그만 중단하고 산으로 가서 맑은 공기 마시고 건강한 음식 먹으면서 마음 수양을 하는 편이 내 면역시스템을 활성화시켜 암의 재발을 막는 길이지 않을까? 그래, 맞아! 보통의 위암 같은 경우에도 초기에 발견한 경우에는 수술만으로 치료가 끝나는 경우가 많지 않은가?'

항암 치료의 두려움에 떨고 있는 내 마음은 벌써부터 항암 치료를 받지 않아도 될 여러 가지 구실들을 찾아내고 있었다.

"여보. 나 항암 치료 받지 말아볼까?"

저녁 때 눈치를 보며 아내에게 슬쩍 말을 꺼내보았다. 아내는 놀란 표정을 지으며 날 빤히 바라보다 물었다.

"만약 당신이 주치의라면, 당신 환자들에게 그렇게 해보라고 할 거야?"

흠, 그래도 명색이 의사인 내 마음속에서 나오는 답은 바로 "아니지"였기 때문에 딱히 다른 할 말이 떠오르지 않았다. 하긴 나도 외래에서 진료를 하면서 제일 골치 아플 때가 반드시 항우울제를 복용해야 할 심한 우울증 환자가 자기는 괜찮다고 하면서 약을 안 먹겠다고 고집 부릴 때였다.

"그렇게 무기력하고 우울하고 충동조절이 안 되는 것은 환자분께서 의지가 약해서 그런 것이 아닙니다. 우울증약을 먹는 것이 환자분의 의지를 약하게 하는 것도 아닙니다. 오히려 약을 복용함으로써 우울증을 극복하겠다는 의지가 더 강해지는 것입니다."

이렇게 매번 약장수처럼 설득하느라 진땀을 흘려야만 했다. 그래도 환자들은 항우울제를 먹는다는 것이 마치 자신이 진짜 정신병자나 약물의 존자가 된 것 같은 두려움 섞인 편견을 갖고 약물 복용을 꺼리는 경우가 많았다. 그런데 이제 와서 내가 항암 치료 안 받고 산에 가겠다는 것은 우울증이 엄청 심한데 항우울제는 안 먹고 등산만 하겠다고 하는 것과 같은 짝이니, 어찌 내가 더 고집을 부리겠는가?

의사인 나도 암 환자가 되고 나니 이렇게 자신의 치료에 대해 갈팡질팡하고 있는데, 어떤 치료를 받아야 할지 몰라 우왕좌왕하며 갈피를 못 잡는 암 환자와 가족들이 얼마나 많을까? 의사만 믿고 병원 치료를 받았는데 고통만 받다가 죽었다는 환자 이야기, 병원에서 가망 없다는 이야기를 들어 치료도 안 받고 산만 타고 다녔는데 암이 절로 사라졌다는 이야기, 어떤 약초를 매일같이 달여 마시고 다시 새 삶을 살게 되었다는 이야기…… 도대체 세상에는 얼마나 많은 사연과 이야기들이 있을까? 수많은 치료 사례가 담긴 이야기가 있는 만큼 암 환자들은 혼란스러울 수밖에 없다. 병원에서 받아야 하는 표준적인 항암 치료는 거의 대부분 고통스러운 부작용을 수반하기 때문에 피할 수만 있다면 피하고 싶고, 차라리 자연 치유에 의지해볼까 하는 마음이 환자 입장에서는 자연스럽게 생겨날 수밖에 없다. 그러나 또 한편으로는 제대로 된 치료를 받지 않아 쉽게 나을 수 있는 암이 더 악화되는 것은 아닐까 하는 생각에 마음이 심란해진다.

암 치료 과정에서는 늘 이런 혼란스러움이 존재한다. 사실 그 누구도 한

치 앞길을 예측하기 힘들다. 목숨을 담보로 하고 있는데 무엇이 100% 옳다 무엇이 100% 그르다 할 수도 없다. 그래서 암 환자는 그때그때 자신에게 맞는 최선의 선택을 해야 하는 상황에 수시로 놓이게 된다.

"만약 항암 치료가 두렵지 않다면, 그렇게 고통스럽지 않다면, 솔직히 어떻게 하는 것이 최선인 것 같아?"

나는 나 자신에게 직접 물어보았다.

"항암 치료제가 아무리 부작용이 심하다고 해도 B cell 타입의 임파선암에 대해서는 이미 수십 년 전부터 항암 치료제의 효과에 대한 데이터가 나와 있지 않니? 너 같은 경우에는 약물치료를 했을 때 5년 생존율(암의 치료 뒤에 5년 동안 살아 있는 사람의 백분율. 치료 후 5년 동안 생존하면 일단은 치유된 것으로 본다.)이 80%나 된다고 하지 않아? 80%나 효과가 있다고 입증된 의학적인 치료를 거부하고 치료 확률을 알 수 없는 자연요법이나 대체요법을 따라 미지의 세계로 혼자 가보겠다고? 그건 안 무서울까? 그건 회의가 안 들까? 만약 과학적으로 입증된 치료가 10%밖에 치료 효과가 없다고 한다면, 그래, 그때는 미지의 세계를 선택하는 것도 그리 나쁘지 않겠지. 그럼, 과학적으로 입증된 치료 효과가 50%일 때는 어떻게 할 거 같니?"

나는 나 자신에게 답하기 곤란한 질문을 던져보았다.

"흠. 잠깐 시간을 줘봐……. 그때는 너의 본능적인 직감이 왠지 더 해보고 싶다는 의지를 불러일으키는 쪽의 치료 방법을 선택한다면 어떤 결과가 나와도 후회하지 않겠지. 아니야, 아니야, 잠깐만, 조금만 생각할 시간을 더 줘봐. 만약 과학적인 방법으로 치료될 확률이 50%라면, 효과가 입증된 의학적 치료와 아직 효과가 입증되지 않은 대체요법을 동시에 같이 시행해보는 게 좋지 않을까? 솔직히 암이라는 게 할 수 있는 모든 방법을 다 동원해서 치료해야 하는 거잖아. 설마 모든 우울증 환자를 약물치료만으로 치료하려 하는 건 아니지? 우울증 치료도 약물치료뿐 아니라 상담, 운동, 명상, 취미생활, 음식조절, 스트레스 관리 등등 할 게 얼마나 많은데, 그거 다 해봐야지. 당연한 거 아니야?"

혼자서 이렇게 자문자답하다 보니 내 마음은 자연스럽게 다시 항암 치료를 받겠다는 쪽으로 기울어졌다. 일단 마음의 결정을 하고 나니 한결 편안해졌다. 난 다시 침대에 편하게 누워 머리맡에 있던《암을 이겨낸 의사들》이라는 책을 펼치고 격려와 희망을 얻기 위해 그들의 승리의 이야기를 읽기 시작했다. 하지만 몇 페이지를 읽기도 전에 나는 다시 마음이 싱숭생숭해졌다.

'수술의 아픔은 항암 치료의 괴로움에 비하면 아무것도 아니다'라는 문장 하나가 내 공포중추를 자극했기 때문이다. 나는 이성적이고 합리적인 정신과 의사이기 이전에 겁이 아주 많은 암 환자였다. 옆에 앉아 있던 아내는 어느 병원 어떤 의사에게 항암 치료를 받는 것이 좋은지 알아보기 위해 이쪽저쪽 열심히 전화를 걸고 있었다.

'항암 치료를 받아야 하나 말아야 하나?' 모든 암 환자에게 참 어려운 결정이다.

암에 걸렸을 때는 가족과 함께 두려움을 나누고, 또 함께 희망을 나누는 것이 매우 중요하다. 암에 걸린 사실을 사랑하는 이들에게 솔직하게 전달하고 힘든 감정을 그들과 함께 나누는 시간을 갖는 경험은 오히려 친밀감을 강화시켜준다. 그리고 이는 환자의 정신건강은 물론이고, 면역력에도 좋은 영향을 미칠 것이다.

3

# 누구에게나 기억하고 싶지 않은 시간이 있다

# 환자가 결정해야 하는 문제들

"항암 치료는 6번 받을 수도, 3번 받을 수도 있습니다. 어느 쪽을 선택하시겠습니까?"

'빨간 약 먹을래, 파란 약 먹을래?'와 같은 뜻밖의 질문을 받은 건 도떼기시장 대형병원을 찾아갔을 때였다. 퇴원을 하고 이틀간의 짧은 휴식 후 아내와 나는 친절한 후배 의사를 떠나 낯선 환경으로의 외로운 여행을 결정했다. 어차피 항암제야 다 똑같겠지만, 항암제가 잘 듣지 않는다든지 재발을 한다든지 하는 혹시 모를 사태가 벌어지면 아무래도 경험 많은 선생님이 더 잘 대처해주겠지 하는 기대감에 도떼기시장 대가 선생님을 다시 찾은 것이다. 수술 전 세컨드 오피니언을 구하기 위해 만났을 때 대가 선생님이 보여준 자신감 있는 태도가 큰 신뢰감을 주었기 때문이기도 하다.

전국의 암 환자가 다 몰려든다는 그 병원의 외래 대기실에는 환자로 가득했다. 아내와 나는 대기실 앞에 놓인 기다란 의자에 앉아 한참을 기다렸다. 남자, 여자, 젊은 사람, 나이 든 사람, 머리가 긴 사람, 완전 대머리인 사람, 시골 아저씨, 양복 입은 멋쟁이, 모두 다 내가 들어갈 대가 선생님 방으로 들어가는 걸 보니 아마 나와 같은 임파선암 환자들 같았다. 정말 대한민국 임파선암 환자들은 다 이곳으로 몰려드는 모양이다.

예약 시간보다 1시간이 더 지나서야 순서가 돌아왔다. 대가 선생님이 우리가 챙겨온 수술 일지, 병리 소견, 혈액 검사 소견 등을 찬찬히 살펴보는 동안, 나는 숨을 죽이고 앞으로 내 주치의가 될 대가 선생님의 표정을 살폈다. 혹시라도 수술로 인해 신체 상태가 허약해졌으니 항암 치료를 나중으로 미루자고 할 것 같아서 긴장을 하고 있었다. 항암 치료를 받는 것도 무서웠지만 항암 치료를 받을 수 없다고 판정받는 것은 더 무서운 최악의 상황이었다.

그런데 대가 선생님은 전혀 뜻밖의 제안을 했다.

"잘 아시다시피 일반적인 치료의 매뉴얼을 따르자면 보통 6번의 항암 치료를 받아야 하지만, 수술을 해서 주변으로 암세포의 전이가 없다는 점을 감안했을 때, 항암 치료를 3번만 받아도 될 것 같습니다. 사실 예후에는 3번이나 6번이나 차이가 없다는 연구 보고도 많거든요."

"네?"

갑작스러운 제안에 놀라 얼떨떨한 상태에서 어떤 결정도 할 수가 없었다.

"아, 물론 결정은 본인이 하셔야 합니다. 천천히 생각을 해보십시오."

결국 결정을 내리지 못한 우리는 잠시 대기실로 나왔다. 아내와 나도 의사지만 이런 경우 어떤 결정을 내려야 할지 그저 막막했다. 항암 치료를 3번만 받아도 괜찮을 것 같다는 말은 당연히 기쁜 소식이지만, 만에 하나 죽어야 할 암세포가 다 죽지 않은 상태에서 항암 치료를 마치는 바람에 나중에 암이 재발하면 어떻게 하지? 이런 두려움이 마치 반발이라도 하듯 내 마음 한 구석에서 커져만 갔다. 암에 대한 치료는 어떤 결정을 내리든 목숨을 담보로 하고 선택해야 하기 때문에 결코 쉬운 결정이란 없다.

많은 암 치료 가이드 책을 보면 의료진에게 너무 의지하는 환자가 되지 말고 주도적으로 자기 치료를 이끌어가는 독립적인 환자가 되어야 한다고들 말한다. 하지만 실제로 암을 치료하는 과정에서 일어나는 갑작스러운 상황 변화에 그때그때 주도적으로 치료 방향을 정하는 것은 누구에게든 결코 쉬운 일이 아니다.

아내와 내가 결정을 내리지 못하고 망설이고 있으니 자신을 연구원이라고 소개한 사람이 다가와 우리를 다른 자그마한 방으로 안내했다. 그러고는 차분하게 외국의 연구 사례 등을 이야기하면서 나와 같이 수술로 암 덩어리를 제거하고 주변에 암세포가 퍼진 흔적이 없는 환자의 경우, 항암 치료를 3번 했을 때나 6번 했을 때 예후에 별다른 차이가 없으니 3번만 항암 치료를 받아도 괜찮을 것 같다며 친절하게 안심시켜주었다. 그 자상한 설명에 이끌려 나는 3번만 항암 치료를 받기로 마음먹었다. 3번만 항암 치료를 받아도 치료 효과가 똑같다면 굳이 재발에 대한 과도한 두려움 때문에 항암 치료의 고통을 불필요하게 감내할 필요는 없겠구나 하는 지극히 합리적인(?) 생각이 들었기 때문이다. 내가 3번만 받겠다고 하자 연구원은 기다렸다는 듯이 이런저런 서류를 꺼내면서 치료에 동의한다는 사인을 하라고 했다. 깨알 같은 글씨들을 대충 훑어보고 급하게 사인을 해나가다 곧 '아차!' 하는 마음이 들어 사인을 멈추었다.

'아, 이게 지금 결국 대조군하고 비교 연구를 하고 있는 거구나!'

환자가 많은 이런 대형병원에서는 흔히 있는 일이겠지만, 졸지에 내가 이곳에서 피실험자가 되었다는 사실을 깨달았다. 즉, 나와 같은 조건의 암 환자(수술로 암덩어리를 제거하였고 주변에 암세포가 퍼지지 않은 환자)에게 6번의 항암 치료를 했을 때와 3번의 항암 치료를 했을 때의 예후를 비교하는 실험에 내가 연구 대상자가 된 것이었다.

기분이 확 상한 나는 연구원에서 물었다.

"나와 비슷한 사람들은 다 3번만 항암 치료를 받나요?"

"3번 받는 분도 있고 6번 받는 분도 있습니다. 결국 환자분의 결정에 따르는 거죠."

"아무것도 모르는 환자가 이런 중요한 사항을 어떻게 갑자기 결정합니까?"

정보 부족에, 항암 치료에 대한 두려움에, 그리고 재발에 대한 공포에 시달리는 환자의 순간적인 결정에 따라 치료 방침을 정한다니, 이런 경우가 도대체 어디 있나? 연구원은 내 눈을 피하며 입을 다물었다. 환자에게 결정하라고 하는 것은 결국 3번만 항암 치료를 받았을 때 혹시 재발하게 되더라도 책임은 지지 않겠다는 소리 아닌가? 결국 3번이든 6번이든 어떤 선택을 해도 재발할 사람은 재발할 것이고, 그럼 분명 3번만 항암 치료를 받은 사람은 치료가 부족해 재발했다고 훨씬 더 억울해할 터이니 치료의 선택을 환자에게 맡기려는 것이었다. 아무래도 지금 사인을 하면 뭔가 사기를 당하는 것 같은 느낌이 들었다. 난 일단 사인을 멈추고 그 방을 나섰다.

상황이 변한 것은 하나도 없는데 병원에 올 때보다 오히려 기분이 가라앉았다. 당당한 자신감을 지닌 대가 선생님을 만나 희망을 얻을 거라 기대했지만 내 뜻과는 상관없이 피실험자가 된 기분이 영 탐탁치가 않았다. 그

도떼기시장 같은 대형병원에서 벗어나 한시라도 빨리 답답한 기분을 털어내고 싶었다. 다행히 병원 옆에는 제법 시원한 산책로가 있었다. 길을 걸으며 아내는 6번 항암 치료를 전부 받는 게 어떻겠냐고 물었다. 아내는 늘 안전이 최우선이기 때문에 6번을 받자고 말할 줄 알았다. 하지만 내 머릿속에서는 3번이나 6번이나 예후가 똑같다면 굳이 6번을 다 받을 필요가 없다는 생각이 점점 커지고 있었다.

아마 대가 선생님이 처음부터 솔직하게 "우리 팀이 사실 치료 효과를 비교하는 연구를 하고 있는데, 이제까지 나온 다른 연구 결과들을 리뷰해 봤을 때, 그리고 내 경험으로 봐도 항암 치료를 3번만 받아도 같은 효과를 볼 수 있을 것 같습니다. 다만 누구도 어느 쪽이 최선이라고 100% 장담할 수 없기 때문에 선택은 환자분 자신이 해야 합니다"라고 비교실험에 대해 솔직하게 설명해주고 양해를 구했다면 난 아마도 쉽게 3번만 받겠다고 결정했을 것이다. 의학의 발전이라는 것이 결국 이런 실험으로 이루어진다는 것쯤은 나도 잘 알고 있으니 말이다. 하지만 애매하게 이야기했기 때문에, 아니 좀 더 정확히 표현하자면 피실험자가 된다는 사실을 알리려 하지 않았기 때문에 나중에 내 스스로 눈치 채서 알게 되고 나니 기분이 지독하게 가라앉았던 것이다.

때때로 환자의 마음은 암 그 자체보다도 치료자의 말 한마디에 천당과 지옥을 오간다. 그만큼 암 환자에게는 치료자가 절대적인 영향을 미치는 사람인데 그 사실을 치료자인 의사선생님들은 아시는지, 알면서도 모르는 척하시는 건지…… 화를 낼 기력도 사라져갔다.

그래도 산책로를 걷다 보니 강바람이 제법 시원했고 햇볕은 따사로웠다. 따사로운 햇살을 맞으며 눈을 감고 잠시 심호흡을 하니 가라앉았던 마음이 조금은 가벼워졌다. 난 일단 마음을 정했다.

"여보, 3번만 받는다고 오늘 정하고 가자. 자꾸 뒤로 미뤄봐야 뭐하겠어?"

"당신 정말 괜찮겠어?"

"3번이건 6번이건 다 결과는 비슷할 거야. 그러니까 우리에게 선택하라고 한 거겠지! 당신이라면 안 좋은 결과가 나올지도 모를 치료 방법을 선택하라고 환자에게 제시할 수 있겠어? 그럼 의사가 아니지. 안 그래?"

어쩔 수가 없었다. 치료를 받아야 하는 내가 치료해주는 주치의의 입장을 이해하는 수밖에 없는 노릇이었다. 지금 상황에서 내가 주치의를 믿지 않는다면 상황이 더 악화될 뿐이었다. 그리고 당연히 6번 맞는 것보다 3번 맞는 게 덜 무서웠기도 했고.

## "죄송해요, 어머니"

병원에서 밤늦게 집에 돌아오니 뜻밖에도 어머니가 와 계셨다. 어머니의 얼굴을 보는 순간 난 아차 싶었다. 아직 어머니에게 암 걸렸다는 이야기를 한마디도 전하지 못했는데 어머니는 이미 다 알고 오신 듯했다. 동생 녀석이 상세히 다 이야기를 했는지 어머니의 얼굴은 걱정과 근심으로 가득했고 눈에는 눈물로 가득했다. 순간 어머니에게 큰 잘못을 저지른 것 같은 죄송한 마음이 솟구쳐 올라왔다. 자식으로서 암에 걸렸다는 사실이 늙으신 어머니에게 얼마나 큰 불효인가. 난 용서를 구하는 마음으로 "엄마, 미안해"라고 말하며 어머니를 꼭 안았다. 오랜만에 엄마 품속에 안겨 용서를 구하니 뜨거운 눈물이 뺨을 타고 흘러내렸다.

"많이 고생했지? 우리 아들."

순간 난 내 귀를 의심했다. 평소의 우리 어머니라면 내가 잘못했다고 사과를 해도 먼저 역정을 한번 내셔야 했다. "넌 도대체 정신이 있는 거니 없는 거니? 왜 엄마한테 말을 안 했니?" 이렇게 야단을 쳐서 내 눈물이 쏙 들어가게 하셔야 했다. 그런데 수술 받느라고 고생했다는 따뜻한 위로의 말씀을 먼저 하시다니. 아버지가 암으로 돌아가신 것 때문에 어머니도 이토록 마음이 약해지신 건가. 예상외의 어머니의 반응은 감동적이었다.

"괜찮아요, 괜찮아요. 다 잘 끝났어요."

난 암 환자가 아니라 철이 든 아들로서 늙은 어머니를 진심으로 위로하며 힘껏 어머니를 품에 안았다. 흐르는 눈물이 한참을 멈추지 않았다. 아, 따뜻한 어머니 품이여! 암에 걸리니 50이 넘은 나이에 이렇게 어머니 품속에 안겨도 보고. 암 걸려 좋은 것도 있구나 싶었다. 그러나 순간 전광석화와도 같은 반전이 일어났다. 어머니는 갑자기 날 품 안에서 밀쳐내며 그 특유의 역정을 내시기 시작했다.

"너, 네 아내 쓰러지면 어쩌려고 엄마한테 말을 안 했어?"

역시 예상대로 어머니는 암 때문에 수술 받은 건 고생했지만 자신에게 바로 알리지 않은 것은 잘못이라고 꾸중하시기 시작했다. 역시 어머니 마음속의 난 여전히 사리판단을 못하는 철부지 아들이었다. 철부지 아들에게 하는 어머니의 꾸중은 50년이 지나도 늘 한결같았다. 아마 10년 전만 했어도 나는 욱해서 진짜 철부지 아들 같은 반항을 했을 것이다. "아니, 집사람이 쓰러지긴 왜 쓰러져요? 엄마가 도대체 해준 게 뭐가 있어요?" 어느 집에서나 볼 수 있는 10대 아들과 엄마의 역할 놀이를 난 거의 40이 될 때까지 했던 것 같다.

하지만 난, 자랑하기엔 좀 쑥스럽지만, 벌써 10여 년 전부터 어머니의 어떤 말에도 좀처럼 상처받지 않는다. 정신과 의사로서 내공이 쌓여 심리적인 방어를 잘하기 때문은 아니다. 정신과 의사라고 사실 뭐 뾰족한 수가 있겠는가? 흥분한 어머니가 매사에 불합리한 잔소리를 하시면 정신과 의사 할아버지라도 냉정을 유지하기 쉽지 않을 것이다. 내가 어머니 말씀에 상처를 안 받게 된 것은 어느 순간부터 나이 든 어머니가 나보다 훨씬 약해져 있다는 사실을 깨닫고 나서부터이다. 게다가 지금은 나도 어느덧 나이 50이 넘었고, 게다가 암까지 걸린 몸이니, 나름 이제까지와는 다른 반응을 보여야 하지 않겠는가? 10대 철부지가 아니라 50대의 성숙하고 효성 가득한 아들 역할을 해야만 했다.

"어머니가 너무 많이 걱정하실까 봐, 조금 안정이 되고 난 뒤에 말씀드리려고 했어요."

"그래도 그렇지, 일하는 사람이 병간호를 어떻게 혼자 하니?"

어머니는 약간 누그러드셨지만 여전히 본인에게 사실을 알리지 않은 것이 내심 서운하신 모양이었다.

"어머니, 죄송해요. 제가 먼저 연락드렸어야 했는데……."

아내가 다시 한 번 어머니의 서운한 마음을 도닥였다.

"내게 알리면 나랑 번갈아가며 병간호할 수 있잖아? 혼자 병간호하다 너까지 쓰러지면 정말 큰일 난다." (어머니는 날 걱정하시는 건가? 아내를 걱정하시는 건가?)

"네, 알았어요. 어머니. 다음에는 그렇게 할게요."

아내는 어머니를 잘 다독일 줄 아는 여자였다. 그제야 서운한 마음이 좀 풀리셨는지 어머니는 부엌으로 가시며 말씀하셨다.

"빨리들 손 씻고 와서 저녁 먹어라. 배고프지?"

암에 걸렸다는 사실을 어머니에게 어떻게 별 탈 없이 잘 전달할 것인지가 내게는 큰 걱정거리 중 하나였는데 다행히도 어물쩍 위기를 넘길 수 있었다. 나는 조금은 편안한 마음으로 식탁에 앉아 어머니 밥상을 먹기 시작했다. 아마도 어머니는 내가 잘 먹으면 그 어떤 암도 자신의 아들이 이겨낼 수 있을 거라 믿으실 것이다.

그리고 며칠 뒤, 항암 치료를 받기 전에 하룻밤을 어머니 집에서 머물기로 했다. 병원에서 간호하다 지친 아내에게 쉴 시간도 줄 겸, 어머니 찾아가 어리광도 좀 부려볼 겸, 겸사겸사 어머니 집을 찾아간 것이다. 며칠 만에 보는 건데도 어머니는 나를 보자마자 한눈에 내 얼굴이 그새 수척해졌다고 진단 내리고, 암을 이겨내려면 무조건 잘 먹어야 한다는 잔소리 보따리를 풀어놓으셨다. (아, 난 좀 쉬면서 어리광을 부리고 싶었던 건데!) 그러고는 계속 음식을 내오셨다. 녹두전, 병어조림, 북어조림, 그리고 처음 보는 수상한 러시안 스프까지 음식 보따리를 풀어놓으셨다! 배가 불러 그만 먹으려고 할 때마다 어머니는 "그 녹두전 엄마가 직접 손으로 간 거다", "그 병어는 수산시장 가서 사온 거다"라며 계속 먹을 것을 강요하셨다. 더 이상 배 속에 음식이 들어갈 자리가 없는 포화 상태가 되어서야 겨우 저녁 식사를 마칠 수 있었다. 부른 배를 두드리며 멍하니 텔레비전을 보는데 설거지를 마치신 어머니가 이번에는 과일을 들고 다시 내 옆으로 오셨다. 드라마가 끝날 때까지 난 그 과일들을 혼자서 다 먹어야만 했다. (아, 정말 난 좀 쉬면서 어리광을 좀 부리고 싶었던 것뿐인데!!)

배가 너무 부르다고 투덜거리자 어머니는 산책도 할 겸 장 보러 가자며 내 손을 잡아끄셨다. 신도시의 밤거리는 우리 동네보다 훨씬 상쾌한 기분이 들게 했다. 한적한 밤길을 어머니와 함께 한참을 걸었다. 손을 잡고 다

정한 연인처럼. 이게 도대체 얼마만의 엄마와의 데이트인가? 초등학교 이후 처음 아닌가? 마트에 들어가서도 어머니와 나는 마치 연인처럼 티격태격했다. "이건 낼 아침, 이건 낼 점심." 젊어서부터 손이 큰 어머니는 계속 먹을거리를 카트에 담았고 그럴 때마다 나는 계속 "나 그거 안 먹는다니까!", "음식 남아도 난 몰라!" 하고 투덜거렸다. 투덜대면서도 엄마가 집어주는 음식을 그대로 다 카트에 담았다. 그렇게 모자가 다정하게(?) 장을 보고 난 뒤, 분위기 있는 한적한 길을 걸어 집으로 돌아오는데, 저 멀리 에메랄드 블루 빛의 아파트 조명이 신도시 전체를 아늑한 엄마 품처럼 느껴질 정도로 따뜻하게 감싸주고 있었다.

집에 돌아와 양치를 하고 나오니 텔레비전 앞에는 내가 마셔야 할 과일주스가 이미 만들어져 있었고 안방에는 이불이 깔려 있었다.

"엄마, 내가 마루에서 잘게."

"나 봐야 할 드라마 있다."

어머니는 내게 안방에서 자라고 권하셨다. 편안하고 아늑한 안방 잠자리에 누웠는데 거실에서 텔레비전 소리가 요란하게 들려왔다. 얼마 전부터 귀가 잘 안 들리시는지 어머니는 텔레비전 볼륨을 크게 틀어놓으시곤 했다. 평소라면 참 시끄러웠을 그 소리가 그때만큼은 잔잔한 자장가 소리처럼 들렸다. 오랜만에, 대학 때부터 떨어져 지냈으니 근 30여 년 만에 엄마와 함께 저녁 시간을 보내며 어린아이처럼 보살핌을 받으니 모든 것이 다 편안하게 느껴졌다. 다 커서 나이 50이 넘어서도 70이 넘은 어머니의 애정과 관심을 받는 것이 이렇게 편안한 것인지 예전에는 미처 몰랐다. 오랜만에 깊은 잠에 빠져들었다.

# 암, 가족에게 어떻게 알릴까?

"어머니에게 병을 알리고
어머니와 함께 고통을 나누고
어머니에게 보살핌을 받고
어머니와 더 가까워졌다."

나이 든 부모에게 젊은 자식인 내가 암에 걸렸다는 사실을 꼭 알려야 하는 걸까? 차라리 투병 생활을 숨기는 것이 좋지 않을까? 그리고 가족과 주변 사람들에게 끝까지 밝은 모습을 보이려 노력하는 것이 좋지 않을까?

많은 암 환자들은 나이 든 부모에게, 형제자매, 주변 가까운 이들에게 걱정과 근심을 끼치는 것이 염려돼 이런 고민을 많이 한다. 사랑하는 사람들을 배려하는 마음에 미안한 마음과 죄책감까지 더해지면서 암에 걸렸다는 사실, 암에 걸려 힘들다는 이야기를 하기가 점점 힘들어진다.

사실 대부분의 사람들은 어려서부터 부모에게 혹은 가족에게 공포와 슬픔을 표현하고 위로받아본 경험이 많지 않다. 아무 일도 일어나지 않은 척

하거나 혼자서 잘 극복한 척해야 칭찬받을 수 있었기 때문이다. 그래서 나이가 들어 암에 걸린 경우에도 우선 가족에게 어떻게 말하고 대처해야 하는지 잘 모르는 게 대부분이다.

그러나 분명한 사실 하나는, 좋은 모습을 보이려고 하는 것과 정서적인 친밀감을 나누는 것은 전혀 다른 차원의 이야기라는 것이다. 속으로는 암 때문에 고통스러워 죽겠는데 아무렇지도 않은 척하고 좋은 모습만 보이려 하는 것은 마음의 벽을 쌓아두고 누구와도 소통하지 않겠다는 것을 의미한다. 속마음은 힘든데 겉으로만 좋은 모습을 보이려 하다 보면 오히려 심리적인 고립감이 생길 수 있다.

암에 걸렸을 때는 가족과 함께 두려움을 나누고, 또 함께 희망을 나누는 것이 매우 중요하다. 개인마다 적당한 시기를 봐서 암에 걸린 사실을 부모와 가족에게 솔직하게 전달하고 힘든 감정을 함께 나누는 시간을 갖는 경험은 오히려 가족간의 친밀감을 강화시켜준다. 그리고 이는 환자의 정신건강은 물론이고, 면역력에도 좋은 영향을 미칠 것이다.

그렇다면 도대체 언제 암에 걸렸다는 사실을 부모에게 혹은 가족에게 전달하는 것이 적당할까? 이에 대해서는 나도 고민이 깊었던 만큼 정확한 해답이 있는 것은 아니지만, '적어도 암에 걸렸다는 사실을 알리는 당사자 자신이 먼저 어느 정도 심리적 안정을 찾은 상태'에서 알리는 것이 가장 좋을 듯하다.

암 진단을 받은 사실은 당사자에게도 충격이지만, 가족 모두에게도 엄청난 충격을 줄 가능성이 높다. 그들은 사랑하는 가족이 암에 걸렸다는 사실에 매우 당황하고 놀라고 불안해할 것이다. 그렇다면 환자 당사자가 먼저 자신의 암에 대해 이해하고 받아들일 수 있게 되어 어느 정도 평정심을 찾게 되었을 때 가족에게 그 사실을 알리는 것이 좋다.

만약 당사자가 자신이 암에 걸린 사실을 받아들이지 못하고 불안정하게 우왕좌왕하고 있다면 가족에게 발병 사실을 알리는 것을 조금 뒤로 미룰 필요가 있다. 서로 상대방을 안심시킬 여유가 없기 때문에 오히려 가족 안에서 불필요한 갈등이 커지거나 상처를 받을 수 있기 때문이다.

"지금 사실 이런저런 암에 걸렸지만 앞으로 이렇게 저렇게 치료를 받아갈 예정이니 너무 걱정하지 마세요" 그리고 덧붙여서 "필요한 도움이 있을 때는 제가 말씀드릴 테니 그전에는 그냥 제가 치료 잘 받고 있다고 생각하시고 너무 염려하지 마세요"라고 말해준다면 듣는 가족들의 충격을 어느 정도는 가라앉혀 줄 것이다.

반대로 환자보다 가족이 먼저 암에 걸린 사실을 알고, 암 환자 당사자에게 그 사실을 알려야 하는 경우에는 어떻게 하는 것이 좋을까? 우선 환자가 그 사실을 전해 듣고 충격과 좌절감을 견뎌낼 수 있는 심리적 힘을 갖고 있는지를 신중하게 고려해야 한다. 충격과 좌절감이 심할 경우, 자포자기하여 모든 검사나 치료를 거부할 수도 있고, 혹은 심한 무기력감으로 인해 면역력에 악영향을 끼쳐 병세가 급작스럽게 악화될 수 있기 때문이다. 환자가 처한 현재 상황(스트레스가 많은 상황인지, 적은 상황인지?), 평소의 성격(소심하고 겁이 많은지, 유연성 있고 의지가 강한지?), 건강 상태(거동하는 데 불편이 있는지, 없는지?) 등을 충분히 고려하여, 언제 그리고 어떻게 암에 걸린 이야기를 꺼내는 것이 좋을지 가족끼리 상의를 해보거나 의사와 함께 상의하는 것이 좋다. 너무 스트레스가 많거나, 너무 유약한 성격이거나, 혹은 너무 연세가 많아 거동이 불편할 정도일 경우에는 암에 걸린 사실을 알리는 것을 뒤로 미루는 편이 좋을 것이다.

또한 가족들이 고통스러워하는 환자를 안심시키고 위로할 수 있는 마음의 준비가 되어 있는지, 환자에게 가장 적합한 치료 계획에 대해 어느 정도 가족들끼리 합의가 되어 있는지도 살펴봐야 한다. 가족끼리 의견이 다르고 가족 구성원간에 해묵은 갈등이 있다면, 먼저 그 문제부터 해결해야만 가족이 함께 힘을 모아 환자가 최선의 치료를 받을 수 있도록 가이드하고 격려할 수 있다. 무엇보다도 피해야 할 것은 가족들이 환자를 일관되게 지지하고 안심시킬 수 없는 상황에서 충동적으로 환자에게 암에 걸린 사실을 알리게 되는 경우이다.

가족들이 먼저 어느 정도 충격을 받아들이고 힘을 모아 환자를 지지하고 격려할 수 있다면, 가급적 빨리 환자에게 암에 걸린 사실을 알리는 것이 좋다. 대개 가족들은 이런저런 불필요한 걱정 때문에 환자 당사자에게 사실을 알리는 것을 자꾸 뒤로 미루는 경향이 있는데, 사실 대부분의 암 환자들은 본인이 갖고 있는 병의 심각성에 대해 누구보다도 먼저 눈치 채고 있는 경우가 많다. 그래서 의외로 많은 암 환자들은 암에 걸렸다는 사실을 담담히 받아들이기도 한다. 때문에 가능하면 빨리 환자에게 암에 걸렸다는 사실을 알리는 것이 좋다. 그래야 환자도 지금까지의 삶을 정리하고 앞으로 펼쳐질 암과의 전쟁에 전력투구할 준비를 할 수 있으니 말이다.

## 세포들을
## 겨냥한
## 대학살의 시작

드디어 첫 번째 항암 치료를 받기 위해 병원에 입원을 했다. 항암 치료 후에 어떤 반응이 나올지 모르기 때문에 첫 번째 항암 치료를 받을 때는 입원해서 경과를 지켜봐야 한다는 대가 선생님의 말을 듣고 난 몹시 긴장하고 있었다. 워낙에 악명 높은 항암 치료지 않은가? 얼마 전에는 가까운 친척분이 단 한 차례 항암 치료를 받고는 기절하고 난 뒤 치료를 포기했다는 이야기도 들었다. 나는 링에 오르기도 전에 챔피언의 가공할 만한 파괴력에 압도되어버린 도전자처럼 긴장과 공포에 이미 질려 있었다.

다행히도 내 불안과 긴장감을 덜어줄 사람들이 병원을 찾아왔다. 어머니와 남동생이었다. 남동생은 고맙게도 내 어린 시절의 사진을 핸드폰에 담아 와서 보여주었다. 나의 안전지대인 외할머니의 환한 모습, 젊은 시절의 아버지, 어머니, 그리고 어린 나, 더 어린 동생들과 바닷가에서 함께 찍은 가족사진. 와우! 내가 여동생을 저렇게 다정하게 끌어안고 찍은 사진이 있다니! 어린 시절의 추억이 되살아나면서 입가에 웃음이 절로 번졌다.

게다가 날 더 웃겼던 것은 남동생이 의사인 나와 아내에게 물어보겠다고 가져온 본인의 건강검진결과표였다. 그 결과를 보니 중성지방과 콜레스테롤 수치가 심각할 정도로 높았고, 간 기능 수치도 엉망이었다. 정말 농담이 아니라 지금 누가 환자인지 모를 지경일 정도로 동생은 위태로운 상태였다. "이 녀석, 참, 막내여서 그런가? 어떻게 그렇게 자기조절을 못 하고 술을 마셔대?"라고 한마디 하려다 "야, 그러는 너는 자기조절을 그렇게 잘해서 암 환자가 됐니?" 하는 마음의 소리를 듣고 입을 다물었다. 그 와중에 "넌 이제 좀 작작 마시고, 넌 이제 좀 더 잘 먹어야 해!"라고 하시는 어머니의 마무리 추임새는 날 더 웃게 만들었다.

다음날 아침, 드디어 공포의 항암제 투여가 시작되었다. 한 방울 한 방울씩 투명한 항암제가 내 핏줄기 안으로 조용히 들어가고 있는 모습을 나는 꼼짝도 하지 않고(못하고!) 바라보고 있었다. 한데 겁에 질려 꼼짝도 않고 숨도 얌전히 쉬고 있는 내 모습을 확인한 간호사는 내가 덜 고통스러워한다고 판단했는지, 마치 고문 전문가처럼 소리 없이 웃으며 항암제가 한 방울 한 방울 떨어지는 속도를 높였다. 기다렸다는 듯이 바로 몸 전체에서 고통스러운 반응이 시작되었다. 일단 점막부터 자극을 받았는지 콧물과 재채기가 났고, 하나도 슬프지 않은데 눈물이 앞을 가렸다. 그리고 몸 전체에서 열이 오른 듯 화끈거리며 뭐라 표현하기 힘든 불쾌한 느낌이 온몸으로 퍼져 나갔다. 항암제가 내 핏속을 돌아다니며 정상세포, 암세포 가리지 않고 1차 대학살을 감행하기 시작한 기분이 들었다. 그렇게 5시간 동안 주사를 맞았다. "어차피 시간은 흐른다. 어차피 시간이 흐르면 살상이 끝나고 메마른 들에도 풀이 난다"며 난 스스로를 달래면서 버텼다.

그 다음날에도 아침 일찍부터 간호사가 찾아왔다. 그녀는 악명 높은 공포의 빨간 약, 아드리아마이신이 든 3개의 커다란 주사기를 들고 상냥한 미소를 지으며 방으로 들어왔다. 그녀는 숙련된 고문 기술자처럼 능숙하게 주사기를 다루면서도 한편으로는 신중하게 빨간 약인 아드리아마이신이 제대로 내 혈관으로 들어가고 있는지 몇 번을 확인했다. 아마도 이 빨간 약이 혈관 밖으로 새면 암세포 대신 내 피부세포를 즉각적으로 괴사시키는 위험성이 높기에 몇 번의 확인 과정이 필요했던 모양이다. 숙련된 사람이 신중하게 주사를 놓으니 긴장감이 배가 되었다. 게다가 약 색깔마저 핏빛이 아니던가? 공포 게이지가 저절로 최고점을 향해 올라갔다. 다행히도 빨간 주사약 자체는 내 몸의 거부 반응을 즉각적으로 일으키진 않았다. "뭐야, 이 정도였어? 악명 높은 것치고는 별거 아니군!" 주사가 끝나자마자 난 금방 의기양양해졌다. 예측했던 것보다 훨씬 덜 힘들었으니 말이다. 난 역시 특별한 체질이라고 스스로가 대견하다는 생각까지 들었다. 한데 주사를 다 맞고 복용하는 약까지 먹고 퇴원해서 집에 오니, 마침내 뭐라 말할 수 없는 불쾌한 신체감각이 온몸으로 퍼져 나가기 시작했다. 장모님이 정성스럽게 준비해놓으신 맛있는 저녁 식사가 날 기다리고 있었지만 식탁 근처에도 가기 싫었다. 음식 냄새 자체가 싫어졌기 때문이다. 난 아무것도 먹을 수가 없었다. 항암제가 암세포보다 내 식욕중추의 세포부터 학살을 시작한 모양이다.

다음날 정오가 가까워지도록 난 이부자리에서 일어나지 못했다. 겨우 일어나 식탁에 앉았지만 그 살맛 나던 입맛은 정말 온데간데없이 사라진 상태였다. 억지로 몇 숟가락 뜨는 둥 마는 둥하다가 화장실로 가 변기에 앉았다. 감미로운 로제 와인 색깔의 소변이 나왔다. "아하! 빨간색 약 아드리아마이신부터 배출되는가 보구나" 하고 소변의 아름다운 색깔에 감탄하면서 아랫배에 힘을 주는데 갑자기 항문 근처에서 이제까지 경험해보지 못한 통렬한 통증이 느껴졌다. 너무 아파 나도 모르게 "악!" 하고 비명소리가 터져 나왔다. 화장지를 항문에 대보니 시뻘건 핏덩어리가 묻어나왔다. "어, 이상하다. 이게 뭐지?" 난 이제까지 살면서 변비 한 번 없었고 치질도 없었기 때문에 새삼 더 의아했다. 다시 화장지를 대봐도 여전히 시뻘건 피가 흥건히 묻어나왔다. 내 피에 내가 겁에 질렸다.

무시무시한 통증이 두려워 전전긍긍하던 나는 때마침 연락된 후배 주치의를 즉시 찾아갔다. 바로 진료를 해준다니 눈물 나게 고마웠다. 진료실에서 후배 주치의와 간호사 앞에서 바지를 내리고 항문을 내보일 때에도 부끄러움보다는 고마운 마음이 훨씬 컸다. 고무 글러브를 낀 손가락이 조심스럽게 항문 안으로 들어왔다. 항문 괄약근의 이곳저곳을 눌러보는데 갑자기 6시 방향, 아래쪽, 즉 등쪽에서 강렬한 통증이 느껴졌다. "윽!" 나는 터져 나오는 비명소리를 삼켜야만 했다.

"아무래도 치열 같은데요. 항문 안쪽 점막이 찢어졌어요."

후배 주치의는 글러브를 벗으며 진단을 내렸다.

"왜 갑자기 거기가 찢어지지요?"

"평소에 변비가 심했습니까?"

"아니요. 전혀."

"항암제 때문에 점막이 약해져서 그럴 수도 있고요."

헐! 항암제 주사 맞은 지 얼마나 됐다고 벌써 그 부작용으로 이런 끔찍한 고통을 맛보다니! 기가 막혔지만 일단 겁나게 아픈 이 통증을 어떻게 좀 가라앉힐 수 있나 싶어 치료 방법을 물어보니, 급성 치열의 경우는 진통제로 통증을 조절하면서 따뜻한 물로 자주 좌욕을 하는 방법 외에는 뾰족한 수가 없다는 실망스러운 답변만 돌아왔다.

"이제 항암 치료가 시작됐는데 그런 대증요법으로 찢어진 상처가 쉽게 아물까요?"

난 다 죽어가는 목소리로 물어보았다.

"그건……." 후배 주치의는 난감한 표정을 지으며 "이게 원래 시간이 지날수록 점점 더 아파지기도 해요. 통증 때문에 항문 괄약근이 저절로 수축을 하고, 그럼 배변을 보기 위해 더 힘을 주게 되고, 그럼 통증이 더 심해지게 되는 악순환을 반복하는 거죠"라고 설명해주었다. 더 아파질 수 있다는 말에 난 등골이 오싹해졌다. 그나마 조금 위안이 되었던 것은 치열의 통증은 엄청 고통스럽다며 가장 강력한 진통제를 처방해준 것이었다. 본격적으로 항암제의 부작용이 나타나기도 전에 듣도 보도 못한 치열이라니! 밖으로 나와 보니 하늘이 노오랗게 보였다. 이후 3개월간 항암 치료를 받는 동안 나는 그 힘들다는 항암제의 부작용에 시달리면서 동시에 화장실 갈 때마다 견딜 수 없는 공포와 고통에 시달려야만 했다.

# 환자의 열을 치솟게 만드는 의사들

항암제는 무차별 폭격기와 같다. 암세포를 죽이겠지만 정상세포도 함께 죽인다. 당연히 내 정상적인 면역세포도 항암제에 의해 파괴되어갔다. 면역시스템이 약해지니 외부의 균에 취약해질 수밖에 없었다. 항암제를 맞고 시간이 지나면 지날수록 내 몸에서는 쉽게 감염이 일어났고 그때마다 내 몸에서는 열이 끓어올랐다. 게다가 항문의 치열 때문에 상황은 더욱 고약해졌다. 항문의 찢어진 생살 부위에 쉽게 염증이 생길 수밖에 없는 상황이었던 것이다. 어느 날부터인가 내 체온은 우습게 39도를 넘나들었다. 아내는 수시로 내 체온을 점검하며 찬 물수건을 가져다주기도 하고 해열제를 먹이기도 했다. 그러나 아내의 그런 정성에도 불구하고 체온은 쉽게 떨어지지 않았다. 체온이 39도를 넘어가면 사실 얌전히 앉아 있거나 누워 있는 것 자체가 어렵다. 식은땀이 삐질삐질 나고 맥박과 호흡이 빨라져 몸 전체가 불편해 어쩔 줄 모르는 상황이 된다. 그럴 때마다 난 아무렇지도 않은 얼굴로 텔레비전을 보면서 깔깔 웃는 척했다. 아내의 걱정 수위가 높아지면 바로 응급실에 가자고 할 게 뻔했기 때문이다. 다행히 내 연기가 수준급이어서 응급실에 가지 않고 몇 번의 고비를 넘길 수 있었다. 그런데 하루는 너무 체온이 올랐는지 견딜 수가 없어 한밤중에 몰래 침대에서 빠져나와 혼자 심호흡을 하며 체온을 식히고 있는데, 어느 틈엔가 아내가 살며시 다가와 내 이마에 손을 올려놓았다.

"당신, 괜찮아?"

"응. 그냥 잠이 안 와서."

아내는 딴청을 부리는 날 뚫어져라 쳐다보더니 재빠르게 체온계를 가져와 내 귀에 꽂았다.

"어머, 40도야!"

체온계를 바라보며 아내가 소리쳤다.

"그럴 리가 있나?"

난 계속 어설픈 연기를 펼쳤지만 이미 모든 것이 다 들통 난 상태였다. 아내는 이내 옷을 꺼내 입으며 응급실에 가자고 성화를 부렸다.

"가봐야 뭐 뻔할 텐데. 그냥 해열제 먹고 기다려보자."

"당신 오늘 해열제를 몇 알 먹었는지 알아요? 아까도 콩알 삼키듯이 세 알이나 먹었는데 열이 안 떨어지잖아요?"

더 이상 실랑이를 벌여봐야 버틸 수가 없었다. 사실 나도 내심 겁이 났기 때문이다. 이런 고열이 난다는 것은 몸 안에서 염증반응이 심하다는 것을 의미했고 그러다가 혹시라도 패혈증으로 번지면 상황이 걷잡을 수 없게 된다는 것을 잘 알고 있었기 때문이다.

택시를 잡아탔다. 야밤이라 길이 뻥뻥 뚫려 있어 응급실에 금방 도착할 수 있었다. 접수를 하려는데 암 환자는 바로 5층의 암 환자를 위한 응급실로 가라고 안내해주었다. 일단 침상에 누우니 내 몸은 물먹은 솜처럼 무거운데 모든 일이 가볍게 일사천리로 진행되었다. 채혈하고 수액이 연결되고 심전도 찍고 엑스레이 찍고 해열제 주사 놓고……. 나는 모든 것을 내맡기고 그냥 시키는 대로 말을 들어야만 했다. 이미 저항할 힘이 남아 있지 않을 만큼 완전 탈진 상태였다. 탈진 상태에서 깜빡 잠이 들었는데 갑자기 누군가 취조하듯 내 이름을 부르며 나를 흔들어 깨웠다. 눈을 가늘게 떠보니 여의사 선생님이 날 흔들고 있었다. 명찰을 슬쩍 보니 외과 레지던트 선생님인 듯했다. 요즘은 여자들도 그 힘들다는 외과를 많이 하는구나 하고 혼자 생각하는데 의사 선생님은 힘든 외과 따위는 아무 문제도 아니라는 듯 강하게 윽박지르며 내게 물었다.

"김준기 씨, 김준기 씨, 맞죠?"

"네."

비몽사몽, 난 무방비 상태로 고분고분 대답했다.

"항문이 아프시다고요?"

"네."

창피고 나발이고 묻는 대로 모든 비밀을 다 털어놓을 수밖에 없었다. 하지만 내가 너무 고분고분했나 보다. 그 의사 선생님은 갑자기 글러브를 끼더니 다짜고짜 내 항문에 손가락을 찔러 넣었다. "허윽!" 난 터져 나오는 비명소리를 참아야만 했다. "치…… 치열인데"라고 악을 써보려 했지만 소리가 입 밖으로 새나가지 않았다. "바로 항문 CT를 찍어봐야 할 것 같습니다." 의사 선생님은 글러브를 벗으며 말하고는 서둘러 어디론가 사라졌다. 아픔을 참으며 끙끙대고 있는데 누군가 내 침대를 끌고는 CT실로 갔다. 꼼짝 못하고 항문 CT을 찍고 다시 응급실로 돌아오니 어딘가에서 눈을 붙이고 있었던 아내가 그제야 눈을 비비며 다가왔다.

"누구 왔다 갔어요?"

난 의사 선생님에게 감히 내지 못했던 화를 아내에게 냈다.

"그러게 내가 응급실 안 와도 된다고 했잖아! 항문 CT를 왜 찍어? 치열인 거 다 아는데. 젠장!"

아내에게는 악이 잘 써졌다.

아, 너무 열 받아서 체온이 더 오르는 것 같았다. 환자에게 조금 더 신중하게 묻고 차분히 환자의 말을 들으려 하지 않고 무조건 검사부터 하는 데 익숙해진 레지던트들의 습관 덕분에 치열이 더 심하게 찢어진 셈이니 내 어찌 열이 안 받겠는가?

씩씩거리며 열을 내고 있는 동안 어느새 아침이 찾아왔고 마침내 내 주치의인 대가 선생님이 의대 학생들과 레지던트들을 몰고 응급실로 회진을 왔다. 응급실 담당 레지던트의 보고를 듣고 난 뒤 대가 선생님은 내게 웃으며 말했다.

"해열주사 맞고 조금 열이 가라앉은 걸 보니 다행히 패혈증은 아니네요. 검사 결과도 뭐 특별히 이상은 없고……."

"CT 검사도 별 거 없지요?"

난 불만이 가득 섞인 말투로 물어보았다.

"아니, CT라니?"

놀란 표정의 대가 선생님은 응급실 담당 레지던트를 바라보았다.

"환자분께서 아까 항문 주위가 아프다고 하셔서 외과에 컨설트를 냈더니 그쪽에서 항문 CT를 찍은 것 같습니다."

담당 레지던트의 말에 대가 선생님은 순간 황당하다는 표정을 지었다. 내가 치열로 고생한다는 것을 이미 알고 있었기 때문에 굳이 항문 CT를 찍을 필요가 없다는 사실을 누구보다 잘 알고 있었기 때문이다. 그러나 왜 대가 선생님이겠는가? 그는 곧 평온한 얼굴로 "다행히 항문 CT도 정상으로 나왔네요. 집에 가셔서 따뜻한 물에 좌욕을 자주 하십시오"라고 말했다. 새벽 내내 온갖 검사에 시달리고, 항문을 찔리고, 항문 CT 찍고, 내가 받은 처방은 고작 따뜻한 물에 좌욕하기였다.

대가 선생님의 회진이 끝나고 응급실을 나와 집으로 돌아가기 위해 택시를 타는데 엉덩이가 타들어가는 듯이 아팠다. 가라앉았던 열이 다시 치솟았다.

(아무래도 당시에는 고열로 내가 제정신이 아니었나 보다. 나중에 알아 보니 항문 CT라는 검사항목은 없다고 한다. 내가 찍은 것은 복부 CT였다. 치열인 거 뻔히 아는데 복부 CT라고? 아, 다시 열난다!)

# 탈모의
진한 슬픔

항암 치료를 받기 시작하면서 속으로 은근히 걱정되었던 것은 다름 아닌 탈모라는 부작용이었다. 그렇지 않아도 쉰이 넘어가면서 정수리 부근 머리털이 급속히 빠지는 것 같아 꽤나 신경이 쓰였다. 그래서 어느 때부터인가 머리카락이 한 올 한 올 빠질 때마다 나는 여자들이 체중 100g씩 늘어날 때마다 보이는 것과 비슷한 초조함과 좌절감을 느꼈다. 그래서 머리털을 새로 나게 한다는 검은 콩, 모낭이 강해지도록 혈액순환을 돕는 두피 마사지 등 나름대로 탈모 관리를 철저히 해오던 참이었다. 그러니 탈모라는 부작용이 얼마나 신경 쓰였겠는가?

1차 항암제가 투여되고 탈진과 치열의 고통에 시달리는 와중에도 나는 아침마다 머리털이 얼마나 빠지나를 알아보기 위해 하얀 세면대 위에서 머리카락을 털어보았다. 항암제를 맞고 며칠 지났는데도 여전히 세면대에는 머리카락이 떨어지지 않았다. '그동안의 탈모 관리 덕분인가? 아님 운 좋게도 내 모낭세포들은 항암제에 내성을 갖고 있나?' 내심 탈모라는 부작용은 그냥 조용히 이대로 지나갈 수도 있겠다는 은밀한 기대감이 높아져 갈 즈음, 탈모의 대참사는 어느 날 갑자기 찾아왔다.

그날은 바로 고열로 응급실에서 시달리고 집에 돌아온 날이었다. 응급실에서의 당혹감과 수치심을 씻어내기 위해 세수를 하는데 세면대 위에 머리카락이 한 가닥도 아니고 수십 가닥이 한꺼번에 떨어지는 것이 아니가? '응? 이게 뭐지?' 바짝 긴장이 되어 머리털을 오른손으로 한 번 쓸어 올렸더니 머리카락이, 내 소중한 머리카락이, 아 글쎄, 내 피 같은 머리카락들이 한꺼번에 우수수 떨어지는 것이 아닌가? 한마디로 추풍낙엽이었다. 다시 이번에는 왼손으로 왼쪽 머리를 쓸어 올려보았다. 역시 또 추풍낙엽! 손이 스쳐 지나가는 머리카락의 반은 그대로 하얀 세면대 위로 떨어졌다. 마치 낙화암에서 떨어지는 가녀린 삼천궁녀들처럼 속절없이. 이대로 계속 머리카락을 쓸어 올리면 그대로 바로 대머리가 될 것 같은 두려움에 휩싸인 나는 더 이상 머리털에 손끝 하나 댈 수 없었다. 거울을 보니 머리숱이 반으로 확 줄어든 것이 육안으로도 확연히 식별될 정도였다.

아! 이럴 수가 있는가? 이게 꿈인가? 생시인가? 항암제의 부작용을 알려주는 모든 안내 책자에는 그냥 '탈모'라고 한 단어로 간략히 적혀 있었지, 머리카락이 이렇게 일시에 사라져가는 충격적인 재앙의 모멘텀이 찾아온다는 언급은 없었다. 행여 금쪽같은 머리카락이 더 사라질까 두려워진 난 샴푸도 하지 못하고 그대로 가 잠자리에 누웠다. 초토화된 내 머리 모양을 볼 수 없으니 그나마 잠시 탈모의 충격에서 벗어날 수 있었다. 응급실에서 시달린 피로감이 몰려오면서 스르륵 잠이 들었다.

오후에 다시 열이 오르는지 몸이 뜨끈뜨끈 달궈진 느낌에 잠이 깼다. 의식이 돌아오자마자 난 두 손으로 내 머리를 만져보았다. 다행이었다. 열은 고열이었지만 분명 아직 머리털은 남아 있었다. 안도의 한숨을 내쉬며 고열로 탈진된 뜨거운 몸을 천천히 일으키는데 베개 위에 이상한 물체가 보였다. 채 쓸어놓은 부추 같기도 하고…… 정체를 알기 위해 손으로 만져보니, 으악! 그, 그건 한 움큼 빠진 내 머리카락들이었다. 내 머리통의 압력을 이겨내지 못할 만큼 내 머리털의 모낭들이 이토록 연약해졌단 말인가? 어떻게 한숨 자는 동안 모낭이 파괴될 수 있단 말인가? 너무 놀라 당장 세면대로 달려갔다. 그새 머리숱이 3분의 1로 줄어들어 있었다. 부스스하게 서 있는 머리털들을 옆으로 쓰러트리기 위해 머리털을 탁탁 치니 또 추풍낙엽처럼 우수수 떨어졌다. 헉! 두피가 거의 다 들여다보이고 머리카락은 이제 듬성듬성 드물게 나 있었다. 거울에 비친 내 모습은 옛날 만화에서 봤던 고바우 영감을 연상시켰다. 머리털이 3개인가 남아 있던 그 고바우 영감 말이다. 아내도 내 모습을 보고 할 말을 잊었는지 한동안 멍하니 바라만 보았다.

그날 밤 우리 부부는 동대문 근처의 패션시장을 찾아갔다. 힘들게 걸어 다니며 이런저런 모자를 써봤지만 어떤 모자도 내게 어울리지 않았다. 무슨 모자를 써도 딱 모자 쓴 고바우 영감 꼴이었다. 야구 모자를 써도, 카우보이 모자를 써도 다 어울리지 않았다. 납작한 베레모를 쓴 내 모습은 정말이지 딱 솥단지 같았다. 한숨이 절로 나왔지만 더 이상 모자를 골라봐야 맞는 모자가 있을 것 같지 않았다. 그래도 두피를 가리기 위한 덮개가 필요했기 때문에 일단 그나마 나아 보이는 베레모 하나를 사서 돌아왔다.

다음날 아침 일어나 보니 내 머리통에는 더 이상 긴 머리카락을 찾아볼 수 없었고 그저 잔털들만 몇 오라기 패잔병처럼 남아 있었다. 이발소에 가 바리캉으로 밀지도 않았는데 까까중머리가 되어 있었던 것이다. 오전 내내 '가발'이라는 단어로 인터넷 검색을 한참을 하고 난 뒤 노량진역 근처에 있는 가발 가게를 하나 골라냈다. 그러곤 진짜 어울리지 않는 베레모를 눌러 쓰고 노량진역으로 향했다. 지하철 안에서 주변을 둘러보니 모자 쓴 사람은 달랑 나 하나였다. 주위 사람들이 나를 보면서 '참 웃긴 모자 쓴 아저씨네' 하고 킥킥대는 것만 같았다.

노량진역에 내려 자존심 상한 마음을 달래가며 가발 가게를 찾아 터덜터덜 걸어가는데 사육신묘가 있는 역사공원 입구가 나타났다. 서울에서 50년을 넘게 살았어도 이곳에 사육신묘가 있는 줄 그날 처음 알았다. 나도 모르게 발길은 공원 안으로 향했다. 한적한 길을 걸어 올라가니 사육신의 묘지가 나타났다. 묘지 앞에 혼자 멍하니 서서 사색에 잠겨보는데 흰나비 한 마리가 내 주변을 날아다니다 묘지 앞에 놓인 꽃 위에 앉았다. 그리고 성삼문의 묘지 위에는 검은 까치 한 마리가 날아와 앉았다. 나비 한 마리, 까치 한 마리, 나, 그리고 따사로운 봄날의 햇살. 그 순간 엉뚱하게도 난 세월의 무상함이 절절이 느껴졌다. 단종 폐위를 반대하며 세조에 항거하다 형장의 이슬로 사라진 이들. 옳다고 하는 자신의 믿음을 선택한 대가로 죽음이 찾아와도 그들은 자신들의 기개를 꺾지 않았겠지?

이 몸이 죽어가서 무엇이 될꼬 하니
봉래산 제일봉에 낙락장송 되었다가
백설이 만건곤할제 독야청청 하리라

사육신의 3족을 멸했다고 하니 얼마나 많은 사람들이 피눈물을 흘리고 절망하고 원통해했을까? 또 얼마나 많은 사람들이 그들의 의로움에 가슴 벅차 했을까? 하지만 몇백 년 세월이 흘러 지금은 내 머리의 잔털과 같이 듬성듬성 잔풀들이 솟아난 묘지는 모든 것이 다 허망하고 무상하다고 내게 말해주고 있는 것 같았다. 오랜 세월의 흐름에 닳아버렸는지 낡은 비석에 새겨진 이름은 그 형체를 알아보기 힘들었다. 우리의 짧은 삶이란 얼마나 허망하고 무상한 것이더냐? 나는 뭔가 심오한 것을 깨달은 사람마냥 심각한 표정으로 공원을 걸어 나왔다.

'머리털이 있든 없든 무슨 상관인가? 누가 내게 신경이나 쓰겠는가?'

갑자기 용감해진 난 가발 따위는 필요 없다는 생각에 집으로 돌아가기 위해 다시 역으로 발길을 돌렸다. 그런데 이 또한 무슨 운명의 장난인지, 마침 길 건너편에 있는 가발 가게 간판이 눈에 띄었다. 난 발길을 멈추고 길을 건널 것인가 말 것인가 다시 한 번 고민에 빠졌다. 고민을 할수록 방금 전의 심오한 깨달음과는 상관없이, 가발 가게 간판이 보인 것이 아무래도 운명이다 싶은 생각이 들었다. 비겁하게도 난 일단 길을 건너 가발 가게가 있는 건물로 들어갔다. 가게 앞에서 한참을 서서 망설이고 또 망설이다 '여기까지 왔는데, 에라 모르겠다'는 심정으로 잽싸게 가발 가게 안으로 숨듯이 들어갔다.

그리고 3주 뒤, 백만 원 가까이 하는 거금을 주고 산 맞춤 가발을 내 까까머리에 시착해보았다. 그리고 그 이후 난 두 번 다시 그 비싼 가발을 쓰지 않았다. 모자 쓴 모습보다 가발 쓴 모습이 더 우스꽝스러웠기 때문이다.

# 환자가 환자를 돌보는 시간

정말 안 어울리는 모자를 쓰고 다시 환자를 만나고 진료를 시작했다. 내가 항암 치료를 받는다는 걸 모르는 대부분의 환자들은 모자를 쓰고 확 달라진 내 모습을 보고 놀라워했다.

"스타일을 참신하게 확 바꾸셨네요?"(이게 참신하냐?)

"모자가 잘 어울리시네요."(헐! 솥뚜껑이 어울린다고?)

"멋쟁이신가 봐요."(멋쟁이가 이러고 다니겠니?)

"역시 정신과 의사 같으시네요."(이러고 다니는 정신과 의사 한 명도 못 봤다.)

이런 말을 들을 때마다 난 "아, 네…… 뭐, 그냥……" 하고 말끝을 흐린 다음 "그래, 그동안 어떻게 지내셨습니까?" 하고 화제의 중심을 환자 쪽으로 돌렸다. 그러고는 다시 아무렇지도 않게 상담을 할 수 있었다.

그런데 문제는 수년에 걸쳐 오랜 시간 내게 상담을 받아온 환자들이었다. 그들은 내가 결코 멋을 부리기 위해 모자 따위를 쓰는 사람이 아니라는 것을 잘 알고 있었다. 게다가 그들은 내 얼굴 표정, 내 목소리 톤, 내 몸의 흔들림 같은 작은 변화에도 매우 민감했기 때문에 항암 치료로 지쳐 있는 내 모습에서 뭔가 이상이 생겼다는 것을 정확하게 읽어냈다. 20년째 내게 다니던 (휴! 20년씩이나!) 한 환자는 모자를 쓴 내 모습을 보자마자 조용히 눈물을 흘리며 30분 이상 꼼짝하지 않았다. 어린 시절 암으로 부모님을 잃고 수년 전 동생까지 암으로 잃은 그 환자는 모자 쓴 내 모습에서 이미 내가 암 환자라는 사실을 알아채버린 것이다. 한참을 빌고(?) 달래도 그녀의 눈물은 멈추지 않았다. 상담시간이 끝나갈 무렵 겨우 눈물을 그친 그녀는 "선생님이 이렇게 힘들어 보이는데 제가 어떻게 제 삶이 힘들다고 말할 수 있겠어요?"라고 말하며 진료실을 나섰다.

3년째 상담을 다니던 어떤 환자는 내가 일을 그만둘 것이라고 지레짐작으로 믿어버렸다.

"주치의가 그러는데 일을 그만두는 것보다는 줄여서 하는 것이 좋다고 했어요."

"그래도 결국 더 아파지시면 날 떠나가겠죠?"

"그런 일은 아마 일어나지 않을 겁니다."

"그런 게 어디 있어요! 선생님도 사람인데!"

오랜 시간에 걸쳐 치료 관계를 형성해온 환자들에게는 내 암이 내가 상상했던 것 이상으로 충격이었던 모양이다. 나와의 치료 관계가 불안정해지는 것을 그들은 상당히 두려워했다. 아마도 그들은 어린 시절 불안정한 가족 관계에서 받았던 트라우마가 다시 나와의 관계에서 재현된다고 본능적으로 느끼는 것 같았다. 솔직히 나 스스로도 그들에게 우리의 치료 관계가 앞으로도 변함없을 거라고 확신을 줄 처지가 못 되었으니, 그들이 중요한 사람을 잃었던 트라우마가 재현될까 두려워하는 것이 전혀 근거 없는 것은 아니었다.

지쳐 보이는 내게 기운을 불어넣어 주려는 듯 어떤 환자는 내게 어울리는 멋진 모자를 사다 주기도 하고(머리털이 자랄 때까지 난 줄곧 그 모자만 쓰고 다녔다), 어떤 환자는 암에 좋다는 건강 보조 식품을 사다 주기도 했다. 또 오랫동안 변화의 의지를 보이지 않았던 어떤 환자는 드디어 뭔가 스스로 변화하려는 의지를 보이기도 했다. 그러나 모두 좋은 것만은 아니었다. 몇몇 환자는 결국 치료를 잠정 중단했다. 치료 관계가 깨지는 것, 다시 버림받았다는 느낌을 받는 것이 두려워 미리 치료를 그만둔 것이다.

"이제는 누구에게도 의존하고 싶지 않아요. 의존하지 않으면 아마 두려움도 외로움도 안 느끼게 될 거예요. 한 번도 이런 적이 없지만 이번만은 제가 먼저 무 자르듯 관계를 끊어볼게요. 선생님에게 짐이 되는 것이 싫어요. 그냥 저 같은 환자 한 명 없었던 걸로 쳐주세요."

이런 말을 들었을 때 내가 정말 진심으로 상심했다고 하면 아마 다른 치료자들은 내 역전이가 문제라고 지적할 것이다.(역전이란, 치료자가 자신의 과거 경험으로 인해 환자에게 어떤 특별한 감정이나 태도를 갖게 되는 현상을 말한다.) 그러나 역전이건 말건 수년간 정이 들었던 환자와의 관계가 싹뚝 끊어질 때 난 무척이나 가슴이 아팠다.

"항암제 때문에 힘들어하는 모습을 환자들에게 보여서는 안 돼! 치료자로서 내 관리를 잘 해야지."

나는 스스로에게 다짐했다. 그리고 무리를 하지 않기 위해 신환을 받지 않기로 했다. 그전부터 오래 다니던 환자들 중심으로 하루에 3, 4명만 상담했다. 틈틈이 방 옆에 마련한 침대에 누워 꿀 같은 휴식을 취했다. 낮잠을 최소한 2시간 정도는 자야 버틸 수가 있었다. 이렇게 여유롭게 진료를 하다 보니 그동안 내가 얼마나 무리를 해왔는지 저절로 알 수 있었다. 암에 걸리기 전에는 아침 9시부터 6시까지, 점심도 제대로 먹지 못하고 화장실도 편히 가지 못하며 상담을 했으니 말이다. 나는 약간 왜곡된 믿음이 있었는데, 환자를 오래 기다리게 하면 제대로 진료를 하는 의사가 아니라는 것이었다.(지금도 내 마음의 약 50%는 이 믿음이 옳다고 믿고 있다. 아, 어쩌지!) 아니, 지금 환자가 너무 불안하고 우울하고 화가 나서 자해를 하지 않고는 못 견디겠다는데 어떻게 며칠, 몇 주를 기다리라고 하느냐 말이다. 점심시간에 와라, 진료시간 끝나고라도 볼 테니 6시까지 와라 하는 식으로 내 시간을 짜내 진료를 했다. 물론 그렇게 무리를 해서 암에 걸린 건 아니겠지만, 그런 식으로 무리를 하다가 결국 제풀에 지쳐 상담이 지긋지긋해질 때도 많았으니 결과적으로 내가 그동안 자기관리를 못했던 것만은 확실했다.

개인적으로 전화번호를 환자들에게 알려주는 것도 사실 대부분의 정신과 의사들은 금기시한다. 불필요한 의존성을 환자에게 갖게 해서는 안 되고 치료자가 늘 일관성 있게 24시간 내내 환자를 대하기 어렵다는 이유 때문이다. 나도 처음에는 치료자와 환자 사이에는 적당한 거리감이 있는 것이 더 치료적이라고 배웠고 그래서 전화번호를 알려주지 않는 원칙을 지키려 했다. 그러나 자해나 자살 충동이 심한 환자의 경우, 그런 원칙이 환자보다는 치료자를 위해 만들어진 것이 아닌가 하는 생각이 들 때가 종종 있었다. 몇몇 해외의 유명한 정신과 의사들도 꼭 필요한 환자에게는 연락

해도 좋다고 전화번호를 알려준다고 한다. 나도 꼭 필요하다고 판단 내려지는 환자에게는 전화번호를 알려주었다. 염려했던 것보다 환자들이 치료자를 괴롭히지 않아 다행이다 싶을 때도 있었지만 때로는 전화가 온 것을 못 받았을 때 환자가 거절당했다고 생각해 나중에 내게 더 화를 낸다든지, 혹은 밤마다 전화로 너무 시달리다 보니 내가 환자에게 짜증을 내는 부작용이 있었던 것도 사실이다. 나는 여전히 치료자가 환자에게 개인 전화번호를 알려주는 것에 대해 옳다 그르다 정답은 없다고 생각한다. 치료자 선택의 문제인 것 같다. 하지만 난 환자를 관리하는 것도 중요하지만 치료자 자신의 관리도 중요하다는 사실을 오랫동안 무시하며 지냈고 덕분에 정신적으로 육체적으로 지쳐 있었던 것만은 분명했다.

게다가 침대에서 낮잠을 자며 쉬면서도 내 스스로가 얼마나 자기관리를 못하는 인간인지를 다시 한 번 깨달을 수 있었다. 반드시 낮잠을 자야만 버틸 수 있는 상태였기 때문에 인터넷으로 간이침대를 주문했다. 곧 쓰다 버릴 물건이라는 생각에 가능한 값싼 놈으로 골랐는데, 이게 조금 작은 것이었다. 그래서 좁은 침대에서 몸을 오그리고 2시간 정도 낮잠을 자고 나면 오히려 등이 결렸다. 그런 내 모습을 본 간호사가 "선생님, 이거 제가 누워도 비좁겠는데요"라고 말을 해도 나는 "괜찮아, 누울 수 있으면 됐지" 하고 버텼다. 몸이 비좁다고 신호를 보냈지만 '일단 산 물건인데 어쩌겠어. 참고 써야지' 하는 마음이 그 신호를 무시했던 것이다. 2차 항암제 투여가 끝나고 탈진이 더 심해지자 병원에서 누워 깊은 숙면을 취해야 했지만 자고 나면 오히려 몸살이 난 것처럼 더 아팠다. 그래도 미욱스럽게 그냥 그 침대에서 불편한 낮잠을 잤다. 그러던 어느 날, 출근을 해보니 침대가 바뀌어 있었다. 더 큰 침대로 말이다. 좁은 침대에서 자는 내 모습이 안쓰러웠는지 간호사가 제 돈으로 침대를 바꿔버린 것이었다. "야! 네가 돈이 어딨다고!" 하면서 새로 산 침대에 누웠는데, 와, 이게 참 장난 아니게 아늑했다. 난 그 조금 더 큰 침대에서 정말 편안하게 단잠을 잘 수 있었다.

'아니, 이렇게 편안하데 왜 내가 굳이 마다했지?' 하는 생각과 함께 내 자신이 참 미련하다는 사실을 다시금 깨달았다. 편안한 날이 올 때까지 무작정 참고 지내다가 서서히 지쳐가는 것보다 지금 당장 불편한 점을 없애려고 노력하는 것이 정말 중요한 자기관리였음을, 이렇게 암에 걸리고 항암 치료로 몸이 탈진된 상태가 되어서야 깨닫다니!

시간은 흐르고 항암 치료의 횟수가 늘어날수록 내가 느끼는 고통과 탈진의 강도는 점점 더 심해져 갔다. 그 고통과 탈진의 상태는 항암 치료를 받지 않은 일반 사람에게는 정말 설명하기 어려운 낯선 느낌이었다. 뼈와 살이 타들어간다고 해야 하나? 온몸의 세포가 녹아들어가는 것 같다고 해야 하나? 나는 거의 정신줄을 놓고 유난히도 무더웠던 여름의 시간을 지냈다. 사실 더위 따위는 아무것도 아니었다.

## 두려움과 상실감을 덜어주기 위한 방법

암 진단을 받고 항암 치료를 받는 시간은 누구도 피하기 힘든 압도적인 두려움과 상실감을 경험하는 시기이다. 비록 이러한 두려움과 상실감에서 단번에 빠져나오는 것은 어렵지만 그렇다고 언제까지 이런 부정적인 감정에 휩싸여 있어서는 안 된다. 일정한 수준의 평온함을 유지하기 위해 우리는 이러한 압도적인 고통에 조금씩 대처할 수 있는 나름의 방법을 하나씩 찾아내야 한다.

1. 두려움과 상실감을 상쇄시키기 위해서는 행복, 즐거움, 유머, 통제력, 신뢰, 감사하는 마음, 친절함, 자기 연민, 자기 정체성, 삶의 의미, 영적인 삶, 지혜 등과 같은 긍정적인 것들을 가능하면 많이, 자주 자신의 삶 속에서 발견할 수 있어야 한다.

2. 내 몸과 마음을 편안하게 해주는 특효약이 무엇인지 생각해본다. 예를 들어, 좋아하는 음악을 듣는다든지, 집 안을 치우고 예쁘게 꾸민다든

지, 맛있는 요리를 만든다든지, 밝은 빛깔의 옷을 입는다든지, 감명 깊게 봤던 영화를 다시 본다든지, 웃을 수 있는 텔레비전의 예능 프로그램(무한도전)을 본다든지, 목욕이나 샤워를 한다든지 하는 것도 있을 수 있다. 아니면 늦은 오후에 산책을 한다든지, 혼자 산을 오른다든지, 새로운 곳을 여행한다든지, 향초를 피우고 명상을 한다든지, 조용히 일기나 편지를 쓴다든지, 오래전에 찍은 사진들을 본다든지, 친밀한 사람과 편안하게 이야기를 나눈다든지, 기도를 한다든지 하는 것들일 수도 있다.

무엇이든 좋다. 결국 자신의 몸과 마음을 편안하고 가볍게 이완시켜주는 것들을 많이 찾아보자.

3. 스스로 위로해보자.

"그 정도면 충분히 잘한 거야. 수고했어.
그래도 이렇게 해낸 내 자신이 자랑스러워. 정말 잘했어.
괜찮아, 괜찮아, 부끄러울 거 하나 없어. 넌 최선을 다했어.
그건 참 힘들었어. 그렇지 않니? 그래도 잘 견뎌냈어. 정말 수고했어."

"그래, 참 속상했지? 이제 좀 충분히 쉬자.
정말 위험했지만 지금은 괜찮아. 다 지나간 일이야. 안심해도 돼.
잘 참았어. 이제 맘껏 울어도 돼.
너무 실망하지 마. 한숨 자고 나서 다시 시작하면 돼.
지금의 괴로움도 하룻밤만 지나고 나면 곧 눈 녹듯이 사라질 거야."

한 가지 비밀 하나! 사실 우리의 뇌는 타인에게 받는 격려나 위로와 자기 자신이 하는 격려와 위로를 정확하게 구별하지 못한다. 마치 타인이 비난하는 것과 자신이 스스로를 비난하는 것을 정확히 구별하지 못하듯 말이다. 그렇다면, 우리는 자신에게 어떤 말을 해야 할까?

4. 다시 한 번 강조하지만, 매일매일의 일상생활에서 조금씩 통제력을 회복해가는 과정이 두려움과 상실감을 치유하는 가장 중요한 첫걸음이다.

불안한 감정, 후회하고 자책하는 생각, 불편한 신체감각을
10분의 1만 덜어내기 위해 매일,
5분만 더 심호흡과 명상하기,
5분만 더 산책하기,
5분만 더 나를 위로하고 다독여주기,
5분만 더 운동하기,
5분만 더 보고 싶은 친구나 가족에게 전화하기,
5분만 더 그림 그려보기,
5분만 더 좋아하는 음악 듣기,
5분만 더 긍정적인 상상해보기,
5분만 더 기도하기.

5. 다른 사람에게 도움을 청하자. 두려움과 상실감에 대한 치유의 과정을 혼자서 외롭게 이겨나갈 필요는 없다. 기억해두자. 다른 사람에게 도움을 청하는 것은 결코 부끄럽고 창피한 일이 아니다. 오히려 누군가의 도움을 받는다는 것, 누군가와 연결된다고 하는 것은 당신의 치유 과정에 절대적으로 필요한 것이다.

그렇게 끝나기만을 기다렸던 항암 치료였는데 막상 정해진 매뉴얼대로의 치료가 끝나고 나니 사막에 덜렁 혼자 내팽개쳐진 기분에 휩싸였다. 목숨이 위태로운 탈수 상태에서 물을 얻어 마시고 살아남기는 했는데, 이제부터는 지도도 없이 나침반도 없이 거칠고 황량한 모래사막을 홀로 걸어 나가야 하는 것 같은 기분이 들었다. 이제부터 어디로 가야 하나? 무엇을 해야 하나? 압도적으로 막막하고 허탈하고 외롭고 두려웠다.

# 4

# 끝나도
# 끝난 것이
# 아니다

## 왜 의사들은 항상 최악을 말할까?

항암 치료를 6번 받아야 했다면, 아마 난 치료를 중도 포기했을 것이다. 내가 아무리 현대 과학과 의학을 신봉하고, 의사 말 잘 듣는 착한 환자라 해도 점점 심해져만 가는 통증을 버텨낼 수 없었을 것이다. 그런데 그렇게 고통스러웠던 시간도 흐르긴 흘렀다. 결국 세월이 약이었다. 마지막 항암 치료를 마치고 한 달쯤 지나고 나니 서서히, 아주 조금씩 숨통이 트이는 상태가 되었다. 일단 항문 점막에 탄력이 생겼는지 용변을 볼 때도 쉽게 찢어지지 않았다. 가장 무서웠던 항문의 격통이 견딜 만한 완통으로 순화되니 이것만으로도 삶의 질이 50%는 나아졌다. 물먹은 솜같이 느껴졌던 탈진 상태에서도 서서히 벗어났다. 탈모로 인한 대머리도 이제는 익숙해졌다.

그리고 드디어 대가 선생님을 만나 그동안의 치료 결과를 듣고 향후의 검진 일정을 계획하는 날이 돌아왔다. 나는 약간은 들뜬 마음으로 집을 나섰다. 지금까지 치료를 잘 참고 버텨냈으니 앞으로 관리만 잘하면 걱정하지 않아도 된다는 위로와 격려의 말을 들을 것이라는 기대감에 가득 차 있었기 때문이다. 하지만 이 부푼 기대감은 전혀 뜻밖의 소리에 산산조각이 나버렸다. 진료실로 들어가자마자 들은 대가 선생님의 말에 난 내 귀를 의심해야만 했다.

"난 애초에 수술부터 잘못된 것이 아닌가 의심됩니다."

낮은 톤이지만 힘주어 말하는 대가 선생님의 한마디는 항암 치료에 지친 내게 견디기 힘든, 높은 수위의 위협감을 주었다.

왜 이런 위협을 받았는고 하니, 그 연유는 이러하다. 마지막 항암 치료를 마치고 3주가 지났을 때 나는 주치의의 권고대로 PET 스캔을 찍었다. 항암 치료에도 불구하고 끈질기게 숨어 있는 암세포가 혹시라도 남아 있는지 알아보기 위한 검사였다.

사실 애초에 숨어 있는 암세포가 남아 있을 가능성은 희박할 거라고 기대하고 있었다. 일단 석 달 전에 배를 열어 암덩어리를 제거하면서 암세포가 잘 가서 숨는 주변의 림프절과 골수에 대한 검사를 했을 때 남아 있는 암세포를 찾아내지 못했고, 또 거기다 대고 세 차례의 무차별 융단폭격 같은 항암 치료를 했으니, 상식적으로 생각해봤을 때 검사 상에서 육안으로 구별될 정도의 암세포가 남아 있어서는 안 되었던 것이다.

물론 난 암전문가는 아니다. 얼마든지 항암 치료에 저항하면서 살아남아 크게 성장하는 암세포도 있을 것이다. 그러나 일반적으로라면 그렇지 않을 가능성이 훨씬 더 높아야 했다.

그런데 뜻밖에도 내 복부 PET 영상에는 내가 육안으로 봐도 수술한 부위에 불길한 느낌의 검은 그림자가 어렴풋이 깔려 있었다. 대가 선생님은 내 PET 영상을 뚫어져라 쳐다보면서 한참 동안 난감한 표정을 짓고 있었다. 이윽고 대가 선생님이 내게 한 말이 바로 '애초에 수술에서 암세포 제거를 다 못한 것이 아닌가?' 의심된다는 것이었다. 나는 정말 내 귀를 의심했다. 아니, 이게 웬 날벼락이지? 애초에 수술이 잘못됐을 수도 있다니! 저 검은 성운이 내 암세포라고? 항암주사를 맞는 동안에도 저렇게 멀리 퍼져 나갔다고? 난 그만 넋이 나가버렸다. 정신줄을 놓고 멍하니 앉아 있으니 그제야 주치의는 "아직 방사선과 의사가 이 PET 스캔을 판독하지 않았으니 일단 다음 주까지 판독을 우리 기다려봅시다" 하고 위로하듯 나지막하게 말했다.

진료실을 나와 대기실에 앉아 있어도 한번 나간 넋은 쉽게 돌아오지 않았다. 그런데 내 머릿속에서 살짝 의구심이 일어나자 갑자기 냉철한 탐정이라도 된 양 자분자분 생각이 정리되기 시작했다.

'아니, 일주일 전에 찍은 PET 스캔을 왜 아직까지 방사선과 의사가 판독하지 못했지? 흠, 그렇구나, 해외 학회를 갔던지 아니면 늦게 떠난 여름휴가에서 아직 돌아오지 않았구나! 그렇다면 저 대가 선생님도 방사선과 의사의 판독이 없으면 PET 스캔을 이해하고 판독하는 자신의 능력을 100% 믿지 못한다는 말인가? 그래, 그럴 수 있지. 아니 그럼, 여기 보이는 검뿌연 부분이 수술에서 회복되는 과정에서 나타나는 것인지 아니면 새롭게 자라나는 암세포인지 확실하지 않으니 아무래도 방사선과의 정확한 판독을 기다려봅시다, 라고 하면 될 거 아닌가? 왜 처음에 수술한 의사의 실력을 의심한다느니, 애초에 암세포를 덜 떼어낸 것이 아닌가 하는 의구심이 든다느니 하는 위협적인 말을 환자인 내게 하는 거지? 판독이 안 된 상태에서 병원에 오라고 한 게 미안해서 그랬나? 그럼 차라리 솔직히 미안하다, 방사선과 의사가 휴가를 오래 가서 영상 판독이 아직 안 됐는데 좀 번거롭지만 확실한 판독이 중요하니 다음 주까지만 기다려보자, 라고 하면 되잖아? 왜 날 협박하는 거지?'

지금까지 20년간의 임상 경험을 통해, 난 협박하는 의사가 정말 싫다. 지금 치료 안 받으면 죽습니다, 입원하지 않으면 무슨 일이 일어날지 모릅니다 등과 같은 협박의 말들을 얼마나 많은 의사들이 약자인 환자에게 해왔는지 잘 알고 있기 때문이다. 물론 나도 의사인 이상 상식적인 설명이 통하지 않는 환자에게 살짝 언성을 높이며 말한 적은 있다. 하지만 난 의식적으로라도 환자를 협박하지 않으려고 무척이나 애를 써왔다. 환자들이 내 권고나 처방을 듣지 않는 것은 그들이 아직 마음의 준비가 안 되었거나 혹은 이전에 다른 사람과의 관계에서 받은 상처로 인해 본능적으로 방어적이 될 수밖에 없었기 때문이라고 이해하려 했다. 마음의 준비가 되거나 다시 날 믿을 수 있게 되면, 협박하지 않아도 훗날 다시 진료를 받으러 돌아올 것이라고 믿었다.

하지만 난 그동안 정말 우리 대가 선생님 말도 잘 들었는데, 왜 갑자기 나를 협박한 거지? 내가 순진하게 말을 잘 들으니까 나를 우습게 본 건가? 내 피해망상은 쉽게 가라앉지 않았다.

혼란과 방황과 의문과 분노의 일주일이 지나고 다시 어김없이 도떼기시장의 대가 선생님을 찾아가는 날이 돌아왔다. 아침에 집을 나오면서 사실 내 마음은 이미 정해져 있었다. 난 더 이상 대가 선생님을 믿을 수가 없었다. 오늘 무슨 말을 하든 그냥 그동안의 치료에 대한 예의로 조용히 듣고 주치의를 바꾸겠다고 마음먹었다. 믿을 수 없는데, 날 협박하는데 어떻게 내 주치의로 하겠는가? 진료실 안으로 들어가자 문제의 내 PET 스캔을 뚫어지게 바라보고 있는 대가 선생님의 옆모습이 눈에 들어왔다. 나는 의자에 앉아 사진을 보지 않고 대가 선생님 얼굴만 계속 바라보았다. 돌연 그는 환한 얼굴로 나를 바라보며 손을 내밀고 악수를 청했다.

"천만 다행히도, (3초간 쉬었다가) 저 검은 그림자는 암세포가 아니었네요. 내가 예측한 대로 수술한 부위가 회복하는 과정에서 혈관이 모여 있는 소견이라고 판독이 나왔습니다."

난 어처구니가 없어 아무 말도 하지 못했다.

"이제 치료가 잘 끝났으니 3개월마다 CT나 PET을 찍으면서 잘 관찰하면 됩니다. 자세한 일정은 간호사가……."

그 뒤에 대가 선생님이 뭐라고 말했는지는 내 귀에 들어오지 않았다. 진료실 밖으로 나온 뒤 깊은 한숨을 쉬고 있자 간호사가 다가와 말했다.

"저, 다음 일정은요……."

간호사의 친절한 그다음 말도 들리지 않았다. 난 그대로 2층 자료 보관실로 가서 그동안 이 도떼기시장 같은 대형병원에서 찍은 모든 CT와 PET 사진을 다 복사해 받았다. 그리고 그날 이후 다시는 그 병원에 가지 않았다.

일주일 뒤, 난 다시 모교 후배인 혈액내과 의사 선생님을 찾아가 PET 스캔을 다시 받았다.

"일단 재검사에서도 암세포는 아니라고 판독이 되었네요. 항암 치료는 이제 다 끝났습니다. 그러니까 이제부터 처음 2년간은 재발의 위험성이 높으니 3개월마다 정기검진을, 그리고 그다음 3년간은 6개월마다 정기검진을 받으시면 됩니다."

난 그제야 안도의 한숨을 내쉴 수 있었다. 하지만 그러면서도 동시에 아직도 5년간은 정신 바짝 차려야 하는구나 싶은 마음에 긴장이 되었다.

"그럼 재발하지 않으려면 어떻게 해야 하나요?"

조심스럽게 묻는 내게 의사 선생님은 가볍게 웃으면서 "그냥 기도하세요"라고 답했다.

"아니, 그래도 내가 어떤 노력을 할 것이 없나요?"

다시 한 번 물어도 "그냥 기도하시면 됩니다"라고 같은 말을 반복할 뿐이었다. 마치 내게 "기도 말고는 당신이 할 수 있는 것은 아무것도 없습니다"라고 말하는 것 같았다. 난 그저 주치의로부터 위로와 격려가 되는 몇 마디 말이라도 듣고 싶었을 뿐인데……. 하지만 내 뒤에 얼마나 많은 환자들이 기다리고 있는지 알고 있었기 때문에 더는 물어볼 수가 없었다. 엉거주춤한 자세로 진료실을 나와 다음 진료 약속을 잡고 병원 문을 나섰다.

밖은 어느새 가을이었다. 시원한 가을바람이 힘든 항암 치료 받느라 고생했다며 위로하듯 내 얼굴을 어루만져 주었다. 가을바람의 어루만짐이 고마웠는지 난 눈물이 찔끔 났지만 가슴속은 왠지 점점 더 먹먹해져 갔다. 그렇게 끝나기만을 기다렸던 항암 치료였는데 막상 정해진 매뉴얼대로의 치료가 끝나고 나니 사막에 덜렁 혼자 내팽개쳐진 기분에 휩싸였다. 목숨이 위태로운 탈수 상태에서 물을 얻어 마시고 살아남기는 했는데, 이제부터는 지도도 없이 나침반도 없이 거칠고 황량한 모래사막을 홀로 걸어나가야 하는 것 같은 기분이 들었다. 이제부터 어디로 가야 하나? 무엇을 해야 하나? 압도적으로 막막하고 허탈하고 외롭고 두려웠다.

암 치료가 끝나면 커다란 안도감을 느끼며 행복할 줄 알았는데 전혀 그게 아니었다. 오히려 이제부터는 암 생존자cancer surviver로서 누구의 도움과 안내도 없이 암의 재발을 막기 위해 홀로 대처해나가야 하는 냉엄한 상황에 놓인 것이다. 외로움과 두려움이 한꺼번에 몰려왔다. 그런데도 의사는 여전히 내가 나 자신을 위해 할 수 있는 것이 기도밖에 없다고 하고, 난 그 의사를 계속 믿고 의지해야만 하니, 참담한 기분까지 휘몰아쳐 왔다.

그나마 시원한 가을바람만이 내 얼굴을 어루만져 주며 공식적인 암 치료가 끝났음을 축하해주고 있었다.

어떤 암 환자는 검사 결과를 들으러 병원에 다녀올 때마다 기분이 한없이 가라앉고 스스로가 무가치한 인간이라는 기분에 빠져든다고 한다. 한 달에 한 번 주치의를 만날 때마다 물어볼 것도 많고, 듣고 싶은 것도 많고, 위로도 받고 싶은데, 진료 내내 주치의는 단 한 번도 환자와 눈을 마주치지 않고 오로지 컴퓨터 화면만 바라보며 컴퓨터하고만 대화를 한다고 한다.

그리고 정확히 60초 뒤에는 "이번 검사 결과는 별 이상 없네요. 다음 검사 일정은 밖에 나가시면 간호사가 알려줄 것입니다"라는 말을 듣고 내쫓기듯 진료실을 나와야 했다. 진료를 받으러 들어갔는데 꿔다놓은 보릿자루 취급을 받다가 쫓겨나는 것 같으니 '내가 바보같이 몹쓸 암에 걸려 이런 대접을 받는구나' 하는 생각이 절로 든다고 한다.

또 어떤 암 환자는 검사 결과를 들으러 병원에 다녀올 때마다 마음이 아프다 못해 온몸에 통증까지 느껴진다고 한다. 검사 상에서 암 크기가 약간이나마 줄어들었거나 염증 수치가 떨어지고 면역 세포 수치가 늘어나서 기분이 좋아지려고 하면 주치의는 항상 "선생님 암은 낫는 암이 아니에요. 절대 좋아진 게 아닙니다"라며 찬물을 끼얹는다고 한다.

냉정하게 진실을 전달하는 것이 환자가 죽음을 받아들이는 데 도움이 된다고 믿는 주치의 덕분에 환자의 희망과 기대는 병원에 갈 때마다 산산조각이 났던 것이다. 아이러니컬하게도 그 환자는 건강 상태가 좋아질수록 우울증이 더 심해졌다.

차라리 미래에는 암 환자 진료를 로봇 의사가 했으면 좋겠다는 상상을 해본다. 얼굴에 자상한 할아버지 인상의 가면을 쓰고 있다면, 나머지는 뭐 그냥 다 로봇의 앙상한 철제 팔 다리라도 상관없다.

다만 그 로봇 의사가 부드러운 어조로 컴퓨터 화면에 나온 검사 결과를 알기 쉽게 설명해주고 "다음번 만날 때까지 아무쪼록 덜 아프시고 더 많이 웃으시면서 행복하게 지내셨으면 좋겠습니다"라고 말하면서 진료를 마칠 수 있다면 좋겠다. 적어도 인간 의사에게 괜한 기대를 했다가 받는 뼈저린 상처는 안 받을 수 있을 테니 말이다. 이대로 라면, 정말이지 그 편이 훨씬 나을 것 같다.

물론 암전문의가 얼마나 바쁜지 잘 안다. 얼마나 많은 환자가 내 앞에서 진료를 받았고 얼마나 많은 환자가 내 뒤에서 진료를 받기 위해 기다리는지 알고 있다.

그러나 단 한마디의 위로의 말, 단 한 번의 따뜻한 눈길이 죽음을 앞에 둔 암 환자에게는 그 어떤 항암 치료제보다 더 절실하다는 것을 암전문의들이 매일매일 깨달았으면 좋겠다.

## 외로움과 두려움은
## 치료가 끝난 후
## 본격적으로 시작된다

일반적인 이야기겠지만, 나이 70 넘어 암이 발병한 사람들은 치료를 잘 받아 어느 정도 건강이 회복되면 이런저런 모임에도 활발하게 잘 나가게 되고, 성격도 더 밝고 긍정적으로 변하는 경향이 있다고 한다. 나이 들어 암에 걸렸으니 이제 별다른 수 없이 죽는 줄만 알았는데 치료가 성공적으로 끝나면 감사한 마음으로 남은 삶을 즐겁게 살아가려 한다는 것이다. 일단 암 치료가 끝나고 나면 그때부터 죽을 때까지의 삶은 마치 덤으로 하느님께서 주신 선물로 여겨지기 때문이라고 한다.

그런데 조금 더 젊은 나이에, 나처럼 40대나 50대에 암이 발병한 사람들은 암에 대한 치료가 끝난 뒤에도 사람 만나는 모임을 피하게 되고 성격도 조금 어두워진다고 한다. 특히 남자에, 고학력에, 전문직에, 의사일수록 그런 경향이 강하다고 한 암전문의가 말해주었다. 다른 이들의 건강을 관리하는 의사가 자기 몸 관리 하나 제대로 못해서 못나게도 암에 걸렸다는 자책감과 자괴감에서 헤어나기가 쉽지 않고, 다른 사람들이 암에 걸린 자신을 한심하게 볼 것 같은 자격지심이 들어 사회적으로 위축되고 대인기피 증상이 나타난다는 것이다. 보통 40대, 50대면 인생 주기상 그야말로 사회생활의 꽃을 피울 시기인데 암에 걸려 고생하고, 항암 치료에 시간과 에너지 다 뺏기고, 행여 재발이라도 할까 두려워 늘 조심하고 위축되어 살아야 하니, 이건 뭐 완전히 인생 낙오자가 된 기분이 들기 때문이다. 더 오래 살게 되었다 한들 그게 하느님의 선물이나 인생의 넉넉한 덤으로 느껴지는 것이 아니라 원치 않은 덤터기를 옴팡 뒤집어 쓴 인생이라는 느낌이 드는 것이다. 지금의 내 심정과 정확히 일치했다.

나도 항암 치료가 끝났지만 자주 만나던 친구나 지인들과 거의 연락을 하지 않았다. 모임 같은 곳에 나가 암에 걸렸다는 사실로 다른 친구들의 관심을 끄는 것도 부담스러웠고, 그들이 의례적으로 안부로 묻는 말, "이제 괜찮냐?"라는 말에 일일이 다 대답하기도 귀찮았다. '아니, 괜찮을 리 없지 않은가!'

내 나이 또래나 후배들은 50대에 악성종양이 발병했다는 것이 어떤 상태를 의미하는지 거의 이해하지 못했다. 그러니 암에 걸린 친구나 선배에게 어떤 식으로 안부를 물어야 하는지, 대부분 잘 몰랐다.

"아니! 전혀 안 괜찮아! 너 혹시 이런 말 들어봤니? I have a cancer가 아니라 I am cancering이라는 말! 그러니까 말이다, 암은 몸에 생긴 덩어리를 한순간에 떼어내고 완치될 수 있는 그런 신체 일부분의 질환이 아니라, 서서히 진행되어 나타난 암세포가 치료를 받으면 잠깐 숨었다가 다시 서서히 몸 어딘가에서 진행하는 그런 고약한 전체 시스템의 질환이라고! 그래서 일단 한번 암에 걸리면 그렇지 않은 사람보다 같은 암이나 다른 암에 걸릴 확률이 2배, 3배나 높아진다는 거지! 알았어? 네가 생각해도 괜찮을 리가 없지?"

악성종양이라는 덤터기를 뒤집어 쓴 내 마음을 몰라주는 건강한 친구들에게 내 삐뚤어진 속내를 이렇게 속사포처럼 쏟아낼까 겁이 나서 아예 모임에 나가지 않고 혼자 격리된 시간을 보내는 편을 택했다. 그 편이 오히려 마음이 편했다. 서운한 감정을 자극받느니 차라리 조금은 외롭게 지내는 편이 아직은 회복되지 않은 나 스스로를 보호해주는 방어책이었던 것이다.

하지만 산속 암자에서 혼자 지내지 않고서야 사람 사이에서 혼자 지레 예민하게 찾아오는 서운한 감정까지 완벽히 차단할 수는 없는 노릇이었다. 한번은 그동안 여러모로 신경을 써준 병원 직원들에게 고맙기도 하고 미안하기도 해서 밥을 사겠다는 말을 꺼냈다. 오랜만의 회식이었던 셈이다. 한데 회식 있는 날이면 찾아오는 징크스처럼 그날따라 마지막 상담이 한정 없이 길어졌다. 약속 시간보다 30분이 지나서야 겨우 마무리를 하고 대기실로 나오니 10명의 직원들이 진즉에 일을 마치고 나만 기다리고 있었다.

허기져 뭐라도 씹어 먹을 것 같은 표정을 짓고 있는 그들에게 "자, 그럼 어디 갈까?" 하고 물었지만, 사실 내 머릿속에는 청국장까지는 아니더라도 굴파전이나 부추볶음 같은 건강식을 먹으러 가야겠다는 생각이 이미 자리 잡고 있었다. 항암 치료가 끝난 지 얼마 안 됐기 때문에 가급적이면 건강식을 해야 한다는 강박관념을 갖고 있었고, 그 강박관념의 원칙 중 하나가 아직은 붉은 육류는 웬만하면 피해야 한다는 것이었다. 하지만 언제

나처럼 "고기집이요!" 하며 이구동성으로 터져 나온 직원들의 명랑 쾌활한 합창 소리에 내 속은 한순간에 울렁거렸다.

"고…… 고기집?"

난 간신히 울렁거림을 참으며 그들에게 아직은 고기 먹기가 힘들다는 구차한 변명을 늘어놓아야 했다. 그러나 젊은 그들에게 내가 갖고 있는 암에 대한 공포, 음식에 대한 두려움은 낯선 것일 수밖에 없었다.

10분 뒤, 우리는 아주 어색한 분위기 속에서 굴파전과 부추볶음을 먹고 있었다. 암 때문에 아직은 고기 먹기가 꺼려진다는 것을 설명하고 파전집으로 왔지만, 그들의 얼굴에는 여전히 고소한 고기의 맛을 그리워하고 있는 것이 역력했다. 나 역시 괜히 회식하자는 말을 했다는 후회와 '얘들은 내가 이제 암이 다 나은 줄 알고 있구나' 하는 떨떠름한 기분으로 파전을 입에 넣고 있었다. 게다가 그제야 내 눈치를 보는지 아무도 막걸리도 맥주도 시키지 않았으니, 파전과 부추볶음으로만 하는 회식의 어색함은 쉽게 사라지지 않았다.

또 한번은 모교의 정신과 교실 망년회에서 뜻하지 않은 서운함을 느꼈다. 이번에는 처음부터 망년회 장소가 고기집이라는 것을 알았지만 어쩔 수 없이 참석해야만 하는 사정이 있었다. 고소한 양념 냄새를 풍기며 숯불 위에서 지글지글 익어가는 고기를 바라보며 나는 곁다리로 나온 고구마 샐러드와 깻잎만 씹고 있었다. 왁자지껄 망년회 분위기가 고조되자 기분이 좋아진 한 선배가 갑자기 "야, 너도 고기 한 점 먹어봐. 이거 먹는다고 안 죽어" 하는 게 아닌가! "다음 주에 검사도 받아야 하고, 고기가 그냥 안 당기네"라며 슬쩍 피하려는데 옆에 앉은 선배가 한마디 거든다.

"의사가 절대 먹지 말래? 그건 아니잖아?"

"아, 그런 건 아니지만 보통 붉은 육류는 암 환자에게 안 좋다고 해서."

"괜찮다고 말하는 전문가도 많아. 너 지금 고기 한 점만 먹어도 큰일 난다고 생각하고 있지?"

물론 선배는 처음부터 반 농담조로 웃으며 말했다. 앞에 놓인 잘 익은 고기를 혼자 먹기 미안해서 그랬는지, 아니면 암 환자라도 잘 먹어야 한다고 격려해주려고 그랬는지도 모르겠다. 그래서 난 그냥 웃어넘기려 하는데 선배가 한마디 더한다.

"얘가 또 겁이 많아요. 겁이 많으면 망상이 생기지. 야, 네가 진료하는 거식증 폭식증 환자들이 다 그런 음식에 대한 왜곡된 생각 갖고 있지? 너 만날 그런 환자들만 보니까 그런 망상이 옮은 거야."

이 말도 절대 날 놀리기 위해 한 말이 아니라는 것쯤은 알고 있었다. 재미있게 분위기를 돋우려는 반 농담의 말! 그러나 반 농담의 말이 반복되니 더 이상 내게 농담으로 들리지 않았다. 점점 인내심이 한계치에 도달했다. 도저히 끓어오르는 분한 마음을 참을 수가 없었다. 말로는 표현할 수 없으니 몸으로 시위할 수밖에 없었다. 나는 지글지글 타는 고기를 한 점 집어 소금에 찍어 입에 넣고는 단번에 씹어 삼키는 무력시위를 했다. 아, 그 생고기의 고소함이여! 그리고 아까부터 내 앞에 놓여 있던 맥주잔을 들고는 선배들의 맥주잔에 부딪치며 소리쳤다.

"자, 형 건배!"

셋이 함께 맥주를 쭉 들이키며 웃었지만 내 마음속에서는 '아이고, 오늘 잘못 왔구나' 하는 후회가 마구 일어났다. 가끔은 이렇게 적당히 먹어서 고기와 술에 대한 허기를 달래는 것이 정신건강에 좋다는 것쯤은 나도 잘 알고 있다. 하지만 그날 난 고기와 맥주로 암 환자가 아니면 절대 모르는 서운함을 달래야만 했다.

# 제발,
# 재발만은

항암 치료가 끝나고 두 달, 세 달, 시간이 흐를수록 몸의 기력이 서서히 회복되고 머리털도 상상 이상의 빠른 속도로 자라났다. 인간 몸뚱이의 회복력이란! 그저 놀라울 따름이었다. 하지만 여전히 지속적으로 남아 있는 골치 아픈 문제들도 많았다. 예를 들면, 항암제 부작용으로 생긴 말초신경의 손상은 더디게 회복됐다. 치료가 끝나고 석 달이 지나도록 둔해진 손가락 끝 감각은 돌아오지 않았고, 손가락 끝에 힘을 주는 것도 잘 되지 않았다. 그래서 혼자 힘으로는 아무리 용을 써도 손발톱을 깎을 수가 없었다. 한심하게도 난 마치 막내아들이라도 된 양 아내에게 손톱 발톱을 깎아달라고 해야만 했다. 지속되는 피로감과 무기력감도 내게는 힘든 문젯거리였다. 낮에 진료를 하다가도 쉽게 지쳐서 반드시 낮잠을 자야만 했고 산책이나 등산도 10분 정도 하고 나면 다리의 힘이 절로 풀렸다. 부끄럽게도 성욕은 아직 논의할 거리조차 안 되었다.

'이제 난 이전 같은 기력이나 체력을 회복하기는 어려운 건가?'

생각보다 더딘 회복은 미래에 대한 걱정과 염려를 수시로 내 머릿속으로 불러들였다.

무엇보다도 날 괴롭혔던 것은 바로 재발에 대한 두려움이었다. 대부분의 암은 치료가 끝나고 난 후 1년 동안 재발을 가장 많이 한다. 그러니 치료가 끝난 지 반년이 채 지나지 않은 상황에서는 재발을 연상시키는 조그만 변화에도 예민해질 수밖에 없었다. 체중이 조금만 빠져도, 얼굴이 퀭해 보여도 내 몸 어딘가에서 악성종양이 빠른 속도로 자라고 있는 것은 아닌가 하는 걱정이 마음속 깊이 스며들었다. 어쩌다 복부에서 전과 비슷한 불편감이 느껴지면 갑자기 생생한 공포감이 엄습했다. 그 공포감은 거의 트라우마 수준이었다.

사람마다 다르겠지만, 재발의 공포감에서 벗어나기 위한 가장 효과적인 방법은 내 경우에는 진료시간에 환자 이야기에 몰입하는 것이었다. 다른 사람들의 힘든 이야기, 고통스러운 사정을 듣고 거기에 공감하다 보면 나도 모르는 사이 나 자신의 공포감과 건강염려증이 마음 한 구석으로 얌전히 밀려나 있었기 때문이다. 그들의 고통에 몰입하면서 내 두려움과 불안을 잠시 잊을 수 있었던 것이다. 때로는 그들이 겪는 고통에 비하면 내가 겪고 있는 두려움과 불안 따위는 정말 아무것도 아니라는 생각에 살짝 위로가 되기도 했다.

그러던 어느 날, 환자가 방에 들어오자마자 울면서 어머니의 암이 재발했다는 날벼락 같은 소식을 불쑥 꺼냈다. 나도 가슴이 철렁 내려앉았다. 지난 시간에 환자의 이야기를 들으며 마치 내 일처럼 기뻐했는데, 이게 무슨 청천벽력 같은 소식인가?

"잠깐만요, 아니 지난 시간에 모친께서 항암주사를 잘 참고 견뎌내셔서 이제 한 번만 더 항암제를 맞으면 된다고 하지 않았나요?"

"어머니가 마지막 항암주사를 맞기 전에 MRI 검사를 하셨는데 새롭게 폐로 전이된 암이 발견됐어요. 주치의 선생님이 이제는 더 이상 할 치료가 없으니 집에 가서 가족끼리 잘 마무리하는 시간을 가지라고 하더라고요."

환자는 원망 반, 절망 반의 심정으로 훌쩍이며 이야기했다.

'헉! 무슨 놈의 암이 치료 받는 중인데도 재발을 해? 아니 전이를 해? 재발이건 전이건 이건 정말 아니잖아? 망할 놈의 암 같으니라고!'

나는 마음속으로 소리 없는 공포의 비명을 지르며 침을 꿀꺽 삼켰다.

3개월마다 정기검진 결과를 들으러 병원에 가는 날은 염라대왕 앞으로 불려가는 듯한 아주 고약한 기분을 체험하는 날이다. 대기실에서 기다리는 동안 나는 두 손을 깍지 껴서 허벅지 사이에 숨기고 고개를 살짝 숙인 채 누구에게도 티 안 나게 살짝 기도를 하곤 했다. '하느님, 제발이요! 검사 결과가 그저 정상이라고 나오길! 지난번 복통은 단순 소화불량이길 바라옵고 기도하나이다.' 나는 간절히 하느님께 기도했다. 이윽고 이름이 불리고 진료실 안으로 들어가면 우선 반사적으로 늘 심각한 얼굴로 PET 스캔을 바라보고 있는 주치의 표정을 살폈다. 주치의의 굳은 얼굴 표정, 긴장한 아내에게서 전해지는 불안함, 그리고 심각하게 두근거리는 내 심장 박동만 감지됐다. 잠시 주변은 정지화면이 되고 내 심장만 쿵쿵 뛰는데…… 갑자기 주치의가 내 쪽으로 몸을 돌렸다. 그리고 하얀 이를 내보이면서 "정상이시네요" 하는 순간, 비로소 난 참았던 숨을 길게 내쉴 수가 있었다. 그리고 이번에도 마찬가지로 "기도하세요"라는 주치의의 당부의 말을 듣고 진료실을 나온다. 나는 언제부터인가 진료실을 나오자마자 자동반사적으로 감사 기도를 하게 되었다. '감사합니다. 하느님, 부처님, 주치의 선생님, 방사선과 의사 선생님, 아무튼 모두 모두 감사합니다.' 난 진료실이라는 비현실적인 공간에서 염라대왕으로부터 3개월의 집행유예 판정을 받고, 두려움보다는 희망과 희열이 가득 찬 현실의 세계로 다시 돌아온 것이다.

하지만 안타깝게도 그 집행유예 판정의 효과는 그리 오래가지 못했다. 날 위협하는 뉴스는 수시로 텔레비전에서 신문에서 책에서 컴퓨터에서 스마트폰에서 전달되었다. '슈퍼스타 K'를 통해 잘 알려진 임윤택이라는 가수가 결국 위암이 재발하여 영면의 길에 들어섰다는 뉴스도 스마트폰 애플리케이션을 통해 보았다. 순식간에 안타까움과 두려움이 동시에 걷잡을 수 없이 몰려왔다. 그와 함께하는 울라라세션이 부른 노래 〈미인〉, '한 번 보고 두 번 보고 자꾸만 보고 싶네'를 부를 때의 그 열정적인 무대가 눈에 선한데. 음악에 대한 순수한 열정과 투병에 대한 불굴의 의지로 가득 찬 그였기에 암 따위에 그렇게 허무하게 쓰러질 거라고는 생각하지 않았는데, 이럴 수가! 다시 머릿속으로 짙은 두려움과 우울감이 스멀스멀 차 들어오고, "너도 이놈! 재발을 피할 수 있을까 보냐?" 하는 염라대왕의 외침이 환청처럼 들려왔다.

설상가상으로 며칠 뒤에는 아내가 사다준 책을 통해 난 또 다른 재앙의 소식을 접하게 되었다.

"여보, 이거 암에 걸린 프랑스 정신과 의사가 쓴 책이래요. 한번 읽어 봐요."

표지를 보니 그 책은 나도 잘 알고 있는 프랑스 정신과 의사인 다비드 세르방 슈레베르가 쓴《안녕은, 영원한 헤어짐이 아니다》라는 책이었다. 나는 슈레베르라는 정신과 의사를 2007년 프랑스 파리 유럽 EMDR 학회에서 본 적이 있었다. 날씬한 몸매에 잘 맞는 캐주얼한 복장을 하고 자전거를 타고 학회장에 나타난 그가 '암과 EMDR'이라는 제목의 강의를 열정적으로 하고는 700여 관중의 기립 박수를 받았던 모습이 지금도 눈에 선하다. 그는 20년 전 찾아온 암을 이겨내고, 이후 20년간 암에 대해 연구하면서 2008년에는《항암》이라는 세계적인 베스트셀러를 썼던 사람이다.

반가운 마음에 아내가 건네준 책을 펼쳐 몇 페이지를 넘기기도 전에 나는 깜짝 놀라 그만 책을 떨어뜨릴 뻔했다. 왜냐하면 그 책은 그가 2010년에 갑작스럽게 암이 재발돼 죽음에 이르기까지 몇 개월밖에 안 되는 짧은 기간 동안 쓴 에세이였기 때문이다. 놀란 가슴을 부여잡고 찬찬히 읽어보니 그는 철저하게 자기관리를 하며 암 재발을 예방하려 노력했지만 아이러니컬하게도《항암》이라는 책이 세계적으로 대박이 나는 바람에 바쁘게 전 세계를 돌아다니게 되었고, 결국 그때 삶의 균형이 깨졌던 모양이다. 그 틈을 타고 고약한 망할 놈의 암이 순식간에 재발한 것이었다. 그것도 어떻게 손을 써볼 수 없는 치명적인 재발! 어떻게 한 치의 머뭇거림도 없이 그렇게 쉽게 재발이 찾아온단 말인가?

어느 누구에게 일어난 일일지라도 암 재발 소식은 도무지 남의 일처럼 들리지 않았다. 세상의 모든 암 재발 소식은 나에게 "다음은 네 차례거든"이라고 알려주는 마지막 경고처럼 내 가슴에 꽂혔다. 아무리 발버둥을 쳐도 난 죽음에 대한 상념에서 빠져나올 수가 없었다.

# 후회 없이 살고 후회 없이 죽는 법

아무것도 하기 싫은 일요일 저녁, 혼자 〈엔딩 노트〉라는 일본 영화를 보았다. 40년 동안의 정신없이 바쁜 샐러리맨 생활을 마치고 정년퇴임을 한 뒤, 가족과 함께 한가로운 시간을 보낸 지 얼마 지나지 않아 위암 말기 판정을 받은 스나다 씨와 그 가족에 대한 이야기를 다큐멘터리 형식으로 만든 영화였다. 죽음이 얼마 남지 않았다는 사실을 알게 된 스나다 씨는 낙담하고 슬퍼하기보다는 그동안 하지 못했던 일들을 하나씩 해나가기로 마음먹는다. '한 번도 찍어보지 못한 야당에 투표하기', '일만 하느라 소홀했던 가족들과 여행 떠나기', '평생 믿지 않았던 신을 믿어보기', '아내에게 처음으로 사랑한다 말하기' 등 영화는 스나다 씨가 자신의 버킷리스트를 하나하나 실천해가는 모습을 잔잔하게 보여준다.

"아빠, 고마워요" 하고 작별 인사를 하면서

눈물로 볼을 반짝이던 엄마는

어느새 꼬마 울보가 되어 치에짱의 얼굴로 돌아가 있었어.

있어요, 있어요, 거기에 있어요.

항상 거기에 있어요.

"살아생전 아빠는……"이라고 말하자마자

아빠는 넘치는 눈물과 함께 하염없이 울었네.

어깨를 떨고 몸을 뒤척이며 눈물 흘리는 아빠는

어느새 꼬마 울보가 되어 앗짱의 얼굴로 돌아가 있었어.

있어요, 있어요, 거기에 있어요.

항상 거기에 있어요.

마지막에 할아버지는 보물이 있는 곳을 가르쳐주었단다.

'마음이 있는 곳을 깨달으면 언제나 그곳에 보물이 있단다'라고.

있어요, 있어요, 거기에 있어요.

항상 거기에 있어요.

위의 주제곡이 흐르고 영화가 끝나고 나서도 나는 한참을 울었다. '나는 과연 어떤 모습으로 죽어갈까? 비참하게 죽어갈까? 외롭게 죽어갈까? 억울해하며 죽어갈까? 고통스럽게 죽어갈까? 아니면 평온하게 죽어갈까? 고맙다고 사랑한다고 말하고 죽어갈까? 삶을 잘 마무리하고 만족스럽게 죽어갈까?' 내 마지막 모습이 또렷하게 그려지지는 않았지만 적어도 어떤 모습으로 죽어가고 싶다는 마음속 바람은 간절해졌다.

대부분의 사람들은 죽음에 대해 심각하게 생각하며 살지는 않는다. 나 역시 마찬가지였다. 복삽한 인생살이 하루하루가 치열하고 골치 아픈데 한참이나 먼 일처럼 느껴지는 죽음에 대해 굳이 심각하게 고민할 필요를 느끼지 못했다. 그러니 친척이나 친구의 상갓집에 가서도, 심지어 아버지가 돌아가셨을 때도 정작 내 죽음에 대해서는 별로 심각하게 생각하지 않았던 것 같다. 어떻게 생각하면 난 마치 영원히 살 사람처럼 살아왔던 것이다.

그런데 이거 참, 어느 날 찾아온 암이란 반갑지 않은 손님 덕분에 난 당장 내년에도 살아 있을지 없을지 확실치가 않은 상황을 맞이하게 되었다. 내 몸 시스템의 균형이 붕괴돼 암이 재발한다면 곧 내게도 죽음의 그림자가 찾아올 수 있다는, 그 무서운 현실을 직면하게 된 것이다.

먼저 '내가 죽으면 누가 슬퍼할까?' 하는 생각부터 들었다. 아내, 아들, 어머니, 동생들, 그러고 보니 피붙이 가족만 슬퍼해줄 것 같았다. '그다음으로 옛 친구가, 옛 애인이 슬퍼할 수도 있겠구나. 아, 그리고 내 환자들이 슬퍼하겠구나.' 내 죽음을 슬퍼할 사람들에게 굉장히 미안하다는 생각이 들었다. 함께 해주지 못해서. 특히 아내에게, 그리고 아들에게. 오랫동안 날 잊지 못할 텐데, 하는 생각이 들자 또 가슴이 먹먹해졌다. 미안한 사람들에게 앞으로 조금 더 잘해야겠다고 다짐했다. 그래야 암이 재발해도 덜 미안할 테니. 그리고 혹시 내가 죽어도 슬퍼하지 말라는 위안도 평상시 많이 해둬야겠다는 생각이 들었다.

하고 싶은 일들을 마무리하지 못하고 죽어가는 것에 대한 속상함도 암이 재발한다면 걷잡을 수 없이 커질 것 같았다. 마음의 상처로 고통받는 사람들을 위한 좋은 트라우마 센터를 만들고 EMDR 트레이너가 되어 EMDR을 많은 사람들에게 가르치는 일을 해보고 싶었는데, 만약 암이 재발해 더 이상 일을 못하게 된다면 조금 억울할 것 같았다. 남들보다 먼저 시작한 일이니까 마무리를 내 힘으로 하고 싶었다. 그래야 같은 일을 하는 동료나 후배들이 조금이라도 내 이름을 기억해주지 않을까 하는 바람이 내 안에 있었던 것이다. 하지만 그깟 이름 기억해주는 것이 무슨 의미가 있나 하는 회의적인 생각도 들었다. 직업적으로 성공하고 마무리를 잘하려면 얼마나 뼛골 빠지게 살아야 하는지 잘 알고 있었으니 말이다. 지금까지도 잘해야 한다는 강박관념 덕분에 그동안 하고 싶었던 대부분의 일들을 다 뒤로 미루지 않았던가? 제길! 하마터면 욕이 나올 뻔했다. 정말 그렇게 살다가 암이 재발돼 죽게 된다면 그 후회를 어떻게 감당할까? 너무 화가 나 눈도 못 감을 것 같았다. 그러자 영화 속 스나다 씨처럼 나도 그동안 못한, 진짜 하고 싶었던 일들을 해봐야지 하는 생각이 떠올랐다.

'아, 그래도 역시 연극은 한 번 더 해봤어야 하는데.'

그 순간 자동적으로 내 머릿속에 떠오르는 생각이었다. 생각해보면 대학 시절 연극할 때가 가장 즐거웠고, 그때야말로 '지금 이 순간'을 살고 있다는 가슴 벅참을 느끼지 않았던가? 대개의 의대생들은 의대 본과 3학년이 되면 연극 동아리 활동을 하지 않았는데 난 본과 4학년 때 농촌 의료봉사활동을 가서조차도 농촌 아이들과 함께 연극을 했다. 6년간의 대학 생활 내내 연극반에 푹 빠져 지낸 셈이다. 연극이 끝나고 난 뒤 무대 뒤에서 느꼈던 짜릿한 감동이 지금도 생생하다. 그래서 그 맛에 연극을 다시 해보겠다고, 인간의 삶을 연구해 다시 연극으로 돌아가겠다고 다짐하고 의과

대학 졸업 시절 정신과를 선택해 이후 25년을 준비했는데……. 그렇게 하고 싶었던 연극을 다시 못하고 암이 재발한다면, 죽기 전에 약이 무척 오를 것 같았다.

'그렇게 가장 즐거워했던 순간을 25년이나 미뤄왔다니!'

암이 재발하지 않는다면 연극은 반드시 꼭 다시 해야만 하는 내 첫 번째 버킷리스트였다. 나는 조금만 더 기력이 회복된다면 다시 연극을 시작하고야 말리라 다짐했다.

잠깐, 그런데 암이 재발해 순식간에 몸과 마음이 만신창이가 된 채 아무것도 할 수 없는 상태가 되어 계속 생명만 연장해가게 된다면, 어떻게 되는 거지? 일하지도 못하고 놀지도 못하고 아프기만 한다면? 난 정말 아무짝에도 쓸모없는 존재 아닌가? 게다가 계속 누군가로부터 병수발을 받아야만 한다면? 24시간 너무 고통스러워 진통제나 달라고 징징거려야만 한다면?

"오 하느님! 그것만은 제발! 그 무가치감, 그 수치심, 그 외로움만큼은 정말 피하고 싶습니다. 아무리 암의 재발로 죽어가게 된다고 해도 인간으로서의 최소한의 자존심은 지킬 수 있어야 하는 거 아니겠습니까? 무가치하게 수치스럽게 외롭게 죽어가는 것만큼은 정말 피하고 싶습니다."

어허! 그렇게 하느님께 기도하다 보니, 그것은 정말 내 맘대로 할 수 있는 게 아니라는 사실을 깨달았다. 이내 마음이 허탈하고 울적해졌다. 이건 정말 내 의지로 선택할 수 있는 문제가 아니라 하느님이, 운명이 정해주는 것인가? 이런 경우엔 내가 할 수 있는 뭔가가 정말 없는 것인가? 아니야, 내가 할 수 있는 아주 작은 몸짓이라도 뭐 없을까? 죽어가면서라도 아들에게 네 사랑스러운 모습을 간직하고 간다고 말을 해줄까? 아니면 무슨 일이 있어도 네가 원하는 삶을 살라고 말해주고 눈을 감을까? 아내에게는 그동안 함께 해줘 고마웠다고, 정말로 사랑했다고 고백할까? 그럼 조금이라도 의미 있는 죽음을 맞이할 수 있을까?

결국 '어떻게 죽음을 맞이해야 하나?' 하는 고민을 하다 보니, '살아 있는 동안 어떤 삶을 살아갈 것인가?'에 해답이 있다는 생각이 들었다. 내 죽음은 내 삶의 연속선상에 놓여 있었던 것이다. 지금 이 순간 후회 없이 살아야 후회 없이 죽을 수 있다.

# 케모브레인

'내가 분명 뭘 찾으려고 이 방에 들어왔는데…… 뭐였더라?'

맹세코 원래 이렇지 않았는데 부쩍 깜빡깜빡하는 일이 늘어났다. 하지만 내 나이 또래에겐 이런 건망증이 낯선 일이 아니다. 옆에 있는 아내만 해도 계산을 하고 물건을 두고 오는 일이 다반사라며 치매가 일찍 찾아오는 것이 아닐까 걱정할 정도니 말이다. 그래서 내가 요즘 부쩍 기억력이 떨어져 걱정이라는 말을 해도 "너만 그런 거 아니다. 우리 나이 땐 다 그런 거야" 하며 내 고민을 제대로 이해해주는 사람이 없었다. 이미 모두 자신들의 건망증 때문에 괴로워하고 있었으니 내 건망증은 시쳇말로 명함도 내밀 수 없었던 것이다.

'에잇, 나도 그냥 나이 탓으로 치부해버릴까?' 하다가도 아무래도 머릿속에 뿌연 안개가 낀 것 같은 이 흐리멍덩한 느낌이 수상쩍었다. 더 심각한 것은 기억력뿐만 아니라 집중력에도 문제가 생겼다는 점이다. 확실히 전보나 산만해졌고 무엇 하나에 오래 집중하기 힘들어졌다. 억지로 책이라도 읽어볼라 치면 이내 머리가 멍해지면서 뒷골이 땡겼다. 정말 나이 탓인가? 도저히 쉽게 수긍이 안 갔다. 분명 이렇게까지 심하게 기억력과 집중력의 저하가 일어난 것은 항암 치료를 받고 나서부터였다. 이상했다. 시간이 지나면서 체력은 서서히 회복되는 것 같은데 어찌된 영문인지 정신력은 점점 더 퇴보되어가니 말이다.

게다가 누구에게도 함부로 털어놓지 못할 정도로 날 당혹스럽게 하는 문제가 하나 있었으니, 그것은 바로 기억력과 집중력의 저하보다 더 위협적인 감수성과 공감력의 저하였다. 즉, 인지적인 문제보다 정서적인 퇴보가 더 당황스러웠고 혼란스러웠다. 만사가 심드렁했고 무감각했다. 뜨거운 열정까지는 아니어도 뭔가 후끈 달아오르는 감동 같은 것이 마음속에서 일어나지 않았다. 나름 그래도 왕성한 편이라고 믿어왔던 호기심도 어디론가 자취를 감춘 지 오래다. 게다가 만약 공감력까지 떨어졌다면…… 으…… 그건 생각만 해도 끔찍했다. 정신과 의사가 다른 사람 이야기를 들으며 심드렁해하고 공감하기 어려워한다면…… 이건 직업적으로 사형선고나 마찬가지인 셈이었다.

오랜만에 필사적으로 호기심을 발동하여 구글 검색 엔진에 시동을 걸어보았다. 다행히 오래 집중하지 않아도 금방 원하는 답을 찾을 수가 있었다. 케모브레인chemobrain! 이미 암 환자들 사이에서는 유명해진 명칭이다. 화학요법 chemo + 뇌 brain. 즉, 항암제 치료로 인한 뇌의 기능 장애를 총칭하는 말이다. 항암제는 암세포에만 손상을 주는 것이 아니라 건강한 뇌세포에게도 예외 없이 손상을 주고 있었던 것이다. 일부 항암제 치료는 암세포를 80% 죽일 때, 뇌세포를 100% 손상시킨다고도 알려져 있다.

평균적으로 항암 치료를 받은 사람 중 25%에서 이런 케모브레인 현상이 일어나는 것으로 알려져 있는데, 대표적인 증상은 내게 나타난 증상들과 완전 판박이처럼 일치했다.

'최근 일어난 일에 대한 기억을 잘 못하고, 적절한 단어를 잘 떠올리지 못한다. 집중하기도 힘들고 억지로라도 오래 집중하면 머리가 아파온다. 또한 새로운 것을 배우는 것이 힘들어지고, 주위를 정리정돈하는 데도 어려움이 생긴다. 심지어 하루 일과를 계획적으로 처리하는 데도 곤란함을 느끼게 된다. 게다가 정서적으로 둔감해지고 무기력해지고 무감각해진다.'

이럴 수가. 마치 내 뇌 안에 들어와서 샅샅이 뒤져본 후 기록해놓은 것같이 똑같아 신기해서 기가 찰 노릇이었다.

최근의 내 마음 상태는 이제까지 경험해보지 못한 이상하고 혼란스러운 변화를 겪고 있었다. 항암 치료가 끝난 뒤 두세 달 동안 내 상태는 에너지가 20% 정도로 바닥 근처까지 떨어진 탈진 상태였다. 하지만 그 뒤로는 에너지가 80%까지 회복된 듯하다가 갑자기 10, 20%까지 추락하는 급격한 무기력감이 자주 찾아왔다. 아슬아슬하게 위로 올라갔다 아래로 떨어졌다 하는 롤러코스터처럼 말이다.

당연히 환자를 진료하는 수준이 질적으로 확 떨어졌다. 진료의 양과 시간을 암 걸리기 전보다 줄였지만 그럼에도 불구하고 힘은 더 들었다. 나름 최선을 다해 상담을 해도 환자들은 치료자인 내가 전보다 공감을 못하고 있음을 느꼈을 것이다. 내가 아무리 최선을 다한다고 생각하고 있어도 말이다. 휴! 상담이란 것이 집중력이 없으면, 호기심이 없으면, 공감이 안 되면, 흉내 내기조차 힘든 일이라는 사실을 새삼 깨닫게 되었다. 케모브레인 상태를 겪고 있는 나에게는 상담이 무척 힘든 일이었던 것이다.

내가 만약 항암 치료가 끝난 70세, 80세 노인이라면 케모브레인 증상을 그리 불편하게 느끼지 않을 수도 있다. 요양과 휴식을 넉넉히 취하며 여유롭게 산다면 케모브레인 증상은 삶에 큰 지장이 안 될 테니 말이다. 하지만 난 지금 50대 초반! 평소의 60~70% 정도의 일을 하면서 복잡한 도시에서 살고 있다. 다른 친구들, 동료들, 경쟁자들이 펄펄 날아다니며 왕성하게 활동하고 있다는 소식을 수시로 들으며 살아가고 있다.

나도 내가 지금 어떻게 뭘 해야 생존하고 발전하는지 정도는 알고 있다. 하지만 케모브레인으로 갑자기 90세 노인과 비슷해진 몸과 마음이 돼버려 전혀 내 뜻대로 따라주지 않으니, 정말 이 답답하고 갑갑한 심정을 뭐라 표현해야 할까? 더 이상 악착같이 경쟁할 힘을 잃어버린 수컷 같아진 나는 갑자기 모든 경쟁이 너무 힘들게만 느껴졌고, 이제 곧 이 세상에서 비참하게 뒤처질지도 모른다는 두려움에 휩싸였다. 열심히 하면 나도 할 수 있다는 젊은 날의 패기는 온데간데없이 사라졌다. 열심히 할 수 없으니 고로 나는 아무것도 할 수 없다고 믿어지기 시작했다.

하루는 강의를 하러 법원연수원을 찾았다. 그동안 난 '행복한 부부의 비밀', '영화로 만나는 치유의 심리학' 등을 주제로 매년 2번 정도 법원연수원에서 강의를 해왔다. 이번에는 기력이 부족하고 무기력한 상태였지만 늘 하던 강의였으니 기분 전환도 할 겸 초청에 응했다. 지금까지 수십 차례 해왔던 '영화로 만나는 치유의 심리학'을 주제로 한 강의였다. 한데 강단에 선 나는 마치 처음 사람들 앞에서 발표를 하는 학생처럼 긴장감에 떨면서 식은땀을 흘려야만 했다. 말을 더듬고 문장과 문장 흐름이 매끄럽게 연결되지 않고 자꾸 끊겼다. 결국 강의 도중 중요한 개념을 설명하기 위한 적절한 단어가 머릿속에 떠오르지 않아 끙끙대며 말을 더듬다가, 나도 모르게 내 머리를 내 손으로 내리쳐버렸다.

"아, 죄송합니다. 제가 요즘 영 상태가……."

그날 내 강의는 이제까지 강의 중 가장 최악의 강의였다. 이제 정말 다 손을 놓아야 하나? 난 정말 우울해졌다.

이게 모두 다 케모브레인 때문이야! 이렇게 믿고 싶어졌다.

"주의사항!

이러한 케모브레인 증상들은 항암 치료를 받은 모든 사람들에게 찾아오는 문제가 아니며, 설령 문제가 되어도 항암 치료가 끝나고 1년에서 2년 정도 시간이 지나면 대개 자연스럽게 사라집니다. 대부분 저절로 회복이 되고, 필요하다면 치료를 받아 좋아질 수도 있습니다. 그러니 절대로 케모브레인을 염려하며 항암 치료를 미루거나 포기하면 안 됩니다."

# 항암 치료가 끝난 후에 할 수 있는 노력들

주치의로부터 "일단 치료가 끝났습니다"라는 말을 듣게 되면 주변의 가족과 친지, 친구들이 함께 기뻐하고 축하해주지만 정작 암 환자 자신의 마음은 편치 않은 경우가 많다. 치료가 끝났다는 것이 암이 완치되었다는 것을 의미하는 게 아니기 때문이다. 그저 암 생존자로 겨우 살아남았을 뿐이다.

게다가 투병 생활에 지칠 대로 지친 암 생존자는 이제까지 경험해보지 못한 엄청난 변화에 적응해야 하는 숙제에 직면하게 된다. 쉽게 피곤함을 느끼는 신체적 변화, 재발과 죽음에 대한 두려움을 수시로 느끼게 되는 심리적 변화, 대인관계에서의 변화, 일을 해내는 능력에서의 변화, 경제적인 변화, 영적인 변화 등등 삶 전체에서 급격하게 일어나는 다양한 변화에 암 생존자가 혼자 맞서 적응하기란 만만한 일이 아니다.

그러니 암 생존자의 80~90%가 불면증, 불안증, 우울증, 외상 후 스트레스 장애와 같은 여러 형태의 적응장애를 경험한다는 통계가 그리 놀라운 일은 아니다. 지긋지긋한 치료가 끝났지만 독한 치료에 지친 몸과 마음의 회복에는 좀 더 시간이 필요하다. 마치 부러진 다리뼈가 붙은 뒤에도 제대로 걷고 뛰기 위해서는 체계적인 재활 치료를 잘 받아야 하는 것처럼 암 치료가 끝난 뒤에도 재활 치료가 절대적으로 필요하다.

그런데 문제는 암 생존자에게 누구도 어떤 재활 치료를 해나가야 하는지 구체적으로 알려주지 않는다는 점이다. 목숨만은 구해놓았으니 나머지는 스스로 알아서 살아가란 식이다. 마치 무인도에 덜렁 떨어트려놓고는 알아서 살아남아보라는 것과 무엇이 다른가?

사실 대부분의 암 치료 전문가들은 치료가 끝난 암 생존자의 삶에 대해서는 별 다른 관심이 없다. 그리고 그들은 과학적으로 입증되지 않은 대증요법, 즉 건강한 식사, 규칙적인 운동, 명상, 종교생활 등의 효험에 대해서도 관심이 별로 없다.

그래서 환자 스스로 면역력을 높이기 위한 어떤 노력이라도 할라 치면 전문가들은 고작 "큰 기대는 하지 마시고 그냥 하고 싶으시면 하시든지요"라고 하거나, 심하면 "그런 터무니없는 희망을 갖게 하는 것들은 아예 할 필요가 없습니다"라며 환자의 노력을 무시하기 일쑤다.

물론 터무니없는 희망과 기대에 너무 집착하는 것도 문제가 될 수 있다. 그러나 설령 환자 스스로 건강해지려는 노력을 하는 것이 암의 재발을 예방하는 데 전혀 도움이 안 될지라도(사실, 전혀 도움이 안 될 리가 없지만.), 적어도 아무런 희망도 갖지 않고 무기력하게 생명만 연장해나가는 것보다는 나은 선택일 것이다. 그러니 수동적으로 받는 항암 치료가 끝났다면, 이제는 환자가 아니라 암 생존자로서 당당히 자신의 삶의 질을 향상시키기 위한 다양한 방법들을 적극적으로 찾아나서야 한다. 어쩌면 암 생존자로서 할 수 있는 것들이 의외로 많을 수도 있을 것이다.

- 자신에게 생긴 암과 받은 치료에 대한 공부를 한다. 검사 기록, 치료 방법, 복용하는 약의 종류와 용량, 그리고 부작용에 대해 알아본다.
- 자신의 일반적인 건강 상태를 규칙적으로 점검하고 기록해둔다.
- 암에 대한 추적관찰을 게을리 하지 않는다. 추적관찰의 중요한 목표는 암의 재발 여부를 점검하는 것이다.
- 항암 치료의 장기적인 부작용에 대해 정기적인 검진을 받는다. 심장, 폐, 뼈, 소화기, 신경계 등에 약물 부작용으로 인한 문제가 생길 수 있다. 또한 피곤함, 기억장애, 정서장애, 성과 관련된 장애 등이 지속적으로 문제될 수 있으므로 이에 대한 검진을 받고 필요하다면 치료를 받는다.
- 암 치료 후유증에 대한 재활 치료를 받는다. 삶의 질을 높이기 위해 체력관리, 영양상담, 스트레스 관리, 여가활동, 취미활동, 금연 금주 프로그램, 가족상담, 부부상담, 직업상담 등을 받아본다.
- 암 생존자 자조모임self-help group에 나간다. 중요한 정보를 얻을 수 있을 뿐 아니라 마음의 위안이 되는 동지를 만날 수도 있다.
- 대체요법에 대해 알아본다. 세상에는 정말 너무나 다양한 대체요법과 건강식품이 존재한다. 이에 대한 올바른 정보를 취사선택하기란 결코 쉬운 일이 아니다. 대체요법을 시작하기 전에 반드시 주치의와 상의하고 주의사항에 대해 물어보는 것이 좋다. (물론 주치의가 귀찮아 하겠지만.) 너무 극적인 효과를 장담하면 일단 경계할 것! 그러나 뭔지 모르게 나와 궁합이 맞는 느낌이 강하게 드는 것이라면 why not?
- 적극적으로 스트레스 관리를 한다. 암 자체는 물론이고 암 치료의 후

유증도 매우 커다란 스트레스다. 결국 암으로 인해 스트레스가 평소 보다 두 배 세 배 추가된 셈이다. 그러므로 좀 더 적극적으로 스트레스 관리를 해야 하며, 아래와 같은 방법을 시도해보는 것이 좋다.

- 운동과 영양관리 철저히 하기. • 자주 웃기.
- 규칙적이고 건강한 생활 습관 유지하기. • 전원생활.
- 자신에게 가장 중요한 일부터 시작하기. • 여행.
- 불필요한 일, 원치 않는 일에 대해서는 "노"라고 거절하는 연습하기.
- 명상 이완요법 배우기. • 사회활동 혹은 봉사활동.
- 창조적인 예술활동, 혹은 종교활동에 몰입하기.
- 정신과 의사 만나기. 우울증, 불안증, 불면증, 케모브레인, 외상 후 스트레스 장애에 적극 대처한다.

- 인간관계를 적극적으로 개선해나간다. 대부분의 사람들은 치료가 끝난 암 환자에게 먼저 어떻게 말을 걸거나 행동을 해야 하는지 잘 모른다. 그러므로 소원해진 관계를 회복하기 위해서는 먼저 암 환자 스스로가 연락을 하고 다가가는 것이 좋다.
- 환원하기. 치료 과정 중 받았던 도움을 다른 암 환자에게 돌려준다. 사랑하는 가족이나 친구들에게 전할 말을 미리 유서에 적어둔다.

암 생존자로서 할 수 있는 재활 치료가 이렇게나 많다. 두려움에 떨며 무기력하게 죽음을 기다릴 것인가? 아니면 최선을 다해 하루하루를 건강하고 행복하게 지내려 노력할 것인가? 선택은 바로 환자 자신에게 달려 있다.

원래 진화론적으로 우리 인간의 뇌는 그냥 내버려두면 자동반사적으로 긍정적인 일보다는 부정적인 일을 더 많이 생각하고 기억해내도록 되어 있다. 하물며 암에 걸리게 되면 시시때때로 부정적인 생각이나 감정에 휩싸이게 된다. 그래서 의도적으로 즐겁고 보람 있는 일에 몰입하여 긍정적인 생각을 더 많이 하려고 해야 한다.

# 5

# 새로운 삶을 맞이하는 5가지 방법

# 기적처럼
# 나타난
# 긍정의 여신

케모브레인 증상과 싸우며 힘들게 진료를 하던 어느 오후, 오랜만에 박수현 씨가 상담 예약을 하고 찾아왔다. 남편의 외도 문제로 2년 정도 상담을 받았지만 시간이 갈수록 점점 더 불안정한 상태를 보여 날 꽤나 애를 먹였던 분이다. 어린 시절 부모님의 이혼으로 친척집을 전전하며 힘들게 성장했던 그녀는 부모로부터 버림받은 오래전 상처 기억이 남편의 배신으로 인해 다시 활성화되었다. 상담을 하고 약 처방을 해도 우울증은 나아지질 않았고 분노폭발과 자해시도도 사그라들지 않았다. 그랬던 분이 한동안 치료를 받지 않다가 갑자기 찾아온다고 하니, 혹시 상태가 굉장히 나빠진 건 아닌가 지레 걱정이 되었다.

그런데, 세상에 이럴 수가! 어찌된 영문인지 박수현 씨는 전에는 볼 수 없었던 편안한 얼굴로 내 앞에 나타났다. 날 찾아온 이유도 특별히 어떤 도움을 받고자 하는 것이 아니라 잘 지내고 있는 모습을 보여주고 싶어서 찾아왔다고 했다.

"어느 날 문득 더 이상 날 망가트려서는 안 되겠다는 생각이 들면서, 차라리 내게 남아 있는 삶을 재미있고 행복하게 살아야겠다고 마음먹었어요. 그래서 혼자 방에만 누워 있지 말고 좀 바쁘게 지내려고 노력했지요. 운동도 시작하고 친구들과 여행도 다니고 맛있는 것도 먹으러 다니고 새벽 기도도 나가고……. 그러다 보니 점점 마음이 편해지는 것 같았어요."

"네, 참 잘하셨네요."

대답은 이렇게 했지만 그래도 난 여전히 얼떨떨한 기분이었다.

"선생님, 사람 마음이 참 요상하죠? 요즘은 늙어가는 남편이 조금 안됐다는 생각도 들고, 우리 관계가 이렇게 된 데는 나한테도 문제가 있었구나 하는 생각도 좀 들곤 해요."

난 내 귀를 의심했다. 이럴 수도 있나? 그토록 남편을 원망하면서 고통스러운 번뇌에 빠져 있었는데 혼자서 득도를 하다니! 도대체 어떻게?

"혹시 어떤 일이 계기가 되셨던 것 같습니까?"

"1년 전에 친정 어머니가 돌아가셨는데, 그때 정말 괴로웠어요. 사는 게 뭘까, 죽으면 다 그만인데 하는 생각도 많이 들었죠. 그러다 절에 다니면서 많은 분들의 위로와 도움을 받고, 저도 기도하고 명상하는 시간이 늘어났어요. 이게 변화의 이유인지는 저도 잘 모르겠어요. 아, 또 하나 있네요. 아이들 생각을 많이 했어요. 그전에는 감정이 조절되지 않아 아이들 앞에서 보여서는 안 될 모습을 많이 보였는데, 어머니가 돌아가시고 난 뒤에 난 아이들에게 어떤 엄마로 남을까 하는 생각을 많이 하게 됐어요. 아이들에게 엄마가 이렇게 회복될 수 있다는 걸 보여줘야 아이들이 든든해할 것 같다는 생각이 들었던 거죠. 그 후 나름 엄마다운 모습을 보이려고 노력했더니 다행히 아이들도 많이 안정을 찾았어요."

아이들 생각에 그녀는 눈물을 보였다.

"물론 지나간 과거를 다 잊은 건 아니에요. 요즘도 불현듯 상처받았던 일이 생각나고, 그러면 왜 내게 그런 일이 일어났나 하는 생각에 괴롭고 화가 나고 그랬는데, 그럴 때마다 날 안정시키는 것이 우선이다, 내가 행복하게 살면 된다, 이렇게 생각하려고 노력해요. 최근에 장애 아이들에게 한글 가르치는 봉사활동을 시작했어요. 아이들이 처음으로 자기 이름을 쓰고 웃는 모습을 볼 때 나도 참 행복해져요. 그리고 이런 아이들에 비해 난 참 여전히 가진 것이 많구나 하는 생각에 아이들에게 미안한 마음이 생겨, 더 열심히 살아야지 하는 생각도 하게 되고요."

난 박수현 씨의 변화에 너무 놀라 아무 말도 할 수 없었다.

"작년에 선생님에게 화내고 성질내고 해서 미안해요. 그래도 선생님께서 끝까지 제 이야기를 들어주신 것이 큰 도움이 되었어요. 아직 상처가 다 나은 것은 아니니까 앞으로도 종종 찾아올게요."

박수현 씨는 나가면서 내 책상 위에 작은 화분을 하나 올려놓았다. 그분의 회복에 반갑기도 하고 놀랍기도 해서 난 한동안 멍하니 있었다. 일종의 기적을 목격한 것 같은 기분이 들었다. 2년을 상담했지만 그분이 이 정도로 회복될 줄은 전혀 예상하지 못했다. 하긴 인간의 회복능력을 과연 누가 정확히 예측할 수 있을까? 암 환자의 경우도 마찬가지다. 3개월밖에 못 산다는 판정을 받은 암 환자 중에서도 3년이고 5년이고 계속 사는 사람도 있지 않은가? 암전문가들은 자신의 과학적인 예측이 빗나갔을 때 어떤 생각을 할까? 그냥 비과학적인 요소로 인해 어쩌다 생긴 극히 드문 사례라고 치부하고 말까? 과학적 예측을 빗나가게 만든 그 비과학적인 요소에는 애초에 관심을 두지 않는 것인가?

하지만 난 정신과 의사로서 정말 궁금했다. 환자의 미래의 회복 여부를 정확히 예측할 수는 없다 해도 어떤 요소들이 고통스러운 상황 속에서도 긍정적인 심리적 변화를 일으키는지 이해하고 싶었다. 도대체 어떤 요소들이 그녀를 긍정적으로 변화시킨 것일까? 이것을 이해하면 나 같은 암 환자, 암 생존자에게도 도움이 될 수 있지 않을까? 나는 그날 저녁 병원에 남아 박수현 씨의 과거 차트를 찾아 차근히 읽어보며 그녀가 오늘 내게 보인 모습과 과거의 모습을 찬찬히 비교해보았다.

그리고 이런저런 자료들도 찾아보며 긍정적인 변화를 일으키는 몇 가지 구체적인 요소들을 노트 위에 하나하나 적어나갔다. 그렇게 며칠 밤을 끙끙대면서 정리하다 보니 드디어 내 노트에는 긍정적인 변화를 일으키는 5가지 요소가 압축되어 있었다. 5가지 요소를 정리해놓고 보니 역시나 그것은 나 같이 암에 걸린 사람에게만 필요한 것이 아니었다. 그것은 내가 매일 만나고 있는 마음의 상처로 고통받는 사람들, 즉 사랑하는 사람의 죽음을 경험했거나 이혼, 이별, 뜻밖의 사고나 재난으로 인해 고통받는 사람들에게도 그 역경으로부터 회복하기 위해 꼭 필요한 요소인 자원개발Resource development과 같았다.

자원개발이란 쉽게 말해서 부정적인 트라우마 경험을 상쇄시키기 위해 삶에서 긍정적인 경험을 강화해나가는 것이다. 속상하고 고통스러운 경험이 많았다면 그만큼 즐겁고 행복하고 의미 있는 경험을 많이 해야만 우리는 트라우마로부터 회복할 수 있는 힘을 얻을 수 있다. 사실 트라우마로 고통스러워하는 사람들에게 "이제 제발 다 잊어버려", "이제부터 툭툭 털고 시작하면 되잖아" 하는 식의 조언은 별 도움이 안 된다. 그보다는 '무엇을 하면 마음이 편안해지고 즐거워질 수 있을까? 그것을 같이 찾아보자'라는 식으로 접근해 실제로 그런 좋은 경험을 일상에서 조금씩 늘려가도록 도와야 한다. 이러한 자원개발은 트라우마 극복의 가장 중요한 밑거름이 된다.

이제까지는 이런 요인을 트라우마로 고통받는 내 환자들에게 어떻게 적용할지를 고민해왔는데, 지금부터는 암 생존자로서 쉽지 않은 삶을 살고 있는 내게도 적극적으로 적용해봐야겠다고 다짐했다. 나는 다시 한 번 노트에 적힌 5가지 요소를 찬찬히 읽어보았다.

1. 트라우마 이후의 새로운 상황에 적응하기 위한 방법을 적극적으로 찾고 실천한다.
2. 누군가에게 고통을 털어놓고 지지와 위안을 얻는다.
3. 부정적인 사건 대신 즐겁고 보람 있는 일에 몰입한다.
4. 나보다 힘든 삶을 사는 사람을 생각하며 내 불행은 별것 아니라는 사실을 깨닫는다.
5. 나를 힘들게 한 그 일로 인한 긍정적인 측면이 있음을 찾아본다.

어쩌면 누구나 다 아는 이야기일 수도 있다. 하지만 머리로는 알지만 실천하기 어려운 일임은 분명했다. 명색이 정신과 의사인 나도 실천하지 못해 우울과 불안의 늪에서 허우적대고 있었으니 말이다. 자, 이제부터 서두르지 말고 하나하나 천천히 시작해보자고 나는 스스로에게 다짐했다.

## 몸을 움직이니
## 마음도
## 움직인다

암을 처음 진단 받고 수술을 받은 지 꼭 1주년이 되자 놀랍게도 1년 전의 트라우마 기억들이 마치 기념행사라도 하듯 생생하게 다시 찾아왔다. 기력이 떨어져 갔던 암 발견 직전의 상황, 암이 발견되었을 때의 당혹감과 두려움, 그리고 수술 후에 느꼈던 통증의 기억, 항암 치료의 고통은 내게 이미 트라우마가 되어 있었다. 외상 후 스트레스 장애 환자들은 매년 트라우마를 받은 시기가 되면 처음 트라우마를 경험했을 때와 같은 반응이 자연스럽게 일어나는 연례행사, '기념일 반응anniversary reaction' 현상이 있다. 이렇게 되면 '내가 어쩌다 이런 고약한 암을 앓게 되었지?', '도대체 뭘 잘못했다고 이 바닥까지 떨어진 거야?' 하는 식으로 자신의 운명을 원망하는 내면의 소리가 더 크게 일어난다. 원치 않은 연례행사 덕분에 난 점점 더 기분이 가라앉고 위축되어갔다.

그러다 뜻밖에 긍정의 여신으로 탈바꿈한 박수현 씨를 만나면서 내게도 변화가 찾아왔다. 암 발병 1주년을 기념하며 원망과 한탄을 하는 대신 지

난 일에 연연해하지 않겠다는 다부진 결심을 했다. 그리고 내가 지금부터 좀 더 의식을 집중해야 하는 것은 내게 찾아온 불행을 받아들이고 새로운 상황에 적응하기 위한 방법을 찾아 실천해야 하는 것이라고 다짐했다.

그렇다면 무기력, 무감동, 무감각이라는 총체적 난국을 초래하고 있는 케모브레인 부작용을 이겨내기 위해 가장 먼저 무엇을 시작해야 할까? 사실 난 이미 답을 알고 있었다. 내 환자들에게도 늘 강조하고 있으니까. 심리적 고통을 이겨내는 데 가장 중요한 첫걸음은 몸의 체력을 키우는 것이다. 몸을 움직이는 것만큼 몸과 마음에 긍정적인 변화를 일으키는 특효약은 아마 없을 것이다. 암으로부터 성공적으로 회복한 대부분의 사람들도 운동이 암 투병 생활에 가장 큰 도움이 되었다고 강조하고 있다. 난 우선 아무리 기운이 없고 무기력해도 조금씩이라도 몸을 움직여 운동을 시작해야겠다고 마음먹었다.

하지만 아무리 말해도 좀처럼 운동을 하지 않는 내 환자들과 마찬가지로 나 역시 운동을 하겠다고 아무리 마음먹어도 운동을 하지 못하는 여러 변명거리들만 생겨났다. 항암 치료 때문에 여전히 체력이 돌아오지 않은 상태였기 때문에 조금만 움직여도 쉽게 지쳤고, 궁색한 핑계지만 어떤 운동을 해야 할지 선뜻 선택할 수 없었다. 아무래도 일상에서 규칙적으로 쉽게 실행할 수 있어야 하고, 동시에 즐겁게 할 수 있는 운동이어야 하는데, 그런 종목을 찾기가 쉽지 않았다. 수영은 옷 갈아입는 것과 차가운 소독물 속에 들어가는 것이 싫었고, 러닝머신에서 뛰는 것은 왠지 다람쥐 쳇바퀴 도는 것 같아서 싫었고, 산책을 하자니 미세먼지가 무서웠고, 좋아하는 농구는 혼자서 할 만한 장소도 없고 체력도 안 따라줬고, 배드민턴은 바람 부는 날 하기 곤란해서 안 되고……. 이거 참 끝도 없는 핑곗거리 덕분에 난 적당한 운동을 찾을 수 없었다. 할 수 없이 주말마다 공원을 산책하는 정도로 위안을 삼았지만 그것만으로는 운동량이 턱없이 부족했다. 게다가 날씨가 추워지자 그나마 공원 산책도 안 하게 되었다.

"운동이 스트레스를 낮추는 효과는 대부분 하루를 넘기지 못합니다. 그러므로 일주일에 한두 번 과격한 운동을 하는 것보다는 매일 규칙적으로 적당한 즐거움을 주는 운동을 적어도 20분 이상 하는 것이 중요합니다."

내가 매일 환자들에게 해주던 말인데 막상 규칙적인 운동이 절실하게 필요한 내가 못하고 있으니 참으로 한심한 노릇이었다.

그러던 어느 날, 그날은 새벽부터 내린 눈으로 길이 미끄러워져 환자들의 오전 예약이 취소되었다. 오전 시간이 남아 무료해진 나는 병원을 나와 무작정 흰 눈을 밟으며 병원에서 가까운 뒷산을 오르기 시작했다. 5분 정도 걷자 추위는 금방 잊혔고 오히려 몸이 후끈 달아올랐다. 뽀드득, 뽀드득. 그 소리가 듣기 좋아 나는 눈 밟는 소리에만 집중했다. 그리고 잠시 후에는 휴우, 휴우, 점점 가빠지는 내 호흡 소리에만 집중하게 되었다. 주위는 온통 하얀 눈으로 덮여 있는데 내 몸에서는 하얀 김이 올라왔다. 단지 산을 20분 정도 오른 것뿐인데 몸과 마음이 따뜻하고 평온했다. 차가운 눈이 내 뺨을 때리고 있었지만 상쾌하고 시원할 뿐이었다. 따뜻하고 평온하면서도 동시에 상쾌하고 시원할 수 있다니! 이게 등산의 매력인가? 난 너무 기분이 좋아 "악! 악!" 미친 듯이 환호성을 질렀다. 다행히 주위엔 날 이상하게 쳐다볼 사람이 아무도 없었다.

이날 이후 난 매일 뒷산을 오르내리며 산행의 즐거움을 만끽하기 시작했다. 따뜻한 봄이 찾아오자 내친 김에 그동안 가보지 못했던 서울 주변의 산을 찾아다니기 시작했다. 마니산, 소요산, 불암산, 도봉산, 관악산, 유명산……. 초행길이라 거리 조절을 못해 너무 멀리까지 걸어가 고생한 적도 있었지만, 신기하게도 산을 오르기 전에 가지고 있던 복잡한 스트레스가 산을 내려오면 저절로 풀려 있었다. 무념무상, 잡념제거, 무아도취! 내게는 등산만한 정신치료, 정신수양이 없었던 것이다. 운동도 하고 정신수양까지 되니 그야말로 일석이조 아닌가?

게다가 산에는 친절하고 재미난 사람들로 가득했다. "저쪽 전망이 참 좋아요", "막걸리 한잔 드실래요?", "내려갈 때 쌍바위 고개는 꼭 들려야 합니다." 먼저 말을 걸어오는 산행 동지들의 친절에 내 마음도 금방 따뜻해졌다. 한번은 불암산을 오를 때였다. 산행 초입부터 길을 잃어 헤매는데, 여자 한 분이 앞에서 걷고 있었다. 아내가 그분에게 길을 물었는데 그분도 마찬가지로 길을 헤매고 있었다. 셋은 여차저차해서 겨우 길을 찾아 산 위로 올라갈 수 있었다. "그럼 천천히 오세요" 하며 산행 고수처럼 보였던 그분은 우리보다 먼저 산 위로 올라갔다. 우리도 느릿느릿 올라 겨우 산 정산에 도착할 수 있었다. 나와 아내는 정상 정복의 즐거움도 만끽하고 축하도 할 겸 한쪽 구석에서 팔고 있는 막걸리 한 잔을 사서 마셨다. 기분 좋게 취해서 일어나는데 아까 그분을 다시 만났다. 그녀는 우리를 보자 놀란 표정으로 "산 정상에 올라가면 주변 경치가 참 보기 좋은데, 왜 여기서 쉬고 계세요?"라고 물었다.

"여기가 정상 아니에요?"

무슨 뚱딴지 같은 소리냐는 표정으로 내가 다시 물었다.

"여기는 헬기장이고요, 정상은 여기서 조금 더 가야 해요."

"어, 얼마나 가야 해요?"

다리도 풀렸고 취기에 마음도 풀려, 사실 난 산 정상 정복을 포기하려고 물어본 것이었다. 그런데 커다란 울림을 주는 그분의 말 한마디.

"술 깨시고 천천히 가시면 얼마든지 올라갈 수 있어요. 여기까지 오셨는데 가보셔야죠."

그 말이 내게 얼마나 짜릿하고 감동적인 위안의 말로 다가왔는지 아마 그분은 상상도 못했을 것이다. '그래, 천천히 가면 되지. 누가 쫓아와?' 사실 등산뿐 아니라 이 세상 모든 일이 다 마찬가지였다. 아무리 힘든 일이어도 천천히 자기 페이스에 맞게 해나가다 보면 대부분 할 수 있는 일이지 않은가? 조금 늦는다고 큰일 나는 것도 아닌데, 우리는 마치 세상에 큰일이라도 난 것처럼 늘 조급하게 서두르다 보니 쉽게 지치고 쉽게 짜증내고 쉽게 포기하게 되는 것이다.

그날 그분의 말대로 우리 부부는 천천히 올라 결국 불암산 정상 위에 올라섰다. 멀리까지 펼쳐진 산과 들의 경치, 머리 위에 펼쳐진 파란 하늘을 바라보며 맑은 공기를 한껏 들이마시니 스트레스와 잡념은 다 사라지고 누구에게인지 모를 무한 감사와 고마움이 솟아났다.

과학적으로 입증된 운동의 항암 효과는 아래와 같다.

1. 발암독성물질이 가장 많이 쌓여 있는 지방질을 줄여준다.

2. 호르몬의 균형 변화를 가져와 염증반응을 줄여준다.

3. 혈당을 소모하여 인슐린 분비를 감소시킴으로써 결과적으로 염증반응을 줄여준다.
4. 염증을 일으키는 사이토카인의 혈액 내 수치를 직접 감소시킨다.
5. 면역체계에 직접적으로 영향을 주어 NK 세포를 활성화시킨다.
6. 스트레스(비관적인 생각, 부정적인 생각)를 떨쳐버리는 데 도움이 된다.

즉, 운동은 우리의 면역체계를 강화시켜주면서 동시에 암의 성장을 자극하는 호르몬의 과다생성을 줄여주며, 또한 혈당을 감소시킴으로써 조직의 염증 발생을 일으키는 호르몬을 줄여주는 효과가 있다는 이야기다. 흠, 이러니 운동을 안 할 수가 없다.

아내가 운전하는 차 안에서 꾸벅꾸벅 졸다가 우연히 들은 라디오에서 어떤 스님이 암에 걸린 사람들은 모두 다 산에 들어가 1년만 살다 오면 낫는다고 자신 있게 말씀하시는 걸 들었다. 그분의 말을 빌자면 산의 맑은 정기를 받아서 암이 절로 낫는다는 것이다.
내가 생각하기에도 그 말은 백번 맞는 말이다. 내가 정신과 의사로서 과학적으로 그 이유를 설명해보자면 그건 아마도 일상의 항상성 때문일 것이다.

매일 같은 시간에 일어나고, 같은 시간에 삼시 세끼를 먹고, 낮에는 산과 밭을 오가면서 일하고, 밤에는 같은 시간에 잠자리에 들고 하다 보면, 신체가 규칙적인 리듬을 타면서 스트레스 호르몬의 분비도 줄어들게 된다. 그러다 보면 자연스럽게 몸과 마음이 건강해지는 것이다. 게다가 평화롭게 산의 정기를 마시면 분명히 세상만사 인간사에 대한 잡념이 줄어들면서 나 자신이 이 위대한 자연의 일부라는 사실을 깨달을 테니 그것 역시 아주 중요한 치유적 요인이 아닐까?

스님, 제 말이 맞지요?

"삶을 단조롭고 지루하게
살 필요는 없지만,
규칙적인 리듬감을 타는
일상생활을 계획하고 실천해야만
몸에서 스트레스 호르몬의
분비가 줄어들 것이다.
1년 365일 매일 예측 가능한
스케줄을 엄격히 지키며
매일 같은 시간에
먹고 자고 운동한다는
새로운 계획을 세워라."

_《질병의 종말》, 데이비드 B. 아구스

# 몸에 좋은 음식 융단폭격

난 어려서부터 보약 한 첩 먹어본 적이 없다. 몸이 강철같이 건강하게 태어나서가 아니라 보약 값을 댈 가정 형편이 아니었기 때문이다. 나이가 들어서도 보약이나 기타 건강식품, 하다못해 홍삼도 한 번 먹지 않았다. 개중에는 상술로 과대 포장된 음식도 있을 거라 생각했고, 비록 특정 사람에게 효과가 있다 해도 모든 사람에게 다 도움이 된다고는 생각하지 않았다. 그래도 서양의학을 공부한 의사랍시고 효과가 과학적으로 입증되지 않은 음식을 함부로 먹을 수는 없는 노릇이었다.

비록 보약을 먹지는 않았지만 10여 년 전 아버지께서 대장암으로 돌아가시고 난 뒤, 난 거의 매일 현미 도시락 가방을 들고 다니는 습관을 유지했다. 육류도 지나치게 즐기려 하지 않았고, 술은 일주일에 와인 두세 잔 정도, 담배는 전혀 피우지 않았다. 5년 전부터는 스트레스 방지, 우울증 예방에 좋다고 해서 오메가 3와 비타민 B군을 매일 꾸준히 섭취했다. 과학적인 근거에 따라 수년간 매일 왕사탕만한 알약 8알에 현미밥을 먹어오면서 나름 건강관리를 해왔던 것이다. 한데 그런 내가 암에 걸렸단 말이다. 그동안의 음식관리가 아무 소용이 없었단 말인가? 난 자괴감에 안 빠질 수가 없었다. 암에 걸린 대부분의 환자가 육식 과다 섭취, 채식 부족, 염분 과다, 음주 과다인 상태였다고 하면 내 속에서 열불이 났다. 난 대체 뭐냐고!

물론 대장암, 간암, 위암 같은 몇몇 암은 섭취하는 음식 영향을 많이 받는 암들이다. 그런데 그렇지 않은 암도 있었던 것이다. 그래서 난 항암 치료를 하는 동안 음식조절에 대해서는 기본적으로 조심은 했지만 그렇게 심각하게 받아들이지 않았다. 내 주치의도 기도는 하라고 반복해 말하면서 음식에 대해서는 그냥 "골고루 잘 드세요"라고만 심드렁하게 말했다. 한번은 내가 6년근 홍삼을 먹어도 되냐며 조심스럽게 물었더니 주치의는 아주 시답지 않다는 표정을 지으며 "남는 돈 있으시면 뭐 그러셔도 되고요"라고 말했다. "야, 나도 그런 거 안 먹는다니까. 누가 줘서 그래! 그럼 버리냐?"라고 한마디하려다 그냥 주치의 선생님의 과학적 의견을 얌전히 따르기로 했다.

그런데 암에 걸리고 나면 주위에서 이거 먹어봐라 저거 먹어봐라 하는 잔소리가 끊이질 않는다. 후코이단, 미테라피스트, 키토산, 홍삼, 산삼, 차가버섯, 노루궁뎅이버섯, 잎새버섯, 와송, 구찌뽕, 개똥쑥, 케일, 곰취, 신선초 등등, 끝이 없다. 가족, 친구, 친척은 말할 것도 없고 내 환자들조차 "선생님, 이거 꼭 한번 먹어봐야 합니다" 하면서 생전 듣도 보도 못한 약초를 가져오기도 했다. 알겠다, 고맙다, 마음만으로도 다 나은 것 같다, 아무리 이렇게 말해도 막무가내인 경우도 있다. 특히 우리 어머니가 그렇다. 미국에서 산삼을 사 가지고 오셔서는 하루 종일 끓이더니 그 쓴 물을 마시라고 내밀 때마다 난 끔찍없이 울며 겨자 먹기로 마실 수밖에 없었다. 근데 가만히 생각해보면 산삼하면 그래도 한국산이 더 믿을 만한 거 아닌가? 이 미국산 산삼이 정말 효과가 있을까? 뭐 이런 의심이 들었지만 어머니의 강권 앞에서는 어쩔 도리가 없었다.

아내는 약초보다는 음식으로 날 공격했다. 마늘, 강황가루, 청국장, 은행, 브로컬리, 야채즙, 당근즙, 토마토, 가지, 블루베리, 고구마, 율무, 현미밥(악!), 새싹채소, 두부, 호박, 해조류, 다크 초콜릿, 허브차, 녹차, 통밀빵, 통밀국수 등등등. 그야말로 건강식의 융단폭격이다. (대개 맛은 별로 없다.) 그래도 어쩌겠는가? 해주는 대로 먹어야지. 덕분에 피부결은 그나마 조금 좋아진 것 같았다. 하지만 암 예방 효과는 글쎄 잘 모를 노릇이었다.

물론 암전문가들은 음식의 중요성에 대해 강조한다. 그들의 말에 따르면 우리의 식탁이 기름지고 짜고 화학첨가물이 늘어나고 인스턴트화 되면서 암 발병이 늘고 있다는 것이다. 비록 아직 음식의 암 재발 방지 효과에 대한 과학적인 결과가 완전히 입증되지 않았다 해도, 적어도 어떤 음식은 우리 몸의 염증반응을 늘리거나 줄여서 암세포 증식에 영향을 미친다는 것이다. 예를 들면, 아내가 내게 융단폭격하는 음식들 대부분은 우리 몸의 염증반응을 줄이고 면역기능을 강화하는 음식들이다. 암 예방에 도움이 된다고 하는 음식은 맛이 없어도 먹는 것이 좋겠고, 암세포를 증식시킨다고 하는 음식은 가급적 피할 수밖에 없다. 하지만 분명 통제가 안 되는 것도 많을 것이다. 방부제, 첨가물, 살충제, 미세먼지, 방사능, 세슘, 기타 등등과 같은 것들로부터 완전히 자유로운 음식 재료가 이 세상에 과연 얼마나 될까? 아무래도 이런 부분은 내 주치의 선생님 말대로 기도나 해야 할 것 같다.

암 예방을 위한 원칙 제안 (세계암연구재단과 미국암연구재단)

1. 식사는 가능한 식물성 식품을 위주로 한다. 야채, 과일, 두부, 콩, 현미, 가능하면 다양한 식물성 식품을 섭취한다. (대부분의 한국 사람들은 이렇게 먹지 않나?)
2. 야채와 과일을 하루에 400~800그램 섭취한다. (400그램이 얼마나 되는 용량이지?)
3. 야채와 과일 이외의 식물성 식품으로는 일일 평균 600~800그램의 현미, 콩, 고구마, 바나나 등을 섭취한다. (현미는 이제 제발 그만 언급하시지!)
4. 음주는 가급적 제한한다. 흡연은 절대 금지! 만약 알코올을 섭취한다면 남성은 하루에 맥주 500ml 혹은 와인 200ml, 여성은 남성의 반. (와! 남녀불평등이다!)
5. 적색고기는 하루에 80g 이하로 제한한다. (대개 150그램이 1인분인데 나머지는 남기나? 반인분만 시키면 주인이 음식을 내줄까?)
6. 총 지방량을 감소시킨다. 특히 동물성 지방의 섭취를 제한한다. (차라리 고기를 안 먹는 편이 낫겠다.)
7. 염분을 하루 6g 이하로 제한한다. (이게 얼만큼이냐는 말이지.)
8. 곰팡이 독을 주의한다. 음식물을 상온에 장시간 방치하지 않는다. (상한 음식을 취미로 먹지 않으면 그냥 배탈 정도의 문제일 것 같은데.)

9. 식품 첨가물, 잔류 농약에 주의한다. (아예 산으로 들어가 자급자족하며 살란 말이지.)
10. 탄 음식을 피하기 위해 불에 직접 조리한 고기나 생선은 피한다. (수육 먹으면 되겠다!)
11. 영양 보조 식품은 위의 권고를 지킨다면 굳이 섭취할 필요가 없다. (하하! 난 그래도 먹을 것이다.)

암의 재발 요인에 음식이라는 요인이 중요하기는 하겠지만, 암세포를 증식시키는 100가지 이상의 요인 중 음식도 하나의 요인일 뿐이라는 사실을 잊어서는 안 될 것이다. 너무 특정 음식이나 약초, 건강 보조 식품만을 고집하다가 오히려 영양 불균형에 빠지는 경우도 허다하다는 사실을 잊지 말자. 암 투병을 위해서 상식적인 균형감각을 유지하며 골고루 영양을 섭취해야 함은 말할 것도 없다. 덜 짜게, 덜 달게, 덜 기름지게, 그리고 더 건강하게 먹으려는 의식적인 노력은 평생 지속해야 할 것이다.

## 명상 근육
## 키우기

암에 걸렸을 때 우리가 규칙적으로 운동하고 등산하고 몸에 좋은 음식을 먹는 이유는 다 암세포와 싸우기 위한 몸의 면역기능을 강화시키기 위해서다. 그래서인지 암 환자들을 위한 자연 체험, 황토방 체험, 삼림욕 체험 등은 물론 암 특효약 같은 온갖 약초와 약품, 먹을거리에 대한 이야기가 지나치게 난무하다. 지푸라기라도 잡고 싶은 절박한 심정의 암 환자와 가족들은 이에 쉽게 현혹될 수밖에 없다.

한데 돈 한 푼 들지 않으면서 면역기능을 강화시키는 데 효과가 있는 것이 있으니, 바로 명상이다. 우리 몸과 마음은 매우 밀접하게 연결되어 있어 명상을 통해 마음을 평온하게 잘 다스리면 우리 몸의 면역기능은 상상 이상으로 좋아진다.

한번 생각해보라. 마음이 심란한 상태에서 아무리 좋은 음식 먹고, 아무리 공기 좋은 산속에 들어가 살아봐야 면역기능이 어찌 향상되겠는가? 그래서 암 환자에게는 좋은 음식이나 약품을 먹는 것보다도 마음을 평온하게 다스리는 명상을 생활 속에서 습관화하는 것이 중요하다.

그렇다면 과연 명상이란 무엇일까?

세상에는 수많은 형태의 명상법이 존재하는데 그것들의 본질은 사실 똑같다. 명상의 본질은 우리 마음에서 일어나는 정신 작용에 의식을 집중하는 것을 말한다. 즉, 명상이란 머릿속에서 끊임없이 떠오르는 생각과 감정을 스스로 볼 수 있고, 의식할 수 있는 일종의 주의집중 상태를 말한다.

이렇게 자신의 내면세계에 주의집중을 하게 되면 자신의 생각과 감정에 더 휩쓸릴 것 같지만 오히려 그 반대의 현상이 일어난다. 즉, 자신의 생각과 감정에 대해 약간 거리를 두고 바라보는 상태가 됨으로써 그것으로부터 해방되는 과정이 일어나는 것이다. 예를 들면 내 안의 불안정한 감정에 빠져 있다 보면 우리는 대개 의식하지 못한 채 그 불안정한 감정에 압도된다. 하지만 불안정감을 느끼는 그 순간 나의 생각, 감정, 신체감각 등에 집중하면서 '아, 내가 지금 심장이 뛰고 근육이 긴장되면서 최악의 상황을 예측하고 불안해하는구나" 하며 객관적으로 자신을 의식하고 바라볼 수 있는 상태가 되면 불안한 감정에서 한 발 빠져나오는 것과 같은 효과가 있다.

뜬구름 잡는 이야기처럼 들릴 수도 있지만 이러한 명상의 효과는 이미 전 세계적으로 충분히 입증되었고, 실제로 많은 병원에서 암 환자들에게 명상치료를 적용하고 있다. 여러 연구 결과에 의하면 단 8주 정도의 명상연습을 한 암 환자군에서도 면역기능이 월등히 향상됨이 밝혀졌다. 이러한 극적인 변화의 이유는 명상을 통해 뇌의 좌측 전두엽 활동이 증가하기 때문인데, 이렇게 되면 주의집중력과 공감능력이 향상되고, 낙관적인 생각과 감정을 더 자주 느끼게 된다.

한데 암 환자에게 이렇게 도움을 주는 명상이라고 하지만, 막상 내가 직접 명상을 해보니까 이게 참 쉬운 일이 아니었다.

가장 기본이 되는 호흡명상을 시도해봐도, 분명히 들숨과 날숨에 집중하고 있었는데, 한 서너 번 정도 숨을 쉬다 보면 어느 틈엔가 어제 내지 못한 공과금 걱정, 내일 볼 환자 걱정 등과 같은 잡념이 끝없이 일어났다. 내가 내 호흡에조차도 주의집중을 못하는 산만한 인간이었나? 명상이 안 되는 나 자신이 당혹스럽기까지 했다.

먹기 명상으로 유명한 일명 '건포도 명상'이라고 하는 명상은 우선 건포도 하나를 손바닥 위에 올려놓고 이리저리 관찰하고, 귀에 건포도를 대고 무슨 소리가 들리는지도 들어보고, 코에 건포도를 대고 무슨 냄새가 나는지도 맡아보고 난 뒤에, 비로소 건포도를 입에 넣는다. 그리고 혀로 건포도를 이리저리 굴려보면서 건포도의 감촉을 느끼고 난 뒤, 건포도를 천천히 씹으면서 그 맛과 질감을 느끼고, 마지막으로 씹은 건포도를 목구멍으로 넘기면서 그때의 감각에 집중하는 명상 수련을 말한다. 난 이 연습을 하면서 중간에 건포도를 제대로 씹지도 않은 채 몇 번을 목구멍으로 넘겼나 모르겠다. 난 건포도 명상 하려다가 건포도로 배만 채웠을 뿐이다.

나 같은 명상 초보자에게는 가만히 앉아서 하는 명상보다는 몸을 움직이면서 하는 명상, 예를 들면 걷기 명상이나 요가, 기체조 같은 것이 더 수월하다는 조언을 듣고 걷기 명상을 해봤는데, 이것 역시 쉽지 않았다. 천천히 걸으면서 발동작과 발바닥의 느낌에 집중하라고 하는데, 휴 이거 참! 내 몸은 아무리 천천히 걸으려 해도 내 마음은 뭐 그리 급하게 달음박질을 치는 건지! 내 마음은 지금 차분하게 걷는 현재에 집중하지 못하고, 그 다음날 걱정, 그 다음 주 걱정으로 내달리기 일쑤였다. 결국 난 걷기 명상도 포기하고 말았다. 그리고 유연성 제로인 몸 상태로는 요가나 기체조도 엄두조차 낼 수 없었다.

암 치료와 예방에 그 중요하다는 명상을 차분하게 할 수 없다니 이거 참 큰일이다! 명상에 소질이 없는 자신을 탓하며 이런저런 고민만 하던 중, 난 우연한 기회에 나만의 특별 명상법을 개발하고는 회심의 미소를 지었다. 이름하여 야구명상! 난 원래 프로야구에 전혀 관심이 없었는데 항암치료를 받고 난 뒤에는 워낙에 무기력하다 보니 거의 매일 프로야구를 시청하게 되었다. 멍청히 야구를 보다가 무료함을 덜기 위해 재미삼아 투수가 공을 던질 때마다 호흡을 하는 연습을 하게 되었다. "스트라이크!" 심호흡 들이마시고, "볼!" 심호흡 내쉬고를 반복했다. 그러다 시원하게 홈런을 치면 가슴에 손을 대고 심박동이 어떻게 요동치고 있나 세보기도 하고 투아웃 만루 상황에서는 내 몸의 어느 근육이 긴장하고 있는지 주의를 집중하기도 했다.

그런데 시간이 지날수록 이 야구명상조차도 계속 하기가 힘들어졌다. 처음에는 무심하게 야구를 보면서 호흡에 집중할 수 있었는데, 나중에는 특정 팀을 응원하게 되면서 야구 경기 자체에 더 정신이 팔렸기 때문이다. 급기야 명상은 아예 뒷전으로 밀려나고 오로지 진땀 나는 승부에만 몰입하다 보니, 난 점점 긴장하고 초조하고 짜증내는 지경까지 이르렀다. 야구 경기를 보면서 천천히 심호흡을 하기는커녕 오히려 호흡과 심박동이 점점 더 빨라졌다. 에고! 결국 분하게도 난 이 세상에서 처음 발견해낸 기발

한 야구명상을 포기해야만 했다.

그런데 얼마 전 미국에서 명상을 제대로 공부하고 돌아온 후배 이야기를 들어보니 내 야구명상이 순 엉터리 명상이었다는 사실을 알게 되었다.

"선배, 명상의 핵심은 자기 자신에게 의식을 집중하고 유지하는 것이에요. 그러니까 야구를 보면서 명상을 한다는 것은 한꺼번에 두 가지 일에 집중하려고 했던 셈이니 오히려 산만해지고 피곤해질 뿐이에요. 일상생활에서 명상을 하려면 한 번에 한 가지 일에만 집중하는 습관을 가져야 해요. 오로지 자기 자신에게 집중하여 삶에 지친 자신의 내면을 따뜻하게 어루만져 주면서 새로운 삶의 에너지를 건네주는 것이 바로 명상이에요."

암에 걸린 선배에게 해주는 후배의 따뜻한 조언이었지만 너무나 당연하다는 듯 이야기를 하니까, '솔직히 나만 명상을 못하는 것도 아니지 않나? 우리 대부분이 얼마나 바쁜가? 어찌나 바쁜지 요즘은 출퇴근 시간 지하철에 앉아서 조는 사람도 거의 없다. 스마트폰 보면서 카톡하느라 게임하느라, 영화 보느라 다들 정신이 없다. 이렇게 엄청난 외부 자극에 반응하느라 깨어 있는 대부분의 시간을 허비하고 있는데, 어떻게 편안하게 자신의 내면세계에 주의집중을 하겠나? 정말 세상을 등지고 산으로 들어가 수도승이 되어야만 명상이 가능한 거 아닌가?' 하는 항변이 마음속에서 이어졌다.

그리고 마침내 자포자기한 심정으로 '그래 어차피 명상에 소질 없는데 차라리 그까짓 것 안 하고 말지!'라고 생각하는데, 그런 내 마음을 눈치 챘는지 후배는 친절하게도 다음과 같은 구체적인 조언을 덧붙여주었다.

"대부분의 사람들은 처음부터 명상을 잘할 수가 없어요. 그건 소질이 없어서가 아니라 단지 시간을 내어 연습하지 않았기 때문이에요. 우선 하루에 단 5분만 자신을 위해 시간을 내는 연습부터 하세요. 시작부터 티베트의 승려처럼 엄숙하고 고상하게 명상하려 하시면 힘들게 느껴질 테니, 일단 바쁘게 하던 일을 잠시 멈추고, 핸드폰을 끄고, 텔레비전도 끄고, 그저 5분 동안만 편안한 자세로 앉아 눈을 감고 움직이지 마세요. 혹시 그냥 하기 힘들면 차분한 명상 음악을 틀어놓거나 따뜻한 목욕탕 속에 들어가 눈을 감아도 좋아요. 아니면 향초를 키고 멍하게 불빛만 바라봐도 좋고요. 이렇게 무조건 5분만이라도 아무것도 안 하는 데 집중하는 연습을 하세요. 이렇게 아무것도 안 하는 데 정신을 집중하다 보면 차츰 익숙해지면서 무료해지는데, 그러면 이번에는 천천히 심호흡하면서 호흡에 집중해보기도 하고 그냥 머릿속에서 무슨 생각이 떠오르나 관심과 애정을 갖고 바라보려고 하면 돼요. 잠시 딴 생각 하게 되면, 아 내가 또 딴 생각을 하는구나 받아들이고 다시 내면으로 집중해가면 돼요. 이렇게 매일 명상훈련을 하다 보면 선배 뇌 안의 명상 회로가 점점 굵어질 거예요. 마치 팔굽혀펴기를 매일 하면 팔근육이 굵어지듯이 말이에요. 그럼 점점 명상이 수월해지고 즐거워질 겁니다."

반감 때문에 금방 포기하려 했는데, 단 5분만 연습하면 명상을 할 수 있다고? 구체적인 방법을 제시하니 난 금방 귀가 솔깃해졌다. 그래 겨우 5분! 300초인데. 암 투병을 위해 하루에 겨우 5분도 투자 못 하겠는가? 나는 다시 명상훈련에 돌입하기로 마음을 고쳐먹었다.

**내가 찾아낸 일상생활에서의 명상**

천천히 행동하기, 천천히 걷기.

밥 먹을 때 천천히 씹어 먹기, 물을 천천히 마시기.

종종 하늘 쳐다보기, 가급적 말을 덜하기.

설거지, 걸레질 같은 단순반복의 집안일하기.

목욕탕 안에 들어가 눈감고 가만히 있기.

될 수 있으면 컴퓨터와 핸드폰을 멀리하기.

이소라의 〈바람이 분다〉 이문세의 〈옛사랑〉 눈 감고 듣기.

생각날 때마다 심호흡하기.

잠들기 전 기도하기.

**1**

트라우마 이후의 새로운 상황에 적응하기 위한 방법을 적극적으로 찾고 실천한다.

"운동, 명상, 취미, 식단 조절…… 이제부터의 내 인생은 과거의 내 인생과는 전혀 다른 상황이라는 것을 깊이 인식하고 받아들여라. 새로운 상황에 적응하기 위한 방법을 찾아 실천해보자!"

# 기분 좋은 심리적 퇴행

"야, 네가 웬일이냐? 약속도 먼저 잡고 제시간에 나와 기다리고 있고?"

음식점으로 들어오는 친구마다 내게 같은 소리를 했다.

"무슨 소리야? 이럴 때도 있는 거지."

"야, 네가 그동안 얼마나 뺀질거렸는지 알아? 만날 바쁘다고 하면서 약속이나 미루고, 와도 꼭 저녁 다 먹고 일어나려 할 때쯤 나타나고. 이렇게 처음부터 나와 앉아 있으니까 오히려 이상하다."

내가 그렇게 재수 없었나? 친구들이 그동안 날 왕따 안 시킨 게 고마웠다. 그날 저녁 모임은 초등학교 때부터 알고 지내온 40년 지기 불알친구들 모임이었다. 그래봐야 고작 다섯 명이다. 영명이는 벌써 10년 전에 직장을 그만두고 일산에서 와플 장사를 하며 동네 아줌마와 아이들에게 인기를 모으고 있다. 뒤늦게 재혼한 아내와 늦둥이 아이와 깨 볶으며 살고 있다. 우리 중 가장 먼저 결혼한 성수는 대학교수인데 항상 수원의 연구실에서 늘 밤샘 연구에 여념이 없다. 화장품 만드는 바이오벤처 기업 운영하랴, 학생들 가르치랴, 새 제품 연구하랴 정신없이 바쁘게 살고 있다. 범룡이는 중소기업 임원으로 일하고 있는데 자주 해외 영업을 하느라 1년의 반은 해외를 돌아다니며 지낸다. 우리 중 가장 젊게 사는 친구는 법대 교수 지수다. 지수는 대학 만화 동아리, 철도여행 동아리, 등산 동아리 지도 교수로 늘 학생들과 놀러 다니기 바빴다. 적어도 내가 보기엔.

오늘 모인 인원은 나 포함 다섯 명이지만, 전에는 총 여덟 명의 불알친구 모임이었다. 그중 한 명은 싱가포르에서 사업을 하는데 최근에는 도통 연락을 하지 않는다. 또 한 명은 중국과 미국을 다니며 사업을 하면서 우리를 자주 불러 모아 고급 호텔 음식점도 데려가고 했는데, 리먼 사태 때 사업이 망한 뒤 6년째 연락 두절된 상태다. 마지막 한 명은 결혼도 안 했고 직장도 없고 해서 시간적으로 여유가 있다 보니 우리를 자주 불러 모으는 역할을 했던 멀대라는 친구였는데 3년 전 친구들에게 200만 원, 300만 원씩 돈을 빌리더니 결국 사라졌다. 행불자가 된 것이다. 멀대가 사라진 이후 우리가 모이는 횟수는 아주 뜸해졌다. 그래서 빌려준 300만 원보다 멀대의 소중함을 요즘 새삼 크게 느낀다.

우리는 회 정식 5인분을 시키고 천천히 음식이 나오는 순서대로 먹으며 늘 그렇듯 각자 근황을 이야기하기 시작했다. 영명이는 음식 장사가 생각보다 힘들다며 와플 장사를 접고 새롭게 펜션 사업을 해볼까 구상 중이라고 했다. 우리가 과감한 도전을 부러워하자, 영명이는 이 나이에 새로운 사업에 도전하는 것이 젊었을 때보다 훨씬 두렵다고 투덜거렸다.

회를 한 입 가득 넣으며 범룡이도 고민을 털어놓았다.

"그동안 작은 회사에서 이인자 노릇하면서 조금 덜 벌어도 가정과 일의 균형을 맞춰 살아온 것에 크게 불만이 없었는데, 이제 슬슬 노후가 걱정되네. 역시 이인자는 큰돈을 만질 수가 없어. 진즉에 작은 회사라도 새끼를 쳐서 나왔어야 했는데. 전에 애들이 어릴 때는 와이프가 일찍 들어오라고 그렇게 성화더니, 요즘은 늦게 들어와도 좋으니 월급 좀 더 갖고 오라는 거 있지. 일찍 집에 들어가면 이제 싫어하는 거 같아."

대학교수 하랴, 벤처 기업 운영하랴 늘 바쁜 성수도 스트레스가 많았다. 결론 없는 교수회의에 참석할 때마다 열 받고, 연구 실적 안 나올 때마다 열 받고, 젊은 직원들이 자기보다 일찍 퇴근할 때마다 열 받고, 가르치는 학생들이 패기 없는 모습을 보일 때마다 열이 뻗치고……. 자기는 화병으로 쓰러지기 일보직전이라고 투덜댔다.

법대 교수인 지수는 우리가 젊은 학생들과 놀러 다닐 수 있는 네 팔자가 제일 부럽다고 말하자, 갑자기 녹내장에 걸려 시야가 반밖에 보이지 않는다며 씁쓸한 어투로 깜짝 고백을 했다. 우리는 씹고 있던 회를 뱉어낼 만큼 놀랐다. 치료를 받고 있지만 그래봐야 더 나빠지는 것을 막는 것뿐이고 지금 안 보이는 시력이 회복되지는 않는다고 했다. 지수는 애꾸눈으로 언제까지 만화를 볼 수 있을지 모르겠다며 인생의 중요한 낙을 잃은 사람처럼 힘없이 말했다.

마음 편히, 몸 건강하게 제대로 사는 놈이 한 명도 없었다. 우리는 말없이 막 식탁에 오른 새우튀김을 하나씩 사이좋게 집어먹었다. 동시에 네 명의 친구는 '그래도 넌 괜찮지?' 하는 눈빛으로 날 바라보았다.

"나, 사실 암 걸렸었어. 악성종양."

난 침울해하는 친구들에게 그래도 나보다는 나은 상황이니 힘내라는 의미로 일부러 하이톤으로 밝게 말했다.

잠시 어색한 침묵. 새우튀김 씹는 소리만 들렸다. 대개 남자들은 이런 순간 아무 말도 하지 않는다. 일반적으로 암 하면 누구나 죽음을 연상하기 때문이다. 그래서 눈이 안 보인다는 녹내장보다 죽음을 연상시키는 암이 친구들 입을 더 무겁게 했을 것이다. 할 수 없이 내가 먼저 입을 열어야 했다. 간략하게 작년부터 증상이 서서히 발현된 이야기, 진단 받고 수술 받은 이야기, 병의 예후에 대한 이야기, 항암 치료 받고 고생한 이야기, 그리고 조금씩 회복되어가는 과정을 브리핑했다.

"자식! 그걸 어떻게 이제야 얘기하냐?"

그제야 영명이가 먼저 입을 열었다.

"그게, 막상 너무 괴로울 땐 너희들에게도 연락 못 하겠더라. 연락이 끊긴 애들 심정이 나도 암에 걸리니까 이해가 되더라."

"그럼 지금은 좀 살 만하니까 연락한 거지?"

"많이 좋아는 졌는데, 이게 앞으로 어떻게 될지는 모르는 거지 뭐. 야, 그런데 그 멀대는 아직도 연락 없냐? 완전 행불이네!"

자, 이쯤에서 나는 화제를 돌려야만 했다.

"뭐 완전히 파산신청하고 사라진 모양이야."

멀대와 가장 가까웠던 영명이가 말했다.

"아니, 멀대가 없으니까 우리가 모여서 술 마실 일도 없고, 카드 칠 일도 없고, 좀 심심하지 않냐? 멀대가 있어야지 자주 모일 텐데."

나는 정말 멀대가 그리웠다. 무엇을 하건 멀대는 내 영원한 맞수였기 때문에 우리는 항상 티격태격하면서 흥미진진한 카드게임을 할 수 있었다.

지금은 맞수가 없으니 뭘 해도 재미가 없었다.

"옛날에 우리 라스베이거스 갔을 때 기억 나냐? 멀대가 계속 무식하게 배팅을 하니까 함께 포커 치던 미국 할머니들이 뭐 저런 게 다 있나 하는 표정으로 고개 절레절레 흔들던 거. 그렇게 뻥카 치다가 만날 돈 다 잃고 우리에게 돈 꾸러 다니고……."

드디어 영명이가 우리의 18번 레퍼토리 추억을 꺼내들었다. 20여 년 전, 어떻게 시간들이 모두 맞아서 우리는 미국 LA에서 다 같이 만난 적이 있다. 그때 함께 놀러간 라스베이거스에서의 첫날부터 돌아오는 마지막 날까지의 무용담은 아무리 시간이 흘러도 어제 일어난 일처럼 늘 생생했다. 우리는 술이 취할 때마다 그때의 추억을 이야기하며 낄낄댔다. 그때부터 우리 대화 내용은 아주 쉽게 과거로 돌아갔다. 대학 때 함께 여행 가서 옆 텐트 여학생들에게 작업 걸었던 일, 고등학교 때 용감무쌍하게 쌈질했던 일, 중학교 때 용산역에 갔다가 그곳 양아치들에게 삥 뜯겼던 일……. 늘 반복되는 지나간 과거 이야기를 하면서 우리는 그 당시로 돌아가 어린애들처럼 웃고 떠들었다. 그렇게 어린 시절 추억 이야기를 하며 웃다 보니 살아가면서 힘든 이야기, 녹내장 이야기, 암 이야기는 모두 잠시 잊은 듯했다.

그날 우리는 평소와 다르게 악수 대신 포옹하며 작별을 했다. "야 이 자식아, 잘 지내." 서로 등을 두드리며 욕을 했다. "다음엔 내가 산다, 짜식아", "다음엔 어디 1박2일 여행이라도 가자, 젠장!" 우리는 헤어지는 것이 아쉬웠는지, 아니면 지친 삶에 서로 격려해주고 싶었는지 서로 욕을 해댔다.

이 친구들을 만나면 정신연령이 확실히 퇴행한다. 하지만 참 기분 좋은 심리적 퇴행이다. 친구들을 만날 때마다 어린 시절 함께 경험했던 좋은 기억들이 늘 활성화되기 때문이다. 활성화된 좋은 기억은 우리를 어린아이처럼 말하고 행동하게 퇴행시키면서 동시에 어른으로서의 피곤하고 지친 삶을 잠시 내려놓게 하는 효과가 있다. 세상 돌아가는 뒷이야기를 나누고 중요한 사업정보를 얻는 만남도 좋겠지만, 즐거웠던 기억을 주고받을 수 있는 오래된 친구들과의 만남은 더 좋다. 일종의 치유적 만남인 셈이다. 사실 암에 걸린 뒤 많이 외로웠는데, 먼저 친구들에게 연락해서 만나길 잘한 것 같다. 그리고 불알친구들에게 암에 걸렸다고 먼저 고백하길 정말 잘한 것 같다.

다음에는 또 언제 만나자고 할까?

**2**

누군가에게 고통을 털어놓고 지지와 위안을 얻는다.

"힘들수록 우리는 마음의 고통을 내면에 쌓아두는 경향이 있다. 그러나 그러면 그럴수록 우리 마음의 고통은 더 곪아갈 뿐이다. 오아시스에서 무거운 짐을 내려놓고 편안한 휴식을 취하는 것처럼 사랑하는 가족이나 친구에게 마음을 털어놓고 지지와 위안을 받아야 한다."

## 몰입을
## 즐겨라!

등산하기, 잘 먹기, 규칙적으로 운동하기, 명상하기, 그리고 친구들과 만나 낄낄대기 등을 통해 나는 조금씩 회복되어갔다. 무엇보다 반가웠던 것은 조금씩이나마 집중력이 돌아오고 있는 느낌이었다. 난 그간 열심히 읽어온 암에 대한 책자들을 다시 들여다보며 내용을 총정리하는 작업을 시작했다. 내가 겪고 있는 문제와 해결책들이니 눈에 쏙쏙 들어왔다. 그러면서 많은 암 환자들이 진단 받고 치료 받는 과정에서 얼마나 혼란스러울까 싶어 그들을 위한 책을 한번 써볼까 하는 의욕까지 생겨났다.

하지만 글 쓰는 작업이 얼마나 고통스러운 것인가? 그래도 나는 나름 책 다섯 권을 쓴 경험(?) 있는 작가였다. 내 전공인 식이장애를 다룬《먹고 싶다 마르고 싶다》부터《영화로 만나는 치유의 심리학》까지. 이 책들을 쓸 때마다 내가 얼마나 고통스러워하며 몸부림쳤던가?

글 쓸 때의 고통스러웠던 경험을 떠올리니 돌연 20년 전 군의관 시절이 떠올랐다. 그 당시 내 유일한 목표는 희곡 부문 신춘문예 작가로 데뷔하는 것이었다. (앞에서 말했듯이 난 연극을 다시 하고 싶어서 정신과 의사를 선택한 놈이다.) 군의관 생활을 시작하면서 틈나는 대로 희곡작법에 대한 공부를 하다가 매년 9월부터는 밤마다 컴퓨터 앞에 앉아서 희곡 대본을 쓰기 시작했다. 끙끙대며 대사를 만들어내다가 생각이 막히면 노트를 가슴에 품고 억지로라도 잠을 청했다. 혹시라도 꿈에서 기가 막힌 계시가 오면 그 기억이 사라지기 전에 적어놓기 위해서였다. 하지만 야속하게도 계시는 오지 않았고, 책상 앞에서 끙끙대기를 며칠, 내 신경은 극도로 예민해졌다. 그러다 보면 어느새 12월 초, 어떻게든 서둘러 마무리 지은 원고를 신문사에 보내고, 그 이후에는 크리스마스 때까지 합격통보를 기다리며 극도로 불안해하다가, 정월 초 혹시나 하는 마음에 펼쳐든 신문 신춘문예 합격자 명단에 내 이름이 없는 것을 보고 나면 구정까지는 마냥 한탄만 하며 지냈다.

무슨 열병을 앓는, 아니 염병 같은, 불안정한 내 모습을 3년간 지켜보던 아내는 내가 군에서 제대를 할 때 이제 제발 글은 쓰지 않았으면 좋겠다고 차분하게, 그리고 강력하게 경고했다. 그 후 20년간 난 희곡에서는 완전히 손을 뗐다.

"그래, 맞다! 나 연극해야지. 죽기 전에 꼭 연극해야지! 희곡을 쓰자!"

신춘문예에 몇 번 떨어졌다고 낙담하여 오랫동안 봉인해왔던 열망이 다시 살아났다. 그러고 보니 1년 전 수술이 끝나고 났을 때 '만약 암에서 회복된다면 남은 인생은 남 눈치 보지 않고 정말 하고 싶은 연극을 하며 살아야지'라고 스스로에게 눈물로 약속하지 않았던가?

난 오래된 짐짝 안에 보관돼 있던 나만의 보물, 희곡작법 노트집(1994년에 만들어놓았다.)을 찾아내 묵은 먼지를 털어내고 공부하기 시작했다. 대사란 무엇인가? 플롯이란 무엇인가? 인물, 사건, 복선 등등. 난 아스라한 옛 기억을 다시 불러냈다. 그리고 노트에 이것저것 끄적이다 잠이 들 때는 노트를 품고 자고, 아침에 일어나자마자 노트에 꿈 내용을 적어가며 아이디어를 쥐어짜는 생활을 다시 시작했다.

아! 하지만 대사를 만들어내는 희곡작법의 기본기 부족은 물론이거니와 오랜 시간 지속된 문화적 고갈, 예술적 궁핍, 상상력 결핍 증세는 케모브레인의 탈진 증상만큼이나 심각했다. 끄적거리다 자고 끄적거리다 자고 하면서 또 다시 신경만 예민해지고 감정 기복만 커지는 그 옛날의 잘못된 생활 패턴이 반복됐다. '이거 뭐, 즐겁게 살아보겠다고 글을 쓰기 시작한 건데, 점점 삶의 에너지가 고갈되어 말라 죽어가는 꼴이네.' 나는 창작열을 뒷받침해주지 않는 내 재능을 탓하며 어쩔 수 없이 희곡작법 노트를 멀리했다.

그러던 어느 날, 운명처럼, 정말 운명처럼 그 책이 내게 다가왔다.《연필로 고래잡는 글쓰기》라는 이상한 이름의 책을 우연히 알게 되었다. 다카하시 겐이치로라는 일본 작가가 쓴 번역본이었는데, 웃기는 제목의 책이라고 생각해서 구매해 읽기 시작했다. '어디 보자, 뭐라고 비법이 써 있나?' 은근히 기대를 하며 책의 첫 페이지를 펼쳤다. 첫 번째 글쓰기 원칙 '아무것도 시작하지 않은 상태, 아직 한 글자도 쓰여 있지 않은 상태를 충분히, 마음껏, 실컷 즐기자.' 이런 제길, 이게 무슨 헛소리야! 내게 필요한 것은 글, 희곡을 잘 쓰기 위한 비법이었는데 아무것도 쓰지 않은 상태를 즐기라니! 투덜대면서도 인내심을 갖고 두 번째 글쓰기 원칙을 찾아보았다. '첫 행은 되도록 꾹꾹 참아서 최대한 늦게 시작해야 한다.' 이거 뭐, 글

쓰지 말고 계속 기다리라는 소리네! 조금만 더 참아보자. 하지만 세 번째 글쓰기 원칙 '기다리는 동안 쓰려는 이야기와는 전혀 관계없는 것들을 생각해보자'를 읽고 나서는 더 이상 참을 수 없어 책을 덮어버렸다. 나같이 글 때문에 괴로워하는 독자를 작가가 농락하고 있다는 생각이 들었기 때문이다.

기분이 상해 책을 덮어놓고 보니 책 겉표지에 쓰여 있는 '글 못 쓰는 겁쟁이들을 위한 즐거운 창작교실'이라는 카피가 다시 날 유혹했다. '그래, 내가 바로 그 글 못 쓰는 겁쟁이지. 날 위한 책이라고 하니 어디 다시 한 번 볼까?' 기가 막힌 뭔가가 있을 것이라는 기대를 버리지 못하고 다시 책을 펼쳤다. 조금 차분해진 마음으로 글을 읽어보니 이번에는 글의 행간이 조금씩 보이기 시작했다. 책에서 말하는 요지는 너무 빨리 써내려가겠다고 서두르지 말고, 머리를 식힌 다음, 천천히 자기가 정말로 알고 있는 이야기를 찾아서 써야 한다는 말을 하고 있었던 것이다.

'이야기는 쓰는 것이 아니라 붙잡는 것이다.'

'세상이 완전히 다르게 보일 때까지 기다려라.'

'글쓰기와 즐겁게 놀아주어라.'

'처음에 남의 글을 흉내 내는 것은 창피한 일이 아니다.'

'나만의 이야기를 써라.'

헛! 이거 봐라! 이 책은 글쓰기의 원칙이 아닌 삶을 살아가는 중요한 태도에 대한 이야기를 하고 있는 듯했다. 그러고 보니 이런 메시지들은 내가 상담하는 환자들에게도 꼭 들려주고 싶은 지혜의 말들이었다.

이 책을 읽고 난 다음날부터, 빨리 성과를 내기 위해 조급하게 서두르거나 주변의 평가를 두려워하는 환자들에게 책에서 배운 삶의 원칙을 읊어대기 시작했다.

"서두르지 마세요. 그냥 기다리세요. 그분이 오실 때까지 그냥 기다리세요."

"진정으로 원하는 게 뭐죠? 확실치가 않죠? 그럼 원하는 것이 무엇인지 명확해질 때까지 그냥 편안한 마음으로 기다리세요."

이런 내 말을 듣고 화를 낼 줄 알았는데 의외로 편안해하는 환자가 많았다. 오로지 성취만을 지향하는 강박증 환자들에게는 아예 그 책을 사서 꼭 끝까지 읽어보라고 처방했다. 적어도 그 책을 읽는 동안만큼은 성취해야만 한다는 강박에서 벗어나 웃을 수 있는 효과는 있을 테니 말이다.

자, 그렇다면 이번에는 내 차례다. 난 희곡을 쓰는 대신 아무것도 하지 않고 그저 기다리기로 했다. 여기서 중요한 포인트는 아무것도 안 하는 것이 아니라 그저 기다리기로 한 것이다. 나는 희곡작법 노트는 집에 두고 그냥 하얀 종이 한 장을 접어서 주머니에 넣고 산으로 들로 돌아다니며 생각이 떠오르기를 기다리고 기다렸다. 그러다 문득 번뜩이는 새로운 생각이 스쳐 지나가면 그 자리에서 흰 종이에 몇 자 적고는 또 다시 이곳저곳 돌아다녔다. 틈날 때마다 산을 오르며 낚시하듯 아이디어를 낚아챘다. 끄적거린 종이가 수북이 쌓였을 때쯤, 마침내 나는 희곡작법 노트를 펼치고 아주 천천히 떠오르는 대로 이야기를 쓰기 시작했다.

**쌍둥이 형제 이야기**

형: 정신과 의사

동생: 3류 가수

형에게 돈 꾸러 갔다가 형이 자리를 비운 틈을 타 동생이 형 대신 엉터리 진료를 하는데 그게 형의 치료보다 더 효과가 좋아서 돈을 벌음.

더 쓰고 싶은 충동을 간신히 억누르고 일단 여기서 멈추었다. 그리고 심호흡을 한 뒤 글쓰기 원칙을 떠올리며 희곡작법 노트를 덮었다. 절대로 서두르지 않고 더 많은 아이디어가 떠오를 때까지 즐거운 마음으로 기다리는 것이 창조적인 몰입의 시작이라는 것을 상기하며…….

암 투병하는 사람들에게 좋아하는 취미생활에 몰입하는 것은 정신건강에 매우 긍정적인 영향을 준다. 어쩌면 그동안 해왔던 일보다 앞으로 하는 취미생활이 삶의 질을 훨씬 더 업그레이드 시켜줄 수도 있다. 그동안 삶에 쫓기느라 하지 못했던, 뒤로 미루었던, 좋아하는 취미생활을 한번 찾아봐야 한다. 음악 감상, 서예, 화초 가꾸기, 그림 그리기, 다도, 사진, 자전거 타기, 악기연주, 합창, 탁구, 역사여행 등등 도대체 이 세상에 얼마나 많은 종류의 취미생활이 있는가? 익숙한 취미생활을 다시 시작해보는 것도 좋고 전혀 몰랐던 취미생활에 새롭게 도전해보는 것도 좋다. 혹시 아는가? 꿈에도 몰랐던 자신의 숨겨진 재능을 경험해볼지?

## "Who knows? 내일 일 누가 알겠어요?"

우리 뇌에 가장 큰 자극을 주는 것은 시공간의 변화다. 즉, 익숙한 일상에서 탈출해 낯설고 새로운 장소로 가는 여행만큼 뇌에 신선한 활력이 되는 것이 없다. 여행은 분명 우리에게 새로운 풍경, 새로운 사람, 새로운 음식, 새로운 문화를 접하게 해 우리 뇌를 확실하게 자극한다.

무기력했던 내가 여행 가방을 싸게 된 것은 한 거식증 환자 덕분이었다. 하루는 한동안 모습을 보이지 않던 거식증 환자가 유령처럼 홀연히 찾아왔다. 진료실 문을 열고 들어오는 모습을 볼 때부터 환자의 상태가 심상치 않다는 것을 한눈에 알아챌 수 있었다. 그간 지내온 사정을 들어보니, 심한 저체중으로 면역력이 떨어진 상태에서 장에 결핵이 생겼고, 그로 인한 장유착으로 4차례 개복 수술을 했고, 그 뒤에 우울증이 심해져 수차례 자살시도를 한 뒤 날 찾아온 것이다. 그녀는 의자에 앉자마자 한숨을 내쉬며 대뜸 물었다.

"선생님, 저 왜 살아야 해요? 이렇게 나도 괴롭고 식구들에게 피해만 주는데, 나 왜 살아야 하죠? 오늘 그 이유를 알고 가야겠어요."

삶이 얼마나 괴로웠으면 그런 질문을 할까 싶었지만, 난 말문이 막힌 채 멍하니 그녀를 바라볼 수밖에 없었다.

"선생님이 말 안 해주면 나 오늘 어떻게 할지 몰라요."

환자는 터무니없는 협박을 하며 내 대답을 요구했다. "나도 몰라! 네 맘대로 해!"라고 소리치고 싶었지만, 정신과 의사답게 일단 심호흡을 하고 한 템포 멈춘 뒤 "마침 나도 그 살아야 하는 이유를 절실히 찾고 있는 중이었는데, 혹시 알면 가르쳐줄래?"라고 반문했다. 의아해하는 환자에게 나 자신도 암에 걸렸다가 치료가 끝난 지 얼마 되지 않았고, 지금도 치료 후유증으로 여전히 힘들고 두려워서 매일 '왜 살아야 하지?' 질문하며 답을 찾고 있는 중이라고 설명했다.

잠시 놀란 눈을 깜빡이던 환자는 "선생님 얘기를 들으니 좀 위로가 되네요"라고 대답하고는 자리에서 일어났다. 내가 걸린 암이, 아니 내게 찾아온 불행이 한평생을 거식증으로 고통받아온 그녀에게 뭔가 위로가 되었나 보다. 문을 열고 진료실 밖으로 나가던 그녀는 잠시 멈춰 서서 내게 말했다.

"선생님, 저 죽기 전에 꼭 가보고 싶은 곳이 있는데, 어딘 줄 아세요?"

"어딘데?"

"이스탄불! 선생님도 꼭 한번 가보세요! 죽기 전에."

내 갑작스런 이스탄불 여행은 이렇게 시작되었다.

서울에서 10시간 비행기 타고 날아와, 어둑해진 저녁에 이스탄불에 도착했다. 난생처음 밟아보는 무슬림 땅, 난생처음 접해보는 이슬람 문화였다. 그동안 봐온 미국 영화의 영향 때문인지 어깨가 다부지고 눈썹이 짙고 수염이 덥수룩한 터키인들은 내 경계심을 자극하기에 충분했다. 공항에서 호텔까지 데려다주는 무뚝뚝한 표정의 운전사는 우리에게 말 한마디, 눈웃음 한번 건네지 않았다. 아내는 이스탄불 밤거리가 흥미로웠는지 호들갑스레 저 밖을 좀 보라고 말했지만 난 혹시라도 납치당하고 있는 중일지도 모른다는 두려움에 가방 속에서 무기가 될 만한 게 뭐가 있을까 고민하고 있었다. 차가 인적이 드문 어두운 골목에 들어섰을 때 긴장감이 최고조에 달한 난 비행기 안에서 샀던 제법 큰 화장품 병을 몰래 꽉 쥐었다. 다행히도 차는 이내 우리가 묵을 호텔의 밝은 로비 앞에 도착했다. 차에서 내려 안도의 한숨을 내쉬는 동안 운전사는 가방을 내려주었다. 아내가 약간의 팁을 주자 무뚝뚝한 운전사는 그제야 천진난만한 미소를 보이며 차를 몰고 사라졌다. '휴! 영화 속 악당은 아니었군.' 나는 그제야 긴장이 풀렸다.

늦은 시간이었는데도 거리는 많은 사람들로 왁자지껄했다. 마음이 풀어진 난 호텔에서 가까운 공원 쪽으로 산책을 나갔다. 얼마 걷지 않아 갑자기 눈앞에 나타난, 난생 처음 보는 괴이한 건물에 깜짝 놀란 난 일순간 숨을 멈추었다. 검은 밤하늘을 배경으로 은은한 달빛 조명을 받으며 신비로운 모습으로 웅장하게 서 있는 블루모스크 사원 때문이었다. 회색 빛깔의 거대한 둥근 돔과 6개의 높은 첨탑으로 이루어진 블루모스크의 모습은 단연 압권이었다. 아내와 나는 블루모스크가 정면으로 보이는 공원 의자에 앉아 한참을 넋을 잃고 바라보았다. 이곳은 〈007〉 영화에서 본 오토바이

활극이 벌어지는 악당들의 도시가 아니었다. 너무나도 색다르고 신비로운, 그러면서도 흥미로움을 한껏 자극하는 역사와 문화와 문명이 살아 숨쉬는 곳이었다. 블루모스크로부터 받은 이스탄불의 첫인상은 "역시 오길 잘했다!"라고 탄성을 지르기에 충분했다.

이스탄불에서 기분 좋게 며칠을 보낸 뒤, 아내와 나는 죽기 전에 꼭 가봐야 하는 곳으로 알려진 카파도키아로 가기 위해 들뜬 마음으로 비행기를 탔다. 그런데 2시간 비행기를 타고 또 2시간 차를 타고 카파도키아에 도착했을 때의 첫 느낌은 딱 한마디로 "아! 낚였다!"였다. 여행정보책자의 뽀샵 처리된 사진에 속아 이 황량한 사막까지 오게 되다니. '차라리 이스탄불에서 더 묵다가 그냥 한국으로 돌아갈 것을' 하는 후회가 몰려왔다.

저녁 무렵 20명 정도의 일행과 함께 로즈밸리 투어라는 트래킹을 하기 위해 나섰다. 뭐 황량한 사막을 걷는다고 특별한 게 보이겠나 하는 심정으로 따라 나섰는데, 로즈밸리라고 불리는 계곡으로 들어서니 뜻밖에도 아까 보았던 황량한 바위와 사막의 색깔이 로맨틱한 전설이 숨어 있을 것 같은 아름다운 장밋빛으로 계속 바뀌어가고 있었다. 저쪽 서편 하늘로 석양이 점점 짙어질수록 맞은편 로즈밸리의 바위 색깔이 선홍빛으로 물들어 갔던 것이다. 그 아름다운 광경에 흠뻑 취해 걸어 내려오는데, 누군가 내게 영어로 말을 걸었다. 돌아보니 50대 중반의 일본인 여자였다. 마침 우리와 같은 호텔에 묵고 있던 그녀는 벌룬투어를 꼭 해보고 싶어서 혼자 이곳까지 여행을 왔다고 했다. 그렇다! 우리 부부도 사실은 그 유명한 벌룬투어 때문에 이곳 사막지역까지 온 것이었다. 카파도키아의 벌룬투어란 새벽녘 동이 트기 선에 거대한 열기구를 타고 하늘 위로 올라가 동쪽에서 떠오르는 찬란한 태양을 맞이하면서 카파도키아의 기암절벽과 계곡을 감상하는 여행을 말한다.

호텔로 돌아와 아내와 나는 그 일본인과 같이 저녁식사를 하면서 많은 이야기를 나누었다. 세상 참 어찌나 좁은지! 그녀는 일본의 한 대학병원의 노교수를 모시고 있는 비서였는데, 아내가 그 노교수를 알고 있었다. 그 노교수는 아내와 같은 분야인 시험관아기 분야의 세계적인 대가였다. 그녀는 나보다 내 아내와 금방 친해졌다. 아내는 나의 직업과 하는 일을 이야기해주고 이번 여행이 사실은 암에 걸린 남편을 위한 회복여행이라고 말해주었다. 그러자 그녀는 자신의 남편은 한참 전에 사고로 죽었다고 솔직하게 말해주었다. '아, 그래서 혼자 이 멀리까지 여행을 왔구나! 사연이 깊겠는데' 하고 혼자 추측했지만 더 깊게 물어보면 실례가 될 것 같아 잠시 침묵의 시간을 나누었다. 신기하게도 밤이 깊어질수록 이 황량한 사막의 작은 마을은 신비로운 역사를 간직한 고대의 마을로 변해가는 것 같았다. 덩달아 내 마음도 깊은 사색에 빠져드는 느낌이었다. 한데 그때 갑자기 호텔 직원이 오더니 내일 날씨가 새벽부터 비가 와서 열기구가 뜨지 못한다는 소식을 알려주었다. 어쩐지 아까부터 밤하늘에 별이 하나도 보이지 않았다! "이런 제길! 뭐 하나 되는 일이 없네." 이 외딴 사막에 온 가장 큰 이유가 벌룬투어 때문이었는데, 새벽에 비가 온다고! 내일이면 이제 한국으로 돌아가야 하는데, 실망이 이만저만이 아니었다. 벌룬투어에 별 기대를 하지 않고 온 내가 이 정도로 실망할 정도였으니 벌룬투어에 모든 것을 다 걸고 온 아내의 실망은 말할 것도 없었다. 아내는 그녀에게 아무래도 우리가 운이 없는 것 같다고 말하며 깊은 한숨을 내쉬었다. 그런데 그때 그녀가 한 말은 지금도 귓가에 울릴 만큼 인상적이었다.

"Who knows?"

단지 두 개의 단어일 뿐인데 이렇게 낙관적인 뜻을 갖고 있는 단어의 조합이라니! "누가 알겠어요, 무슨 일이 벌어질지?", "혹시 알아요? 좋은 일이 일어날지?", "그러니 내일을 미리 걱정하지 말아요."

그리고 거짓말처럼 그 다음날 새벽은 맑고 쾌청하게 개어 있었다. 비는커녕 하늘에는 구름 한 점 남아 있지 않았다. 오히려 새벽하늘에 남아 있던 별이 마지막까지 초롱초롱 빛나며 동녘에서 떠오르는 태양을 기다리고 있었다. 아! 정말 "Who knows?"였다. 그리고 새벽에 출발한 우리의 벌룬투어는 한마디로 fantastic!

그 일본인 친구와는 서로 같이 사진도 찍고 메일 주소도 주고받고 헤어졌다. 헤어질 때 공항에서 난 그녀에서 또 만나자고 했다. 그녀도 웃으면서 그러자고 했다. 앞으로 우리가 어디서 또 만날지 누가 알겠는가? "Who knows?"

우리 뇌는 생존을 위해 미리 예측하는 기능을 갖고 있다. 전에 경험한 안 좋은 일을 미리 예측하여 다음번에는 그 안 좋은 일을 피할 수 있어야만 살아남을 수 있기 때문이다. 물론 세상을 살아가기 위해서는 반드시 필요한 기능이겠지만, 때로는 이 예측 기능이 우리를 미리 불행하게 만들기도 한다. 오늘이 힘들고 괴롭다고 내일까지 그럴 것이라고 미리 예측하다 보면 희망은 점점 더 멀어져 갈 뿐이다. 불행한 결과를 미리 예측하려는 생각의 흐름에 강력한 브레이크를 거는 주문! Who knows? 내일 일 누가 알겠느냐 말이다! 이번 여행에서 얻은 가장 큰 배움이었다.

3

부정적인 사건 대신 즐겁고 보람 있는 일에 몰입한다.

"원래 진화론적으로 우리 인간의 뇌는 그냥 내버려두면 자동반사적으로 긍정적인 일보다는 부정적인 일을 더 많이 생각하고 기억해내도록 되어 있다. 하물며 암에 걸리게 되면 시시때때로 부정적인 생각이나 감정에 휩싸이게 된다. 그래서 의도적으로 즐겁고 보람 있는 일에 몰입하여 긍정적인 생각을 더 많이 하려고 해야 한다."

## 내 작은 불행을
## 현미경으로
## 바라보지 말자

여행을 다녀온 후, 병원을 오래 비워둔 것이 미안해 직원들에게 점심을 사기로 했다. 공통된 의견이 햄버거 세트여서 잠시 망설였지만 몇 년 만에 한 번 먹는 건데 괜찮겠지 하는 심정으로 나도 같이 기분 좋게 먹었다. 한데 퇴근 무렵부터 몸 컨디션이 급속도로 나빠졌다. 화장실을 몇 번 들락날락하다 급기야 몸까지 떨리기 시작했다. 가까스로 집으로 돌아와 일단 잠부터 청했다.

2시간쯤 자고 눈을 떴는데, 온몸은 땀범벅에 한기가 심하게 몰려왔다. 배도 심상치 않게 아픈 것이 장염이 제대로 온 것 같았다. 겨우 햄버거 하나(감자튀김과 콜라는 입에도 안 됐다.) 기분 좋게 먹었다고 장이 이리도 놀라나! 항암제 때문에 내 장이 이리도 약해진 건가? 저녁도 먹지 못하고 담요 뒤집어쓰고 몸을 부들부들 떨고 있는 날 보며, 아내는 걱정 반 농담 반으로 "당신 항암주사 맞고 왔을 때랑 똑같은 모습인데…… 열 안 떨어지면 응급실 가야 할지도 몰라"라고 하는 게 아닌가? "응급실이라고!" 작년에

겪었던 응급실에서의 수모가 떠올라 진저리가 처졌다.

배탈 났을 때는 금식이 최고의 치료인지라, 오로지 꿀물로 허기진 배를 채웠다. 대신 해열제를 땅콩 먹듯이 충분히 먹고 잠을 청했다. 하룻밤 푹 자면 나아지겠지 하는 기대를 안고. 한데 다음날 아침, 눈을 떠보니 자는 사이 상태가 더 심각해졌다. 몸은 납덩이 같이 무거웠고, 서 있을 기운조차 없었다. 도저히 진료를 할 수 있을 것 같지 않아 먼저 병원에 연락을 해 진료예약을 변경하고 침대에서 하루 종일 누워 지내야만 했다. 오한이 심해지니 잠도 잘 오지 않았다. 이런저런 속상한 생각만 머릿속을 맴돌았다.

물론 누구나 흔하게 배탈이 나고 장염이 올 수 있다. 한데 이게 암 환자에게 찾아오면 그 여파가 남다르다. 부정적인 생각이 꼬리에 꼬리를 문다. 아니 그동안 나름 건강한 음식 잘 먹고 운동도 규칙적으로 하지 않았는가? 한데 다 같이 먹은 햄버거에 왜 나만 이렇게 심하게 탈이 나느냐 말이다. 내 장점막이 왜 이리 약해졌지? 혹시 재발의 전조증상? 에이, 설마. 그렇다면 항암 치료로 내 몸 전체가 이렇게 약해졌나? 내 자신이 조금 한심스러웠다. 아니, 내 처지가 한탄스러웠다. 어쩌다가 내가 이 모양이 되었을까?

사소한 배탈 하나로도 부정적 생각의 종착역은 늘 내 인생의 가장 큰 불행, 암으로 향하게 된다. 장염이 온 게 다 암 때문이었다고 무조건 암 탓을 하게 된다. 이러다 나중에는 콧물감기도 소화불량도 모두 다 암 때문이라고 할 것 같다.

답답한 마음에 거실로 나와 보니 아내가 텔레비전을 보며 울고 있었다. '휴먼 다큐멘터리 사랑'이라는 프로그램이었는데, 희귀병에 걸린 이들의 살아가는 모습을 보여주는 내용이었다. 원래는 이런 프로를 잘 보지 않았지만, 그냥 아내 옆에 앉아 나도 같이 보게 되었다. 그리고 프로그램이 끝날 때에는 내가 아내보다 더 울고 있었다.

선천성 기형으로 기도가 생기지 않은 '해나'라는 꼬마 아이의 투병 생활과 치료 과정을 다룬 이야기였다. 해나는 기도가 없기 때문에 코로 숨을 쉬지 못한다. 이런 선천성 기형으로 태어난 아이들은 대개 태어나자마자 사망한다고 하는데, 해나는 기적처럼 식도 끝자락이 폐와 연결돼 있어서 그 식도 끝에 튜브를 꽂아 호흡할 수 있었다. 입으로는 음식을 먹지 못하니 배에 구멍을 뚫고 장으로 영양분을 직접 투입하면서 해나는 태어나 2년이 넘도록 병원에서 지내야만 했다. 중간중간 호흡기 감염, 식도 염증, 튜브가 입에서 빠지는 사고 등으로 몇 번의 위험한 고비를 넘겼고 수술도 벌써 몇 차례 했다. 시간이 지나면 낳는다는 희망은커녕 언제 죽을지 모르는 절박한 상황에서 해나의 유일한 낙은 면회시간에 엄마아빠를 볼 수 있다는 것뿐이었다.

해나의 딱한 이야기를 알게 된 한 미국 의사가 이 분야 수술의 최고 권위자인 스웨덴 의사에게 도움을 청했고, 이에 흔쾌히 돕겠다고 응한 스웨덴 의사가 직접 한국으로 찾아와 해나를 진찰했다. 결국 해나는 많은 사람들의 도움으로 미국으로 건너가 기관지이식 수술을 받게 되는데, 수술은 성공적이었지만 3개월 뒤 안타깝게도 해나는 결국 회복하지 못하고 짧은 삶을 마감하게 된다.

방송이 끝났는데도 난 눈물을 멈출 수 없었다. 해나와 그 가족이 겪는 고통과 불행 때문에 눈물이 나는 것이 아니었다. 오히려 해나와 가족이 불행한 운명에 의연하게 대처하면서 서로에 대한 사랑을 확인하는 모습에 더 눈물이 났다. 해나가 고통으로 비명을 지를 때보다 해나가 엄마아빠를 보며 천진난만하게 웃을 때가 더 슬펐다. 그 어린 영혼이 끔찍한 고통 속에서도 저토록 해맑게 웃을 수 있다니. 말 한마디 할 수 없었는데도 해나는 주변의 많은 사람들에게 행복과 희망을 전해주고 떠나갔다.

한참을 울다 보니 갑자기 내 자신이 무척 부끄럽게 느껴졌다. 해나는 사탕의 달콤함조차 경험해보지 못했지만, 나는 단맛뿐 아니라 신맛 매운맛 짠맛 쓴맛을 매일 같이 맛보며 살지 않는가? 해나는 세상 밖으로 나가 따뜻한 햇살, 시원한 바람 한번 느껴보지 못했지만, 난 산을 오르며 햇살과 바람을 마음껏 느끼지 않았는가? 게다가 해나는 꿈을 가질 기회조차 없을 만큼 짧은 삶을 살았지만, 나는 이제부터라도 어떻게 죽어갈까 하는 꿈이라도 가질 수 있지 않은가? 해나에 비하면 나의 불행은 그야말로 새 발의 피였다. 비교하는 것 자체가 창피할 정도다. 그런데도 난 겨우 장염 하나 때문에 온 세상의 모든 불행을 다 짊어진 것처럼 오만상을 찌푸리고 있었으니……. 생각할수록 나 자신이 참 부끄럽게 느껴졌다.

그러고 보니 이 세상에는 암에 걸린 사람이 수억 명일 것이고, 나보다 더 고통스러운 치료를 받고 있고, 더 심각한 후유증에 시달리고 있으며, 계속해서 생과 사를 넘나드는 위태로운 상황에 빠져 있는 사람들이 부지기수일 것이다. 전 세계 수많은 암 병동에 입원해 힘든 치료를 받고 있는 환자들에 비하면 난 그래도 항암 치료가 끝난 암 생존자이지 않은가? 그들에 비하면 나의 불행과 고통은 부끄러울 만큼 초라한 것이었다. 역설적이게도 이 사실을 깨닫고 나니 의외로 마음이 평온해지는 것이 느껴졌다.

이러한 간접 위안은 그 사람들보다 내가 더 희망적이라는 안도감 때문에 생겨나는 것은 아니다. 오히려 부끄러움, 내 별것 아닌 불행에 집착하고 있다는 사실에 대한 부끄러움으로 마음이 평온해진다. 그들에게 미안해서라도 내 작은 불행에 연연할 필요가 없다는 생각이 들어서이다. 내 작은 불행만을 현미경으로 보려 할 필요가 없다. 좀 더 시야를 멀리, 전망을 넓혀 멀리 바라보면 이 세상에는 나만 고통스러운 삶을 사는 것이 아니고, 나만 외롭게 죽어가는 것이 아니라는 사실을 깨닫게 될 것이다.

물론 견딜 수 없는 고통과 함께 죽음이 얼마 남지 않은 말기 암 환자들에게는 이러한 깨달음조차도 그리 위안이 되지 않을 수 있다. 얼마나 두렵고 외로운 시간이겠는가? 그러나 그들 역시 이 세상에서 자신이 가장 외롭고 불행한 사람이라는 생각을 내려놓는 것이 조금이나마 마음의 위안이 될 것이다. 가령 갑작스러운 사고로 한순간에 목숨을 잃는 사람은 사랑하는 가족과 제대로 작별인사조차 하지 못한 채 죽어가게 된다. 아무도 없이 쓸쓸하게 고독사하는 사람은 완전한 외로움 속에서 죽어가게 된다. 그들에 비하면 그래도 사랑하는 가족의 돌봄을 받고 있으니, 그리고 죽음을 마음속으로 준비하고 있으니, 사랑하는 사람들에게 무슨 말을 남길까 준비하고 있으니, 그나마 그들보다 덜 불행하다고 생각할 수 있을 것이다.

그날 밤, 나는 늦은 밤까지 '휴먼 다큐멘터리 사랑'의 지나간 방송을 다시 보았다. 유치원에 다니는 두 아이와 함께 풀빵 장사를 하며 씩씩하게 살아가던 어느 날 갑자기 위암이 찾아온 엄마의 투병기를 다룬 '풀빵엄마', 위암 말기 판정을 받고 11살 된 딸과 행복한 순간을 만들기 위해 버킷리스트를 실천해가는 엄마의 이야기를 다룬 '엄마는 멈추지 않는다', 악성뇌종양에 걸린 딸을 위해 가족여행을 하고 딸의 음반을 만들어내는 가족 이야기를 다룬 ‘우리가 사랑할 시간’ 등등. 큰 고통과 불행 앞에서도 희망을 찾고 감동적으로 살아가는 그들의 모습을 보며 나는 큰 위로를 받았다. 부끄러운 내 작은 불행에서 빠져나와야겠다는 다짐과 함께 말이다.

---

**4**

나보다 힘든 삶을 사는 사람과 비교하며 내 불행은 별것 아니라는 사실을 깨닫는다.

“나보다 훨씬 불행한 사람들의 이야기를 듣다 보면 내가 나 자신의 불행에만 빠져 있는 것이 부끄럽다는 생각이 든다. 그리고 미안하게도 내 작은 불행은 별게 아니었구나 하는 위안을 얻곤 한다.”

---

# 우리는
# 상처가 아물며
# 성장한다

"암이 내 인생을 바꾸었다."

"암으로 인해 난 진짜 내 인생을 선택할 수 있었다."

"암으로 인해 그동안 보지 못했던 삶의 아름다움을 볼 수 있게 되었다."

모두 암에 걸린 자신의 삶을 긍정적으로 재평가하는 말들이다. 그래, 그래, 다 좋은 말이다. 하지만 신체의 통증, 재발과 죽음에 대한 두려움, 케모브레인의 부작용으로 인한 우울감과 좌절감이 여전히 계속되고 있는 사람이라면 이런 식의 긍정적인 평가들이 진정으로 마음속에서 일어나기 힘들 것이다. 내 마음속에서도 '저것도 다 일종의 자기합리화가 아닐까? 아니면 억지스러운 자기 최면? 반복되는 고통과 두려움을 잊기 위해 그런 식의 생각으로 자기 자신을 세뇌하는 것이 아닐까?' 하는 삐딱한 의구심이 들었다. 솔직히 어떻게 암에 걸린 게 오히려 좋았다고 생각할 수 있겠는가? 암에 안 걸리고 무병장수하며 행복하고 즐겁게 사는 것이 훨씬 더 좋은 것이 아닌가? 암에 걸린 상황을 긍정적이고 의미 있게 생각한다는 것은 내게는 도무지 납득이 가지 않는 일이었다.

그런데 어느 날, 집에서 멍하니 텔레비전을 바라보고 있다 우연히 암 환자였던 정신과 의사의 강의를 듣게 되었다. 헉! 내 선배의 이야기가 아닌가? 그 선배님은 한창 잘나가는 개업 의사로 성공했다 일순간에 사기를 당하면서 감당할 수 없는 빚을 지게 되고는 분노, 원망, 자책의 감정에 휩싸여 지내다 직장암, 위암, 임파선암, 편도선암, 무려 4개의 암에 걸려 거의 죽음의 문턱에까지 다다랐었다고 한다.

그런데 그렇게 고통스러운 투병 생활을 하며 그가 깨달은 것은 결국 스스로 가진 나쁜 마음 때문에 암이 생겼으니 이제는 그것들을 비워내고 대신 좋은 마음으로 새롭게 채워가면서 살아야 한다는 것이었다. 이렇게 좋은 마음이 채워지면서 그는 자신의 삶을 바라보는 눈, 자신의 가족을 바라보는 눈, 그리고 이 세상을 바라보는 눈이 바뀌었다고 한다.

나보다 훨씬 큰 고통을 겪은 선배님(정신과 의사로서 선배, 암 환자로서도 선배)의 진솔한 이야기다 보니 '암이 전화위복이 되어 내 삶이 긍정적으로 바뀌었다'는 그 말이 그제야 가슴에 와 닿았다. "아, 나도 언젠가는 이 암을 이겨내고 그전보다 삶이 더 가치 있고 의미 있다고 생각할 수 있게 바뀌어야 하는데…… 과연 어떻게 바뀔 수 있을까? 그냥 달리 마음을 먹겠다고 다짐을 하면 마음이 긍정적으로 바뀌는 것일까?"

암에 걸린 사람들에게 긍정적인 변화가 정말로 일어나는 것일까? 일어난다면 도대체 어떻게 일어나는 것일까? 이런 궁금함 때문에 나는 자료를 좀 찾아봐야겠다는 생각이 들었다. 이 책 저 책 뒤적거리다 보니 갑자기 내 눈을 휘둥그레지게 하는 단어가 눈에 띄었다.

'Post-traumatic growth'

외상 후 성장, 역경 후 성장. 이거 참 재미있는 용어다. 사실 난 이제까지 외상 후 스트레스 장애와 같은 부정적인 경과를 밟는 사람들만 주로 치료해오면서 그들의 증상을 완화시키는 데만 초점을 맞추었기 때문에, 트라우마를 받은 후 오히려 성장이 일어난다는 개념 자체를 모르고 있었다. 하지만 실제로 트라우마 후에 정신적인 성장이 일어난다는 흥미진진한 개념이 이미 존재하고 있었다.

원래 우리 인간은 트라우마라고 하는 스스로 통제할 수 없는 위협적인 사건을 직면하게 될 경우 자신이 얼마나 취약한 존재이고, 자신의 삶이 언제든 일순간에 무너질 수 있는 모래성이었다는 사실을 뼈저리게 느끼게 된다. 폭력, 폭행, 위협, 재난, 재해, 전쟁, 강간, 성폭력, 고문, 살인, 강도, 끔찍한 죽음의 목격 등과 같은 커다란 트라우마big trauma의 경험은 대개 누구에게나 견디기 힘든 끔찍하고 고통스러운 경험이다. 거기에 비해 암은 상대적으로 조금은 긴박감이 떨어지는 작은 트라우마small trauma인지도 모르겠다. 하지만 내 경험상 절대 그렇지 않다. 갑작스럽게 암에 걸리는 순간 죽음을 맞이할 준비가 되어 있지 않았던 대부분의 사람들은 만만치 않은 트라우마의 과정을 겪게 된다.

'삶은 예측할 수 있고 통제할 수 있다. 그래서 꾸준히 노력하면 목표에 도달할 수 있고, 그렇게 은퇴 후 욕심 내지 않고 소박하게 산다면 오래오래 별 탈 없이 살 수 있다.' 이런 상식적인 믿음과 희망은 암에 걸리는 순간 산산조각 난다. 암 덕분에 우리는 그동안 가져왔던 상식적인 믿음이라는 것이 일종의 허망한 부도수표와 같은 것이었다는 사실과 직면하게 된다.

그렇게 되면 처음에는 그럴 리 없다고 부정했다가, 왜 내게만 이러냐고 분통을 터트리고 화를 냈다가, 이번만 잘 넘기면 다르게 살겠다고 적당히 타협해보려 하지만, 왜 나만 이런 고생을 하다 벌써 죽어야 하나 싶은 생각이 들면서 자책을 하게 되기도 하고 주변 사람들이 미워지고 세상을 원망하며 우울해진다. 대부분의 사람들은 이 부정, 분노, 타협, 우울의 고통스러운 4단계를 상당히 오래 반복해서 재경험하게 된다. '그래, 할 때까지 최선을 다해보다가 안 되면 그냥 조용히 눈 감으면 되는 거지 뭐' 하는 마지막 수용의 단계가 대부분의 사람들에게는 그렇게 쉽지 오지 않는다.

그런데 천만다행히도 우리의 뇌는 '적응적 정보 처리adaptive information processing' 기능이라고 하는 속성을 가지고 있다. 즉, 기존의 믿음 체계가 산산조각 난 상태에서 혼란스럽고 고통스러운 생각과 감정을 반복해서 경험하다 보면, 우리 뇌 안에서 그 혼란스럽고 고통스러운 생각과 감정을 처리하기 위해 새로운 상황을 받아들이고 적응하기 위한 신경회로를 생성하고야 마는 속성이 있다는 것이다. 우리가 상상하는 것 이상으로 우리 뇌는 엄청난 적응력을 가지고 있다는 이야기다.

즉, 트라우마의 충격으로 산산조각이 난 신경회로 조각들은 이전과는 다른 형태로 이렇게도 연결되고 저렇게도 연결된다. 그렇게 버릴 놈은 버리고 새로 필요한 정보나 믿음에 해당되는 놈은 새롭게 취합하여 보다 더 긍정적인 성장이 일어나도록 하는 재건축 능력을 우리 뇌는 이미 갖고 있다. 결국 우리의 뇌가 단순히 고통을 줄이는 쪽으로만 정보를 처리하는 것이 아니라, 보다 더 정신적인 성장이 일어나도록 정보를 처리해서 다음번 충격과 고통이 왔을 때 더 잘 버텨낼 수 있도록 한다는 것이다.

실제로 암 환자의 80% 정도가 치료를 받는 과정, 죽음을 수용하는 과정에서 내면에 긍정적인 변화가 일어난다는 연구 보고들이 많다. 수많은 암 환자들은 암에 걸림으로써 비로소 지나온 삶의 의미를 다시 한 번 되짚어 볼 수 있었고, 가장 중요한 일 혹은 가장 하고 싶었던 일을 마무리할 수 있었고, 작은 것에 감사할 수 있게 되었고, 후손에게 무엇을 남길 것인가 심사숙고할 수 있었고, 오랫동안 미워했던 사람을 용서할 수 있게 되었고, 죽음을 차분히 준비할 수 있었고, 오래 거부해왔던 신을 받아들이게 되었다는 등의 이야기를 하고 있다. 그들은 암 투병을 했기 때문에 생각지도 못했던 긍정적인 변화가 자신들의 삶에 일어났다는 사실을 깨닫게 된 것이다.

솔직히 난 아직 그 정도의 경지에는 이르지 못한 것 같다. 더 시간이 필요하고, 더 기도가 필요하고, 더 삶의 의미에 대해 심사숙고해야 할 것 같다. 하지만 지금의 내게도 암이 준 작은 선물이 하나 있기는 하다. 그것은 내 삶에서 아직 한참 멀었다고 생각하고 있던 죽음이 언제든지 찾아올 수 있다는 사실을 깨닫게 해준 것이다. 덕분에 난 언제든지 죽을 수도 있으니 '잠시라도 삶의 즐거움을 뒤로 미루지 말자, 허송세월 하지 말자, 조그만 불행에 연연해하지 말자'는 자각을 전보다 훨씬 더 많이 하게 되었다.

**5**

나를 힘들게 한 그 일로 인한 긍정적인 측면이 있음을 찾아본다.

"암에 걸림으로써 자신의 삶을 되돌아보게 되고 그동안 보지 못했던 삶의 본질을 깨닫게 될 때, 암은 하나의 선물이 될 수도 있다."

불행한 일은 우리 삶에서 절대로 일어나서는 안 되는 것이고 고통은 전부 다 극복되어져야 한다는 생각은 어쩌면 유아기적 환상일 수도 있다. 고통은 나에게만 일어나는 특별한 것이 아니라, 이 세상 누구에게나 다 일어나는 아주 보편적인 현실이라는 사실을 진심으로 받아들이고 수용할 수 있어야 한다.

# 6

# 인생은 '그럼에도 불구하고' 전개된다

## 내가 꽤
## 잘 살고 있다는,
## 달콤한 착각

시간이 지날수록 난 내가 꽤 잘 지내고 있다고 확신했다. 환자를 상담할 때마다 점점 더 환자 이야기에 몰입하고 깊은 공감을 하고 있으며 제법 괜찮은 조언을 하고 있다는 것이 느껴졌다. 좀 오버해서 말하자면 나는 즐기면서 일하고 있었다. 오랜만에 느껴보는 충만함이었다. 내심 나에게도 '외상 후 성장'이 일어난 것 아닌가 하는 기대를 슬쩍 해보기도 했다.

정신과 의사로서 나는 정신과 상담이라는 것이 어떤 기법이나 기술, 이론을 숙지하고 있다고 잘되는 것은 아니라고 생각한다. 학문적인 기법, 기술, 이론 등은 말할 것도 없고 치료자의 인격, 가치관, 인생 경험, 문화 취향, 상대를 돕고자 하는 마음가짐 등 여러 요인이 통합적으로 작용하며 상담의 질을 결정한다. 이 환자에게는 이렇게, 저 환자에게는 저렇게, 그때마다 매번 다른 반응과 처방을 해야 하고, 환자 각자에게 임팩트를 줘야 하기 때문에 그야말로 정신 바짝 차리고 있어야 한다. 한데 20년 넘게 해온 정신과 의사 노릇에 나도 모르게 지쳤는지 최근 몇 년간은 정신 바짝 차리고 상담하지 못했던 것 같다. 게다가 항암 치료를 받고 난 후는 더 말할 것도 없었다. 탈진으로부터, 두려움으로부터 벗어나기 위해 열심히 몰입하려 안간힘을 썼지만, 솔직히 체력적으로나 정신적으로나 한계가 있었다. 즐기기는커녕 어떤 면에서는 버티고 있었다는 게 맞을 것이다.

그런 내가 서서히 달라지고 있었다! 나도 모르게 상담시간을 진지하고 충실하게 채워갔다. 이렇게 상담을 하고 난 뒤에는 지치기도 했지만 오히려 힘이 솟기도 했다. 정신과 의사에게 가장 큰 보상은 환자가 좋아지고 있다는 것을 느낄 때이기 때문이다. 속도는 매우 느렸지만 조금씩 긍정적인 변화를 보이는 환자들이 늘어나고 있었다. 화상을 입었던 거식증 환자는 비록 체중은 만족스럽게 증가하지 않았지만 최근에는 봉사활동을 하는 시간이 늘어나면서 꽤 편안한 얼굴로 나타났다. 고아원으로 목욕 봉사를 가는 그녀는 아이들이 좋아하는 모습을 보면 왠지 자신이 꽤 괜찮은 사람인 것 같다는 자부심이 느껴진다고 했다. 어떤 환자는 수년 만에 아르바이트를 해서 스스로 돈을 벌어서, 또 어떤 환자는 합창대회에 나가 솔로를 했는데 칭찬을 많이 받아서 자신감이 생겼다고 했다. 이렇게 환자들이 좋아지면 정신과 의사들은 가끔 착각에 빠진다. 자신의 긍정 에너지가 환자들에게 전달되어 환자가 좋아지는 것이라고 말이다. 그래서 더 에너지를 내어 달리기 시작한다. 나는 이렇게 행복한 착각에 빠져가는 중이었다.

그 착각이 너무 달콤해서였을까. 나는 점점 더 환자들의 날카로운 분노와 아픔을 온몸으로 받아주려 하고 있었다. 큰 대학병원에 내과의사에게 진료를 의뢰해주었더니 왜 그런 불친절한 의사를 소개시켜줬냐고 다짜고짜 화를 내는 환자에게 "대학병원 교수가 다 바빠서 그렇지"라고 답하려다 "내가 미처 자세히 알아보지 못하고 그런 의사에게 보내서 미안하다"고 바로 사과했다. 아침 등산을 즐기고 있는데 갑자기 진료를 봐달라는 환자의 전화를 받으면 산에서 급히 뛰어내려와 땀을 뻘뻘 흘리며 상담을 했다. 제일 환자가 많은 토요일에도 다급하게 상담을 원하는 사람들이 많아 점심시간에도 예약을 받았다. 수시로 전화, 문자, 카카오톡을 보내는 환자도 늘어났다.

이렇게 내 딴에는 열심히 하니 확실히 환자들은 금방 반응을 보였다. "선생님이 그렇게 금방 사과를 하시니 화를 낸 내가 미안하잖아요"라고 바로 화를 푸는 환자, 빨리 상담을 해줘 고맙다고 하는 환자, "약에 대한 설명을 그렇게 자세히 해주시니 약을 한번 먹어보고 싶어지네요" 하는 환자, "칭찬해주시니까 더 칭찬받고 싶어져서 새롭게 도전하고 싶어져요" 하는 환자들이 늘어났다. 이렇게 조금씩 호전되는 반응을 보이는 환자들이 늘어날수록 치료자로서의 뿌듯함과 충만함은 커져만 갔다.

하지만 환자의 회복을 위해, 그리고 내 회복을 위해 바짝 달리다 보니, 지쳐서 집에 돌아오는 날이 늘어나기 시작했다. 게다가 중요한 책을 번역하는 일이 생겨 진료가 끝난 뒤 병원에 남아 영어사전 뒤적이다 밤늦게 돌아오는 날이 잦아졌다. 그때부터 벌써 몸은 "이제 그만! 지쳤어!"라고 소리치고 있었는데, 난 너무 내 의욕을 과신하고 있었다.

앞에서도 말했듯이 스트레스가 아예 없는 상태보다는 처리할 수 있는 긍정적 스트레스가 있는 상태가 건강에도 좋다 하지 않았는가. 나는 스스로 처리할 수 있는 수준의 긍정적인 스트레스를 잘 풀어가고 있다고 믿고 있었던 것 같다. 그래서 그 스트레스가 이미 도가 지나쳐 부정적인 스트레스로 빠르게 변질되어가는 것을 눈치 채지 못했다. 오랜만에 긍정적 스트레스가 주는 충만감과 성취감에 약간 도취되어 있었던 것이다.

어느 날 이런저런 복잡한 문제들을 다 해결하고 뿌듯한 마음으로 집으로 돌아왔는데, 아내가 내 모습을 보고 기겁하며 말했다.

"여보, 당신 요즘 너무 무리하는 거 아니에요?"

"아니야. 뭐 좀 문제가 있긴 했지만 뭐 늘 하던 대로 일하고 온 건데. 왜? 내가 이상해 보여?"

"당신 환자 같아 보여요."

제길! 왜 내가 듣기 싫어하는 아내의 잔소리는 늘 다 맞는 걸까?

# 면역시스템의 붕괴

익숙해질 만도 한데, 검사 결과를 듣기 위해 주치의 방에 들어갈 때면 늘 염라대왕 앞에 불려가 심판받는 기분이 드는 건 한결같다. 주치의 선생님은 이번에도 심각하게 컴퓨터 화면만 바라보다 잠시 나를 보고는 "혹시 요즘 체중이 빠지셨나요?" 하고 묻는다. 나는 그전과는 다른 질문에 약간 놀라며 "네, 조금, 한 2kg 정도"라고 대답했다.

"쉽게 피곤해지지는 않으셨고요?"

"그렇지 않아도 얼마 전까지는 컨디션이 전반적으로 나아지는 듯싶었는데 최근 들어 다시 피곤함을 많이 느끼네요. 케모브레인 때문인가요?"

"혹시 땀도 많이 나지 않으세요?"

"네, 원래 전 땀이 잘 안 나는 편인데, 이번 여름에 아주 땀 때문에 고생이 많았네요."

주치의 선생님은 컴퓨터 화면을 손가락으로 가리키면서 "여기 목 주위가 까만 거 보이시죠?"라고 말했다. 순간적으로 최악의 상황을 상상한 나는 심박동이 통제할 수 없을 만큼 고동치며 입안이 바짝 타들어갔다.

"갑상선 기능 항진증이 온 것 같은데요. 일단 혈중 갑상선 호르몬 농도를 알기 위해 혈액 검사를 좀 해보고 내분비내과 진료를 받아보시는 게 좋을 것 같습니다."

"갑상선 기능 항진이요? 그럼 혹시 갑상선에서 암이 재발한 건가요?"

"흠, 확실치는 않지만 암세포가 갑상선으로 전이된 건 아닌 것 같아요."

"정말이요? 재발은 아니라는 말씀이지요?"

"아마도 갑상선 기능 항진증이 따로 발병한 것 같습니다. 피검사를 해야 확실히 아니까 일단 검사를 빨리 하셔야 할 것 같습니다."

난 혹시 암이 재발한 것은 아닌가 벌벌 떠는데 주치의 선생님은 냉랭하게 진료를 마치려고만 했다.

아니, 갑자기 갑상선 기능 항진증이라니! 그건 주로 여자에게 오는 질환 아닌가? 케모브레인에서 이제야 조금 회복되는가 싶었는데 이건 또 무슨 날벼락인가? 아내는 암이 재발한 게 아니니 다행이라고 하지만, 난 너무 허탈하고 실망스러워서 정신을 차릴 수가 없었다.

그날 밤 집에 와 곰곰이 생각해보니 최근 한 달간 땀이 비오는 듯해 하루에도 서너 번씩 샤워를 했던 기억, 충분히 먹었는데도 체중이 빠져서 혹시 암이 재발한 건가 싶은 생각에 기분 나빴던 기억, 별로 말을 많이 하지도 않았는데 이상하게 목이 잠겼던 기억 등이 새록새록 떠올랐다. 컨디션이 급격하게 나빠져 갔는데도 난 몸에서 일어나는 부정적인 변화를 감지하지 못하고 있었던 것이다.

며칠 뒤 우려한 대로 혈액 검사 결과가 나왔다. 역시 갑상선 호르몬 수치가 높이 올라 있었다. 그리고 뜻밖에도 갑상선에 대한 항체 수치도 높아져 있었다. 검사 결과는 내 현재 상태가 그레이브스씨 병Grave's disease이라는 자가면역질환이라고 알려주고 있었다. 즉, 이유는 알 수 없지만 내 몸의 면역체계가 부적절하게 작동해서 내 몸의 일부(갑상선)를 외부 물체(항원)로 파악하고 공격하는 자가면역질환이 생긴 것이다.

왜 하필 자가면역질환이지? 사실 내 암도 면역기관인 임파선에 생긴 암인데, 겨우 암을 치료하고 나니 이번에는 또 면역계에 문제가 있는 자가면역질환이라니, 무슨 연관 관계가 있는 것이 아닐까? 알아보니, 예상대로 둘은 은밀한 관계가 있었다. 임파선암에 걸린 사람은 자가면역질환에 걸릴 확률이 3배 정도 높다는 반갑지 않은 연구결과를 찾아낼 수 있었다. 결국 내 몸의 면역시스템은 암세포가 사라진 현재에도 여전히 총체적인 혼란 상태에 빠져 있는 것이다.

왜? 건강한 식사, 즐거운 운동, 진지한 명상, 적절한 일, 원만한 인간관계 형성, 나름 노력했는데 도대체 뭐가 문제야? 그렇게 생각하는 게 경솔한 오만이었다고? 나름 그렇게 분발하여 건강을 회복하려고 노력을 했는데, 또 스트레스 때문이라고? 난 아직도 스트레스에 취약한 상태인데 건방지게 또 정신과 의사 일이라는 스트레스에 과도하게 노출되었던 거라고? 그럼 난 이제 내 스스로의 힘으로는 나 자신의 삶과 운명을 통제할 수 없는 거란 말이지? 내 스스로의 노력만으로는 암의 재발, 자가면역질환 같은 질병을 예방할 수 없는 거란 말이야? 이런 망할 놈의 면역시스템 같으니라고! 나는 하늘을 향해 고래고래 소리 질렀다.

이렇게 절절히 실망한 나에게 아내는 그래도 갑상선 기능 항진증은 약만 잘 먹으면 낳을 수 있는 병이라면서 위로해주었다. 얼마나 먹어야 하냐고 물어보니 최소 1년 반 동안이란다. 헉! 1년 반! 게다가 문제는 이 약이 결국 갑상선 호르몬의 생성을 억제하는 약제이기 때문에 나중에 잘못하면 영원히 갑상선 기능 저하증이 될 수도 있다는 것이다. 그 말을 듣고 내가 더 좌절하자 아내는 또 갑상선 기능 저하증이 오면 이번에는 갑상선 호르몬제를 평생 먹으면 된다고 또 위로해주었다. 아내의 씁쓸한 위로를 받으며, 아내에게는 미안하지만, 내 마음은 실망감과 좌절감으로 더 씁쓸해졌다.

게다가 위로를 받고 싶어 친구 의사에게 전화를 걸어 물어보았더니 더 충격적인 말을 들어야 했다.

"솔직히 말하자면, 너 지금 상태는 에이즈에 걸린 것과 비슷한 상태일지도 몰라. 후천성 면역결핍증 말야. 바이러스 때문인지 스트레스 때문인지는 몰라도, 자꾸 네 면역시스템에 문제가 발생하는 상태가 된 거라고. 임파선암도 그렇고 갑상선 기능이 항진된 자가면역질환도 모두 다 면역시스템이 불안정하니까 생긴 거라니까."

친구의 솔직하고 친절한(?) 코멘트는 내게 더 큰 실망과 좌절을 안겨주었다. 에이즈 같은 상황이라니! 이런 제길! 말도 안 돼!

좌절한 심리적 영향 때문이었을까? 내 몸 컨디션은 그날 이후 급격히 내리막을 탔다. 우선 전혀 움직이고 싶은 생각이 들지 않았다. 등산은커녕 지하철 계단을 오르내리는 것조차 힘들었다. 환자 이야기를 집중해서 들을 수 있는 시간이 짧아져 다시 진료 스케줄을 왕창 줄여야 했고, 이제 조금 익숙해진 명상도 더 이상 지속하기 힘들어 어떻게든 해보겠다는 노력조차 포기하게 됐다. 식사 패턴도 매우 불규칙해졌다. 갑상선 기능 항진으로 식욕이 올라왔을 때는 지금까지 지켜왔던 올바른 식사 습관을 버리고 그저 입맛 당기는 대로 닥치는 대로 먹어치웠고, 갑상선 약을 먹어 기능 저하가 되었을 때는 식욕이 떨어져 맵고 짠 자극적인 음식만 찾아 먹었다. 그래도 암이 처음 찾아왔을 때는 다양한 책과 자료를 읽으며 암에 대한 지식을 쌓으며 나만의 투병 의지를 불태웠었는데, 지금은 매일 먹고 있는 갑상선 호르몬 생성 억제제에 대한 설명서조차 읽기 싫었다. 그저 만사가 다 귀찮았다. 무감각, 무감동, 무기력의 삼박자! 나는 불과 한 달 만에 포유동물의 모든 생동감을 잃어버린 거의 식물인간 같은 존재가 되어 있었다.

외상 후 성장? 훗, 내겐 언감생심이었다.

불행한 일은 우리 삶에서 절대로 일어나서는 안 되는 것이고 고통은 전부 다 극복되어져야 한다는 생각은 어쩌면 유아기적 환상일 수도 있습니다.

고통은 나에게만 일어나는 특별한 것이 아니라, 이 세상 누구에게나 다 일어나는 아주 보편적인 현실이라는 사실을 진심으로 받아들이고 수용할 수 있어야 합니다.

이렇게 보다 더 넓은 성숙한 관점에서 세상을 바라볼 수 있다면 우리는 인생에서 일어나는 모든 것, 있는 그대로의 모든 것, 좋은 것, 나쁜 것, 기쁜 것, 슬픈 것, 모두를 다 받아들일 수 있게 될 것입니다.

# 신은 감당할 수 있는 시련만 준다고 하지 않았던가?

"피곤할수록 잠이 안 와요. 잠을 자도 잔 것 같지가 않아요."

내 환자들에게 들어왔던 이 모순된 상태를 드디어 내가 똑같이 느끼게 되었다. 아마 난 경미한 우울증을 겪고 있었던 것 같다. 대부분의 우울증 환자들은 자도 잔 것 같지가 않고 늘 피곤하다고 하는데 나도 똑같은 증상을 보이고 있었다. 집중이 안 되고 인내심이 줄어들고 쉽게 피곤해지고 정리정돈이 전혀 안 되고 무엇 하나에도 의욕이 생기지 않았다. 뭘 해야 할지 전혀 감이 잡히지 않았고, 또 내가 뭔가를 할 수 있을 것 같지도 않았다. 하하, 우울증이 맞다.

그냥 좀비처럼 허우적대며 겨우겨우 살아가던 어느 날, 설상가상으로 날 무너져 내리게 한 사건이 터졌다. 아침에 헉헉대며 병원에 출근해 의자에 앉아 숨고르기를 막 시작하려는 찰나, 여자 환자가 쓰러지듯 병원으로 들어왔다. 열일곱 살 폭식증 환자, 정희였다! 최근 들어 폭식증 증상이 조금 나아지는 듯했지만 그동안 폭식증상 뒤에 가려져 왔던 억눌린 가족 내의 갈등이 제대로 폭발하고 있었다. 3일 전에도 가족상담을 했지만 아름답게 마무리는커녕 서로에 대한 불신과 분노만 표출하고 말았다. 결국 오늘 아침 정희는 엄마와 크게 다투고 약봉지를 한꺼번에 입에 털어 넣고는 집을 나와 우리 병원으로 뛰어온 것이었다. 약기운 때문이었는지, 여러 번 반복해 자초지종을 물어도 횡설수설 대답하던 정희는 결국 약에 취해 잠들었다. 약물 차트를 보니 혹여 일주일치 약을 한꺼번에 다 먹었다고 해도 긴급할 만큼 위험한 상태는 아니라고 일단 난 '의사로서의' 판단을 내렸다. 그래서 119를 부를까 하다가 어머니와 싸우고 왔으니 어머니가 직접 오셔서 병원에 데려가는 것이 좋을 것 같다는 '정신과 의사로서의' 판단을 했다. 그래야 모녀간의 갈등이 조금이라도 해소되지 않을까 하는 생각이 있었기 때문이다. 그래서 난 환자 어머니에게 전화를 걸어 따님이 지금 병원에 약을 한꺼번에 먹고 온 사실을 알리고, 빨리 어머니가 오셔서 딸을 직접 병원 응급실에 데려가야 할 것 같다고 알렸다. 내 계산으로는 환자의 집은 병원에서 그리 멀지 않았기 때문에 그렇게 해도 별 문제가 없을 거라고 판단한 것이다.

잠에 빠진 환자를 병원 대기실 소파에 눕혀놓고 물을 마시게 하고 맥박을 재고 호흡을 관찰하며 환자 어머니가 오길 기다렸다. 환자 어머니가 놀라서 급히 달려올 거라고 판단한 것이 내 착오였다. 30분, 1시간이 지나도 환자의 어머니는 오지 않았다. 슬슬 내 마음도 불안해졌다. 빨리 병원에 가야 하는데……. 환자를 흔들어 깨워보니 뭐라고 웅얼거리며 말을 하는 반응을 보였고, 맥박은 70, 혈압은 100-70 약간 낮은 정도, 호흡은 그런대로 양호한 편이었다. 나는 일단 기다리고 있던 다른 환자를 상담하기 시작했다.

상담을 시작하고 10분쯤 지났을까? 밖에서 웅성거리는 소리, 고함치는 소리가 났다. 나는 가슴이 덜컹 내려앉아 급히 상담을 멈추고 밖으로 나갔다. 얼마 전 가족상담 때 봤던 환자의 아버지와 다른 젊은 두 남자가 있었는데, 아버지는 날 보자마자 격앙된 목소리로 소리를 질렀다.

"아니, 아이가 다 죽어가는데 이렇게 아무 조치도 없이 두는 게 말이 돼?"

가족상담할 때는 그래도 내게 존댓말을 해주셨던 분인데, 바로 반말과 욕설로 나를 비난했다. 나는 기운 없는 목소리로 반박했다.

"아무 조치도 안 하고 방치를 하다니요. 저희가 계속 옆에서 관찰하면서 돌보고 있었습니다."

"링거 하나 놔주지도 않고, 도대체 병원에서 뭘 했다는 거야?"

아버지가 병원에 들어오자마자 소파에 누워 있는 딸을 보았다면 그렇게 흥분하는 것도 당연하다는 생각이 들었다.

"죄송합니다. 먼저 지금이라도 빨리 따님을 응급실로 데려가세요. 수액이라도 맞으면 점점 의식이 회복될 것입니다. 여기서 이럴 시간에 빨리 응급실로 가세요."

흥분한 아버지도 우선은 그렇게 하는 것이 최선이다 싶었는지 같이 온 사람들과 함께 딸아이를 둘러업고 병원을 나섰다. 그러나 나가면서도 한마디를 잊지 않았다.

"너, 내가 가만두지 않는다."

그들이 떠나고 난 뒤 어수선했던 병원은 다시 조용해졌지만, 내 심장은 전혀 평온할 수 없었다. 심장이 화가 나서 뛰는 건지 불안해서 뛰는 건지 속상해서 뛰는 건지 알 수 없었다. 바로 119를 부르지 않은 내 판단에 대한 자책도 되었고, 엉뚱하게도 하느님이 원망스럽기도 했다.

정말 "그만 살아라, 그만 살아라" 하는 것 같은 견디기 힘든 스트레스를 하필 이때 주시다니 말이다. 온몸의 피가 다 빠져나간 것처럼 피곤이 몰려오는가 싶더니 갑자기 속이 쓰려왔다. 이렇게 속이 쓰리면, 내 배 안에서 암세포들이 승리의 환호성을 지르며 춤을 추는 이미지가 떠올랐다. 정상세포를 무자비하게 창으로 찔러 죽이면 그 정상세포는 바로 좀비처럼 암세포로 바뀌어 옆의 정상세포를 또 찔러 죽이고……. 끔찍한 상상의 이미지에 난 눈물이 핑 돌았다.

그때 "똑똑!" 노크소리가 들렸다. 키가 190센치는 되어 보이는 건장한 청년이 모자를 푹 눌러쓰고 방으로 들어왔다. 처음 보는 사람이었다. 의자에 앉는가 싶어 "어떻게 오셨습니까?" 하고 묻는 순간, 그는 갑자기 일어서더니 책상 옆으로 걸어와 다짜고짜 내 멱살을 잡았다. "왜, 왜 이러십니까?" 난 대항하지 못했다. "너, 내 동생에게 어떻게 한 거야?" 응급실로 실려 간 정희의 오빠였다. "잠깐, 먼저 이거 놓고 이야기합시다." 그는 더 강하게 내 멱살을 움켜주며 "시끄러! 너 내 손에 죽을 줄 알아!"

한데 고압적인 그의 협박에 난 겁에 질리기보다 오히려 무덤덤하리만치 차분해졌다. '그래, 네가 안 그래도 어차피 난 죽을 목숨이다' 싶은 심정이었다. 꼼짝 못할 상황이었지만 상대방을 설득하기 위한 나름의 타협안을 제시했다. "당신 맘대로 해도 좋은데 일단 동생 상태를 봐야 하는 거 아니요? 동생이 괜찮으면 어떻게 할 거요? 동생에게 탈이 났을 때 날 죽여도 늦지 않을 텐데?" 내가 같이 흥분하며 저항하지 않아서 그랬는지 그는 잠시 후 움켜쥐고 있던 손을 놓았다. 어쩌면 오늘은 이 정도 협박했으면 됐다고 생각해서였는지도 모르겠다. 그는 문을 발로 힘껏 차서 문에 커다란 구멍을 내고는 "내 동생한테 무슨 일 생기면 가만두지 않을 거야!" 하고 소리치고는 나가버렸다.

간호사와 상담사들이 내 방으로 와 걱정스러운 눈빛으로 바라보았다.

"괜찮아, 괜찮아. 난 괜찮아. 정희도 아무 일 없을 거야."

걱정스러워하는 그들을 안심시키고 난 구멍이 뻥 뚫린 문을 닫고 내 방 의자에 앉았다. 그제야 온몸이 부르르 떨리고 식은땀이 흘렀다. 어느새 볼을 타고 눈물이 흐르고 있었지만 난 손가락 하나 꼼짝할 수가 없었다. 몸도 마음도 더 이상 지금의 상황을 감당할 수가 없었다. 배 안에서는 암세포들의 승리의 환호성 소리가 들려오는 듯했다.

의외로 정신과 외래 현장은 감정노동의 최전선이다. 지독하게 외롭고 불안하고, 통제할 수 없는 충동 때문에 힘들어하는 사람들이 찾아오는 곳이다. 기본적으로 사람에게 상처를 받아 사람을 잘 믿지 못하는 사람들이 도움을 받기 위해 찾아오는 곳이다. 어쩔 수 없이 치료자와 환자 관계에서도 오해와 갈등이 생겨날 수밖에 없다. 그럴 때마다 치료자로서 지혜롭게 잘 해결하는 것이 당연한 역할이라고 생각했었는데……. 그날은 내가 감당하기 힘든 최악의 오해와 갈등이 발생했다. 암세포가 다시 살아나 내 인내심과 문제 해결 능력을 다 갉아먹은 것 같았다. 내 마음은 불안과 절망감의 무게를 견디지 못하고 무너져 내려갔다.

아직도 내 인생의 밑바닥이 아니었나 보다.

# 죽지만 않을 만큼

자연재해로 인한 트라우마도 끔찍하지만, 사람에게 받는 트라우마는 겉으로 보기엔 끔찍하기 않아도 그 상처의 아픔은 때로는 자연재해보다 더 깊은 경우가 많다. 자연재해는 개인 혼자만 피해를 입는 것이 아니고 다른 사람들도 다 같은 피해를 입은 것이고, 자연이 제멋대로 재해를 일으킨 것이니 내 잘못이라는 자책감도 덜하기 때문이다. 하지만 사람에게 받은 상처는 한 개인에게만 일어나는 경우가 많으니 더 외롭고 억울하고, 내가 뭔가 잘못한 것이 있어 이런 상처를 받은 것 같아 자책감도 크게 일어난다. 그리고 자연재해에 대한 원망감보다는 가해한 사람에 대한 원망감이 더 오래가는 듯하다. 이번 사건으로 나는 무척이나 외롭고 억울했고, 자책감과 원망감도 크게 느꼈다.

그날 밤, 난 잠을 이루지 못했고 아침에는 바스락거리는 소리에 놀라 깨어났다. 현실을 모두 팽개치고 어디론가 무작정 도망가고 싶어 오랫동안 이불을 뒤집어쓰고 누워 있었다. 그러나 정오쯤 어제 그 청년이 병원에 또 찾아왔다는 겁에 질린 간호사의 전화를 받고는 납덩이 같은 몸과 마음을 끌고 병원으로 향했다.

그는 병원에 들어온 나를 흘긋 보고는 몸을 들이켜며 "늦게 출근하시네. 어디 내뺄 구석이라도 찾으시나?"라며 빈정거리듯 말했다. 난 그저 무심한 척, 의사인 척, "정희 상태는 어때요?"라고 물었다. 대답 대신 그는 내 앞에 종이 한 장을 내밀었다. "거기 빨리 사인하시죠! 좋게 말할 때." 대충 훑어보니 동생 상태가 잘못되면 내가 모든 책임을 지겠다는 내용의 각서였다. 그 자리에서 아무렇게나 갈겨쓴 듯한 협박용 각서였다. 조금이라도 빨리 이 상황을 피하고 싶어서 그냥 사인해줄까 하다 좀 생각해볼 필요가 있겠다 싶어서 일단 하루만 생각해보고 사인해주겠다고 말했다. 의외로 순순히 내일 다시 오겠다는 말을 남기고 청년은 사라졌다. 내가 업무방해나 공갈죄로 경찰에 신고할 수도 있겠다고 생각한 듯했다.

난 아주 급한 환자 두 명만 빼고는 다른 예약을 모두 취소했다. 집으로 다시 돌아갈 힘도 없었다. 그때 빨리 119를 부르지 않은 내 판단을 심하게 자책하고 또 자책했다. 병원 소파에 덩그러니 누워 있는 딸을 봤을 때 의사인 내가 불성실하게 대처했다고 생각한 가족의 입장도 십분 이해가 됐다. 나도 날 인간이 아닌 질병 취급하는 의사들이나 방사선과 기사들에게 자주 분노를 느끼지 않았던가? 분노한 가족에게 잘 대처하지 못한 나 자신의 미숙함에 대해서도 또 자책했다. 난 완전 실패자, 패배자, 불량식품이 된 기분이 들었다. 완전히 길을 잘못 들어 막다른 골목에 다다른 기분이었다.

정신을 차리고 보니 모두 퇴근하고 나 혼자 남아 있었다. 일단 밖으로 나가야 숨이라도 쉴 수 있을 것 같아 서둘러 가방을 챙기는데 병원 전화 소리가 울려 퍼졌다. 아무도 없는 병원에 퇴근 시간이 한참 지나서 울려 퍼지는 전화벨 소리는 자못 공포스러웠다. 그냥 모른 척하고 가방을 마저 챙기고 컴퓨터를 끄고 나가려는데, 아차, 오늘까지 꼭 보내야 할 메일이 있음이 떠올랐다. 혼자 투덜대며 컴퓨터를 다시 켜고 기다리는데, 아까부터 울리는 전화벨 소리가 멈추지 않고 계속 울리고 있었다. 갑자기 불길한 예감이 들었다. 아무래도 정희 아버지, 아니면 오빠일 것 같다는 느낌이 들면서 온몸에 공포감이 퍼져 나갔다. 나는 사형선고 받은 죄수처럼 부들부들 떨며 전화기를 들었다.

"여…… 여보세요?"

"……."

"여보세요?"

"선생님 미안해요. 저 정희예요."

뜻밖에도 정희의 목소리였다.

"저 때문에 많이 놀라셨죠?"

"응."

난 거짓말할 힘이 남아 있지 않았다.

"저 이제 괜찮아요. 걱정 마세요."

분명 정희, 천사의 목소리였다.

난 아무 말도 못하고 그만 울고 말았다.

## 난 죽을 때까지 정신과 의사이고 싶다

폭풍우가 몰아치듯 주변 상황이 어지럽거나 가족 구성원간 갈등이 심한 경우, 자아기능이 약한 청소년 환자들에게 "엄마아빠가 하는 말 같은 거 한쪽 귀로 듣고 한쪽 귀로 흘려버려. 그냥 무시해"라든지 "대학 들어갈 때까지만 참고 지내다가 대학 들어가서 마음대로 하면 어떨까?" 하는 식의 조언들은 그동안의 내 경험으로 봤을 때 다 무용지물이다.

그게 말처럼 쉽게 되는 청소년이라면 처음부터 날 찾아오지도 않았을 것이고, 또한 폭언과 비난, 비아냥거림과 폭력을 일삼는 부모와 함께 살면서 그게 가능한 청소년들은 거의 없다. 난 우선 치료자인 내가 방패막이가 돼줘야 한다는 생각에 부모님을 병원에 오도록 설득부터 한다.

일단 부모님이 병원에 오시면, 그동안 자녀 때문에 얼마나 힘들었는지에 대해 털어놓는 부모님의 이야기를 충분히 듣고 공감해준다. 그 뒤에는 그래도 아이를 위해서는 먼저 부모님이 기대를 낮추고 조금만 기다려달라고, 먼저 자녀를 대하는 부모님의 심박동이 여유롭게 뛰어야 한다고, 가정과 집안이 편안한 베이스캠프 같은 안전지대가 되어야 한다고 설득한다. 부탁한다. 애걸도 한다. 단호하게 요구하기도 한다. 물론 내 말이 한 번에 먹힐 리 없다. 부모님들도 그렇게 아이를 대하게 된 나름의 역사를 가지고 있으니 내 말 한마디로 바뀌는 건 거의 불가능하다. 그래도 내 말이 먹히든 말든 일단 아이를 치료한다면 치료자로서 먼저 부모와 부딪쳐야 한다고 믿는다. 반드시 정면승부를 해 부모님을 치료자의 편으로 만들어야만 한다. 이렇게 부모와 정면승부를 하고 난 뒤 아이에게는 다음과 같은 조언을 해준다.

"부모님이 노력하시겠다고 했지만 잘 안 될 때도 있을 거야. 처음부터 잘될 리가 없잖아? 부모님에게도 변화의 시간이 필요하단다. 그래서 부모님이 노력을 해도 여전히 뭔가 널 힘들게 할 때가 있을 텐데, 그럴 때는 네가 할 수 있는 최선의 노력을 하는 것도 중요해.

몸이 날아가 버릴 것 같은 폭풍우가 몰아치면 어떻게 해야 하지? 그래, 우선 무조건 안전한 곳으로 대피해야겠지? 먼저 안전한 대피소를 찾아야 해. 너의 안전한 대피소는 어디야? 제일 친한 친구 집일 수도 있고 할머니 집일 수도 있고 교회나 성당일 수도 있고 네 방일 수도 있고 네 맘속의 어떤 상상의 장소일 수도 있어.

네 맘속의 상상의 장소, 상상의 대피소를 한번 만들어보자. 어디든 좋아. 맘껏 상상해봐. 어디가 떠오르니? 네 침대 이불 속? 아니면 여기 선생님이랑 있는 상담실? 상상의 대피소라고 해도 아주 튼튼해야 한다. 절대 폭풍우에 날아가면 안 돼. 철문으로 된 튼튼한 대피소여야 해. 자, 그럼, 상상의 대피소가 떠오르면 네가 그 안에 들어가 웅크리고 숨는 것을 상상해봐. 그렇게 웅크리고 숨어서 밖의 폭풍우가 잔잔해지는 걸 기다리는 상상을 해봐. 몇 날 며칠이고 지속되는 폭풍우는 세상에 별로 없어. 이 또한 지나가리라, 이 또한 지나가리라, 난 곧 어른이 될 거야, 난 곧 어른이 될 거야, 이렇게 스스로에게 말을 걸어봐.

그래도 무서우면 이번엔 건담도 좋고 로봇 태권V도 좋고 커다란 개도 좋고 무엇이든 좋으니까 널 보호해주는 뭔가를 상상해봐. 그 보호자 뒤에 가서 몸을 숨기고 그 상상속의 보호자가 널 적으로부터 안전하게 보호해 주는 상상을 해봐. 처음에는 잘 안 될 수도 있는데 그래도 포기하지 말고 천천히 구체적으로 떠올리는 연습을 해봐. 그러다 보면 시간이 생각보다 잘 지나갈 거야. 공포에 질려 있는 시간보다 안전한 대피소나 든든한 보호자를 상상하는 시간이 더 많으면 돼. 그리고 천천히 심호흡하면서 가만히 귀 기울여봐. 폭풍우가 가라앉았는지 아닌지 귀 기울여봐. 이 대피소 훈련을 반복해서 연습하면 99%의 폭풍우는 시간과 함께 사그라진다는 사실을 깨닫게 될 거야. 이 감각을 선생님이랑 같이 연습하자."

청소년 아이들에게 가르쳐준 이 방법을 나는 내게 직접 적용하며 지내고 있다. 난 아무 일도 하지 못하고 그저 누워 천장만 바라보거나 멍하니 텔레비전을 보면서 시간이 지나가길 기다렸다. 집이라는, 내 침대라는 대피소에서, 외할머니 품속이라는 안전지대에서 나는 폭풍우가 지나가길 기다렸다. 그리고 "이 또한 지나가리라, 이 또한 지나가리라"라는 말을 반복해서 내게 들려주었다. 생명력이 없어도 생명력이 완전히 끊어진 것은 아니니, 당분간은 그저 생명을 연장시키기만 하면 된다고 내게 말해주었다.

물론 그래도 여전히 난 아무것도 할 수가 없었다. 책도 읽히지 않았고, 음악도 들리지 않았다. 산책도 할 수 없었고, 친구들에게 연락할 기운도 없었다. 할 수 있는 건 오로지 숨쉬기를 의식적으로 길게 하면서, 무감각, 무기력, 무감동의 시간을 견뎌내는 것뿐이었다.

그렇게 그저 폭풍우가 가라앉기를 기다리며 견디다 보니 다행히도 슬슬 변화가 감지되었다. 땀이 덜 나기 시작했고, 빠르게 뛰던 심박동이 조금 천천히 뛰기 시작했다. 그래서 병원에 가서 혈액 검사를 해보니 높았던 갑상선 호르몬 수치가 드디어 낮아져 있었다. 갑상선 호르몬 수치가 낮아졌다는 사실을 확인하고 나니 심장이 더 천천히 뛰는 것 같았고 덕분에 심호흡하기가 훨씬 더 쉬워졌다. 몸도 조금은 편해지는 것 같았다.

하지만 그래봐야 내가 할 수 있는 일이라고는 다시 병원에 나가 진료하고 상담하는 정신과 의사 노릇이었다. 20년 동안 해온 재주라곤 고작 그거 하나뿐이어서 이제 와 갑자기 혼자 산속으로 들어가 감자 캐고 버섯 따는 산사나이로 살 자신이 없었던 것이다. 어쨌든 난 감자 캐는 것보다는 사람들 사는 이야기 듣는 것이 더 좋았고, 산속에서 새소리 듣는 것보다는 영화를 보며 눈물 흘리는 것이 더 좋았다. 아직도 정신을 못 차린 건가? 혼쭐이 아직 덜 난 건가? 마치 산속에서 길을 잃어 도시로 내려온 미련한 곰처럼 나는 20년 동안 해온 같은 재주를 부리려고 그 스트레스 넘치는 병원으로 다시 출근하기 시작했다.

물론 내 상식으로도 산에 들어가 자연과 벗 삼아 지내는 편이 암에 걸린 사람에게 가장 훌륭한 치료라고 하는 데 100% 동의한다. 그러나 모든 사람을 다 같은 방법으로 치료할 수도 없고, 모든 사람에게 다 똑같은 효과가 일어나지도 않을 것이다. 결국 어떤 삶을 선택할 것이냐? 어떤 치유의 길을 걸어갈 것이냐? 하는 문제는 각각 개인이 선택해야만 하는 것이다.

결국 난 계속 진료를 하기로 선택하였다. 누구도 날 말릴 수는 없을 것이다. 난 죽을 때까지 차도남(차가운 도시 남자)이다. 그리고 난 죽을 때까지 정신과 의사이고 싶다.

## 스트레스에 대처하는 자기조절기법

암 환자는 스트레스에 취약하다. 그래서 별것 아닌 자극에도 쉽게 긴장감, 두려움, 외로움, 우울감 같은 부정적인 감정에 압도당하게 된다. 이러한 부정적인 감정에 압도당하면 피곤함이나 두통, 어깨 통증, 가슴 두근거림 등과 같은 신체증상으로 나타나기도 하고, 불면증, 악몽, 불안초조, 짜증, 신경질, 분노폭발, 무기력감 같은 정신적인 증상으로 나타나기도 한다.

우선 먼저 이러한 증상들이 나타날 때에 '아, 내가 지금 스트레스를 많이 받고 있구나' 하는 사실을 빨리 자각하는 것이 중요하다. 자기 자신이 스트레스를 받고 있다는 사실을 빨리 깨달을수록 신속하게 대처할 수 있으니 말이다. 일반적으로 스트레스를 받을 때 자기 자신에게 어떤 증상이 주로 나타나는지 한번 살펴보자.

두통이나 가슴 두근거림 같은 신체증상인지, 혹은 두려움이나 슬픔 같은 감정인지, 아니면 자기 자신을 탓하는 부정적인 생각을 많이 하게 되는지, 혹은 타인과 갈등을 유발하게 되는지, 한번 자신의 대표적인 스트레스 반응을 찾아보자.

지금 만약 자기 자신이 스트레스를 많이 받고 있다는 것을 자각했다면, 다음의 방법들을 이용해 스트레스 반응을 완화시키려는 노력을 해보자. 스트레스를 깨끗이 해소할 수도 없어도 최대한 그 영향을 덜 받기 위한 노력을 하면 된다. 누구에게나 모든 방법이 효과가 있지는 않을 것이다. 자신에게 가장 효과 있는 자기조절기법을 찾아서 개발하면 된다.

다시 한 번 강조하지만 암의 재발 예방에는 무엇보다도 마음의 평온함을 유지하는 것이 가장 중요하다.

### 1_ 사각형호흡법

사실 우리는 스트레스로 자극받은 자율신경계의 반응을 마음대로 조절할 수 없다. 심장을 천천히 뛰게 하겠다고 아무리 의식적으로 노력해도 대개 심장은 더 빨리 두근거린다. 스트레스로 인한 다른 신체반응도 거의 조절할 수 없다.

그런데 유일하게 호흡만은 우리가 의식적으로 조절할 수 있다. 물론 긴장 상태에서 의식하지 않으면 호흡은 저절로 빨라지고 얕아진다. 그런데 호흡에 정신을 집중하고 천천히 심호흡을 하는 것은 대개 가능하다. 심호흡을 하면 할수록 자율신경계의 흥분이 가라앉으면서 우리의 몸은 이완되고 마음은 평온을 찾게 된다. 그런 면에서 호흡은 우리 내면 세상으로 통하는 문이라 할 수 있다.

먼저 편안한 자세로 앉아 가슴을 펴고 코로 숨을 4초 동안 깊게 들이마시고, 그 상태에서 4초 동안 숨을 멈추었다가 입으로 천천히 숨을 내쉰다. 이때는 4초 동안 숨을 내쉬는 것이 아니라 입 모양을 조절하여 가능하면 천천히 숨을 내쉬는 것이 중요하다. 10초가 되어도 20초가 되어도 좋다. 가능하면 천천히 숨을 내쉬는 것이 좋다. 왜냐하면 숨을 내쉴 때 부교감신경이 항진되어 심장박동이 느려지고 몸이 이완되기 때문이다. 끝까지 다 숨을 내쉬었으면 이번에는 다시 4초 동안 숨을 멈추었다가 다시 천천히 코로 숨을 들이쉰다.

이것을 사각형호흡법이라고 하는데, 보통 한 번에 5분에서 10분 정도 계속한다. 물론 이 시간 동안 호흡에만 집중하기란 쉽지 않다. 이럴 때는 여러 가지 상상력을 동원하여 사각형호흡법을 반복하면 된다. 숨을 들이쉴 때 신선한 에너지와 좋은 기운을 들이마신다는 상상을 하고 숨을 내쉴 때는 내 안의 묵은 찌꺼기들, 잡념과 번뇌를 내뱉는다는 기분으로 끝까지 숨을 내쉰다. 혹은 숨을 들이쉬고 내쉬면서 시원하고 기분 좋은 공기의 흐름이 자신의 심장을 부드럽게 어루만지고 푸근하게 감싸주는 상상을 해도 좋다. 조금만 연습한다면 이 사각형호흡법은 언제 어디서든 쉽게 활용할 수 있는 유용한 자기조절기법이 될 것이다.

### 2_ 안전지대훈련

앞에서 언급했듯이, 스트레스에 압도되었을 때 안전지대를 떠올리는 훈련을 하는 것도 도움이 된다. 안전지대란 당신이 완전하게 안전하고 보호받는 듯한 느낌이 들거나 혹은 마음이 평온해지는 장소를 말한다. 당신만을 위한 특별한 내면의 공간을 말한다.

안전지대훈련을 할 때 한 가지 주의해야 할 점은 조금이라도 안 좋은 기억이나 아픔과 연관되어 있는 장소는 안전지대에서 제외해야 한다는 것이다. 안전지대는 늘 언제든지 당신에게 안전함과 편안함을 제공할 수 있는 장소여야 한다.

먼저 손을 무릎 위에 가볍게 올려놓고 편안하게 앉은 뒤, 눈을 감고 천천히 깊게 심호흡을 하면서 자신의 무의식 깊은 내면에 자리 잡고 있는 안전하고 평화로운 장소를 상상해본다. 그곳은 실제로 가본 적 있는 장소일 수도 있고, 아니면 완전히 상상의 장소일 수도 있다. 천천히 마음속으로 자신만의 안전지대 풍경을 떠올려보면 된다.

예를 들어보면, 어떤 사람은 어린 시절 어머니 품속이나 아버지와 놀러 갔던 장소, 혹은 할머니의 시골집을 떠올리기도 하고, 또 어떤 사람은 조용한 깊은 산속이나 호숫가, 혹은 한적한 바닷가를 떠올리기도 한다. 교회나 성당, 절 같은 영적인 느낌을 주는 장소를 떠올리는 사람도 있고 또 어떤 사람은 완전한 상상의 장소, 예를 들면 구름 위, 요정 나라, 하느님 품속, 우주 저편이라는 안전지대를 떠올리기도 한다. 또 어떤 사람들은 그저 즐겁고 좋아하는 행위에 몰입했을 때 가장 마음이 평온해진다고 한다. 모두 다 훌륭한 안전지대가 될 수 있다.

자, 그럼 안전하고 편안한 장소가 떠올랐다면 이번에는 마치 당신이 그곳에 실제로 있는 것처럼 그 이미지를 생생하게 떠올리면서 무엇이 보이고 무슨 소리가 들리고 무슨 냄새가 나는지 등에 집중해본다.

그리고 이렇게 안전지대를 구체적으로 떠올릴 때 몸에서는 어떤 반응이 일어나는지 집중해본다. 실제로 몸이 편안해지고 마음이 평온해지는 느낌에 집중해본다. 만약 계속해서 몸과 마음이 평온하고 안전감을 느낀다면 그곳은 당신만의 안전지대가 맞다. 마지막으로 그 안전지대에 특별한 이름을 붙여주자. 나중에 쉽게 떠올리기 위해.

### 3_ 내적 지지자 혹은 내적 조언자

'내적 지지자'란 스트레스로 지친 당신에게 위로와 격려 그리고 지혜와 힘을 주는 내적 이미지를 말한다, 그것은 부모님, 형제, 친척, 친구, 학교 선생님일 수도 있고, 미래의 성숙해진 당신 자신일 수도 있다. 혹은 좋아하는 동물일 수도 있고, 영화나 책에서 본 좋아하는 캐릭터일 수도 있다. 무엇이든 당신에게 위로와 힘을 줄 수 있는 대상이면, 당신이 믿고 의지할 수 있으면 그것이 바로 당신의 내적 지지자다.

이제 눈을 감고 심호흡을 하면서 위에서 정한 안전지대를 떠올려본다. 충분히 안전지대를 느낀 다음, 당신이 잘 알고 있는 내적 지지자를 당신만의 특별한 공간인 그 안전지대로 초대한다. 잠시 후 당신의 내적 지지자가 지혜롭고, 친절하고, 애정이 넘치고, 온화한 모습으로 안전지대에 있는 당신에게 다가오는 것을 상상해본다. 그 내적 지지자에게 당신이 갖고 있는 골치 아픈 문제를 말하고 그의 응답에 주의를 기울여본다. 그냥 자연스럽게 내적 지지자와 대화하는 모습을 떠올려본다. 당신에게 필요한 것을 충분히 배우고 이해했다고 느껴질 때까지 계속해서 그와 대화해나가면 된다. 그가 당신에게 전하는 메시지에 집중하라.

### 4_ 내 인생의 small victory

진화론적으로 볼 때 우리의 뇌는 생존을 위해 부정적인 생각이나 감정에 더 쉽게 빠져드는 경향이 있다. 그래서 우리는 대개 자신에게 일어났던 안 좋은 일, 실수하고 실패한 경험, 부족했던 것들에 대해 더 많이 연연해 한다. 그러나 사실 당신의 과거 기억 속에는 즐거웠던 순간, 자신감을 느꼈던 순간, 감동을 느꼈던 순간들도 많이 있을 것이다. 내 인생의 '스몰 빅토리'란 다른 사람에게는 별로 대단하지 않게 보일 수 있지만 당신 자신에게는 큰 성취감과 자신감을 안겨준 사건을 말한다.

눈을 감고 아무도 없는 영화관에 들어가 맨 뒷자리에 앉아 리모트 컨트롤로 영사기를 돌려 앞의 대형 스크린에 영화를 상영하는 상상을 해보자.

영화의 제목은 '내 인생의 small victory'이다. 영상을 당신의 과거로 돌리면서 당신의 인생에서 즐겁고 생기 있었고 자신감을 느꼈던 장면을 화면에 띄워보자. 천천히 당신만의 영화를 감상하자.

### 5_ 버터플라이 허그

버터플라이 허그는 양측성 자극 중 하나의 방법으로 신체의 이완반응을 일으켜 불안을 줄이는 데 유용하다. 또한 안전지대의 느낌을 강화하거나 내적 지지자와 만날 때도 효과가 있다.

방법은 간단하다. 먼저 양 팔을 가슴 앞에서 교차시켜 오른손은 왼쪽 어깨 위에, 왼손은 오른쪽 어깨 위에 올려놓은 뒤, 눈을 살며시 감고 양 손바닥으로 자신의 어깨를 부드럽게 번갈아가며 두드리면 된다. 마치 자기 자신을 토닥이듯이 가볍게 천천히 두드리면 된다.

안전지대나 내적 지지자를 떠올리거나 자신에게 힘을 주는 말을 하면서 버터플라이 허그를 하면 긍정적 느낌이 강해질 것이다. 이때는 버터플라이 허그를 멈추지 않고 계속하면 된다. 그러나 만약 다른 안 좋은 기억이나 느낌이 떠오르면 그때는 일단 버터플라이 허그를 멈추어야 한다.

### 6_ 수용언어

언어가 우리 신체에 미치는 영향을 알아보기 위한 한 가지 실험을 해보자. 먼저 편안한 상태에서 눈을 감고 마음속으로 약 10초 동안 다음과 같이 반복한다.

"안 돼. 안 돼. 안 돼. 안 돼. 안 돼."

그리고 그 상태에서 자신의 신체감각에 주의를 기울여보자. 예를 들어 당신의 어깨, 가슴, 복부의 감각이 어떤 식으로든 변하는 것이 느껴지는지 살펴본다. 그런 다음 심호흡을 한 번 한 뒤, 이번에는 "괜찮아, 괜찮아, 괜찮아, 괜찮아, 괜찮아"라고 10초간 반복해본다.

당신의 신체감각에 어떤 변화가 일어나는지 주목해본다.

차이가 느껴지는가? 사람들은 대부분 다르게 반응한다. 단지 단어 하나를 바꿨을 뿐인데 말이다. 이 원리를 간단하게 이용하여 당신의 스트레스 반응을 줄일 수 있다.

스트레스에 압도당할 때 우리는 대부분 "아, 안 될 것 같아", "이젠 다 틀렸어"와 같은 부정적인 생각에 자동적으로 사로잡힌다. 이런 부정적인 생각들은 대개 무의식적으로 떠오르기 때문에 생각나지 않게 하기도 힘들고 수정하기도 쉽지 않다. 이에 대처할 수 있는 한 가지 방법은 의도적으로 내 자신에게 "괜찮을 거야", "그냥 편안하게 받아들일래"와 같은 긍정적인 말을 반복해서 해주는 것이다. 이러한 말은 당신의 기억회로를 자극하여 그와 연관된 긍정적인 감정과 신체감각을 불러일으킬 것이다. 안전지대 훈련을 하면서, 그리고 버터플라이 허그를 하면서, 자신에게 아래와 같은 말을 들려주면 그 효과는 더 커질 것이다

"난 나 자신을 있는 그대로 온전히 받아들입니다."
"난 나 자신을 있는 그대로 사랑합니다."
"난 내가 괜찮다는 것을 압니다."
"난 나에게 많은 선택권과 자원과 가능성이 있다는 것을 압니다."
"난 기꺼이 내 인생에 다른 측면을 보려고 하겠습니다."
"난 내 인생이 그냥 흘러가도록 내버려둘 준비가 되어 있습니다."
"난 두려움으로부터 자유로워지길 원합니다."
"난 안전하고 평온하기를 원합니다."
"난 가능하면 모든 것을 용서하고 받아들이겠습니다."
"난 지금의 상황을 편안한 마음으로 받아들이기를 선택하겠습니다."

지치면 쉬고, 많으면 덜어내고, 조급해지면 천천히 심호흡하고, 화가 나면 양보하고, 막히면 새롭게 시도해보고, 외로우면 친구에게 먼저 연락하고, 슬퍼지면 사랑을 먼저 표현하고, 두려우면 모든 것을 운명에 맡기라고. 그리고 항상 감사하는 마음 잊지 말라고. 암은 내게 가르쳐주었다.

# 7

# 아파도 웃을 수 있어!

## 외상 후 성장

아픈 만큼 성장한다, 아프니까 청춘이다, 비 온 뒤에 땅 굳는다. 이런 말들이 많이 있다. 아픈 역경을 겪은 뒤에 우리 삶이 더 강해지고 성장할 수 있다는 긍정적인 메시지를 담은 말들이니 사탕발림 같은 얄삽한 거짓말이라고 부정할 수만은 없다. 그래도 왠지 난 그전부터 이런 말들이 도무지 쉽게 받아들여지지 않았다. 아무 생각도 할 수 없을 만큼 고통스럽고 무기력한데 성장을 도대체 무슨 힘으로 하느냐 말이다. 아파도 금방 회복할 수 있는 젊음의 힘이 있어야 아파도 청춘이지, 회복할 여력이 남아 있지 않은데 어떻게 아파도 청춘인가? 그래도 살 만하니까 저런 입에 발린 소리를 하는 거라고 생각하며 속으로 코웃음을 쳤다. 무감각, 무기력, 무감동 상태의 내게는 세상의 어떤 달콤한 긍정의 메시지도 받아들여지지 않았다.

하지만 '아픈 만큼 성장한다'는 말이 아무 근거 없이 만들어진 괜한 헛소리는 아닌 것 같다. 1990년 이후 몇몇 심리학자들은 인간이 매우 힘들고 고통스러운 경험을 하게 되면 오히려 긍정적인 심리적 변화가 내적으로 일어나는 것을 발견하고, 이를 외상 후 성장Post-traumatic growth이라는 개념으로 설명하고 있다.

이는 끔찍한 사건이나 재난을 경험했다든지, 사랑하는 가족을 갑자기 잃었다든지, 팔다리가 잘려나갔다든지, 혹은 갑자기 암에 걸렸다든지 하는 충격적인 사건 이후 생기는 외상 후 스트레스 장애Post-traumatic stress disorder와는 정반대되는 개념이다. 이는 충격적인 사건으로부터 발생하는 고통과 두려움을 이겨내고 오히려 사건이 일어나기 전보다 더 긍정적으로 성장할 수 있는 능력이 우리 뇌에 내재되어 있다는 희망적인 가설을 제시하고 있는 것이다.

물론, 충격적인 사건, 트라우마는 우리가 기존에 갖고 있던 인간과 세상에 대한 기본적인 믿음을 산산조각 내며 우리에게 엄청난 고통을 안겨준다. 건강하게 즐겁게 사는 것, 열심히 일하고 보람을 얻는 것, 사랑하는 사람과 함께 평범한 일상을 보내는 것 등을 모두 당연한 것이라 생각하고 받아들이지만, 트라우마를 겪는 순간 우리는 이 세상에 당연한 것은 하나도 없다는 사실을 절감하게 된다.

암에 걸리는 사건도 마찬가지다. 어느 날 갑자기 뜻하지 않게 찾아온 암은 오랫동안 당연하다고 믿어왔던 평온함과 안정감을 한순간에 빼앗아간다. 그리고 그 치료 과정에서 우리는 지금까지 느껴보지 못했던 신체적인 고통을 겪게 됨은 물론이고, 불안, 분노, 두려움, 억울함, 외로움, 우울감 등과 같은 엄청난 심리적인 고통까지 겪게 된다. 어디 그뿐이겠는가? 왜 하필 내게 이런 암이 생겼나 하는 원망감, 무엇 무엇만 하지 않았다면 피할 수 있었을 텐데 하는 후회감, 이제 더 이상 이전으로 돌아갈 수 없다는 상실감, 자신의 생명력이 서서히 꺼져가는 절망감 등의 부정적인 생각과 감정은 치료 도중이나 치료 후에도 한동안 지속된다. 경중의 차이가 있을 뿐 결국 대부분의 암 환자들은 우울증, 불안증, 불면증, 외상 후 스트레스 장애와 같은 문제까지 떠안게 되면서 암 자체의 호전이 더뎌질 뿐 아니라 암과 함께하는 삶 자체가 매우 고통스럽고 불행해진다.

한데 한 가지 불행 중 다행이라면, 대부분의 암은 우리를 하루나 이틀 사이, 혹은 일주일 사이에 죽게 하지는 못한다는 점이다. 물론 어떤 환자의 경우는 암이 너무 늦게 발견돼 진단 받자마자 한 달 만에 허무하게 죽을 수도 있지만, 대부분의 암은 비록 말기라 해도 몇 개월 정도 죽음을 마무리할 수 있는 시간을 준다. 게다가 요즘은 건강 검진을 미리 받아 초기에 암을 발견하는 경우도 많고, 암 치료 방법도 발달해 암에 걸려도 수년간, 수십 년간 삶의 시간이 연장된다.

또 한 가지 더 다행스러운 것은, 이 기간 동안 우리 뇌에서는 암에 걸려서 경험하게 되는 고통스러운 부정적인 생각과 감정을 처리하려는 시스템이 저절로 작동하게 된다는 점이다. 이는 우리 몸에 피가 나는 상처가 났을 때 저절로 피가 멈추고 상처를 아물게 하는 치유의 시스템이 우리의 뇌에도 장착돼 있기 때문이다. 이런 뇌의 치유 메커니즘을 전문가들은 '적응적 정보 처리 기전'이라고 한다. 쉽게 말해, 너무 고통스러운 생각이나 감정과 연관된 정보는 자꾸 흘려버리려 하고, 보다 적응적인 생각이나 감정과 연관된 정보를 새롭게 받아들이려는 방향으로 뇌의 정보 처리 시스템이 작동하게 된다는 것이다.

그 결과, 우리는 트라우마로 인해 이미 무효가 돼버린 과거의 목표와 믿음과 가치관을 과감히 버리고, 새로운 삶의 목표와 믿음과 가치관을 서서히 갖게 된다. 과거의 내게 왜 그런 불행한 일이 생겼나 하는 불필요한 집착에서 벗어나, 지금 난 누구이고, 앞으로 남은 시간 동안 무엇을 할 수 있으며, 내 삶에서 어떤 의미와 이야기를 남길 수 있을까에 대해 더 많이 생각하게 된다. 개인에 따라 수개월, 수년이 걸릴 수는 있겠지만, 결국 이러한 적응적인 정보 처리 기전이 계속해서 일어나다 보면 우리는 암이라는 질병을 통해 오히려 이전보다 심리적으로 더 긍정적이고 성숙해지는 과정을 통과하게 되어 외상 후 성장 과정에 다다르게 된다.

이렇게 외상 후 성장이 일어나게 되면 삶에 대한 지혜가 확장되고, 삶의 이야기가 풍부해지고 깊어진다. 또한 세상에 대해 내가 알고 있는 것과 모르고 있는 것에 대한 균형 감각이 생겨나면서 좀 더 겸허하게 세상의 모순을 수용할 수 있게 된다. 그리고 마침내 잃어버리게 된 것에 대한 상실감도 서서히 받아들일 수 있게 된다.

물론 외상 후 성장이 일어난다고 해도 암이 완치되거나 암 재발이 방지되는 것은 아니다. 암으로 인해 생겨난 모든 고통이 사라지는 것도 아니다. 하지만 그럼에도 불구하고 외상 후 성장은 우리의 남은 삶과 죽음의 방향이 의미 있는 긍정적인 목적지로 향할 수 있도록 돕는다. 만약 그럴 수 있다면 그래도 얼마나 다행인가?

나 자신에 대한 믿음, 세상에 대한 믿음,

삶의 목표, 인생의 이야기로 가득했던 삶.

⬇

트라우마 (암, 재난, 사고, 이별)

⬇

기본적인 믿음이 산산조각 난다.

삶의 목표, 인생의 이야기가 모두 무효가 된다.

⬇

고통스러운 생각과 감정의 반복(외상 후 스트레스 장애, PTSD)

⬇

적응적인 정보 처리 기전

⬇

버릴 것은 버리고 새로운 것은 재취합한다.(인지적 재구조화)

⬇

**외상 후 성장**Post-traumatic growth

1. 일상의 작은 일에 감사함을 느끼게 된다.
2. 삶에서 새로운 가능성을 찾게 된다.
3. 인간관계에서 유대감과 친밀감이 깊어진다.
4. 영적인 믿음이 깊어진다.
5. 자기 자신에 대한 긍정적인 믿음이 강해진다.

## 나를 둘러싼
## 작은 기적들

그날의 기억은 아직도 생생하다. 여전히 몸과 마음이 지쳐 있던 난 곰처럼 느릿느릿 몸을 움직여 겨우 병원에 출근할 채비를 마쳤다. 아침에 장모님께서 정성껏 싸주신 도시락통을 넣은 큼지막한 종이 가방과 책 한 권 달랑 들어 있는 서류 가방을 들고 나는 천근만근 무겁게 느껴지는 몸을 이끌고 지하철역으로 터덜터덜 걸어갔다. 느려터진 곰 같은 나와는 다르게 많은 사람들이 날쌘 재비처럼 뛰어가고 날아가며 출근길을 재촉하고 있었다.

지하철역 입구에 막 들어서려는 순간, 갑자기 볼썽사나운 사건이 터졌다. 장모님께서 싸주신 도시락통을 넣은 종이 가방에서 김치 국물이 흘렀는지 밑바닥이 터지면서 밥통, 반찬통, 국물이 흐르는 김치통, 수저, 물통, 그리고 귤 세 개가 일시에 지하철 입구 계단 아래로 떨어졌다. 마침 아래쪽에서 올라오던 사람들은 계단에 떨어진 내 도시락의 잔해를 마치 지뢰 피하듯 몸을 사리며 비켜 지나갔다. 순간 얼굴이 확 달아오르며 창피하기도 했지만, 당장 이 난감한 상황을 어떻게 해결해야 할지 몰라 머릿속이 하얘졌다. 서류 가방에는 저 커다란 밥통, 그보다 더 큰 반찬통, 국물이 흐르는 김치통이 들어갈 자리가 없었기 때문에 난 저 음식물의 잔해를 어디에 담아야 할지 몰라 계단 위에 멍하니 서 있었다.

그런데 바로 그 순간! 내 뒤에서 들려오는 구원의 목소리, "여기다 담아요." 뒤에 오시던 아주머니 한 분이 본인이 들고 있던 검은 비닐주머니를 내게 건네주시는 게 아닌가. 아주머니께서는 그 비닐주머니에 담겨 있던 옷가지를 다른 가방으로 옮겨 넣으면서 빈 비닐주머니를 내게 건넨 것이다.

"감사합니다. 정말 감사합니다."

머리를 숙여 감사의 말을 전하는 사이에도 아주머니는 "여기 김치통에서 국물이 샜네요"라고 말하며 계단에 떨어진 밥통과 김치통을 주워서 내게 건네주었다. 내가 계단 맨 아래까지 굴러 떨어진 귤을 집어 비닐주머니에 넣었을 때, 아주머니는 이미 지하철 개찰구를 지나 사라져버렸다.

조금 오버하자면, 순간 난 작은 기적을 경험한 듯한 감동을 받았다. 자신이 들고 있던 비닐주머니를 건넸던 그 아주머니의 손길은 얼굴이 화끈거리는 낭패감과 당혹스러움은 물론이고, 아침부터 이 무슨 불길한 징조인가 하는 부정적인 생각의 늪에 빠지려는 나를 일순간에 기적처럼 구원해주었다.

이걸 우연을 가장한 운명의 손길이라고 해야 하나, 종교적인 체험으로 하느님이 기적을 행했다고 해야 하나, 아니면 부처님의 자비의 손길이 닿았다고 해야 하나, 그도 아니면 천지신명이 도왔다고 해야 하나. 뭐라 정확히 표현할 수는 없었지만 저 깊은 좌절의 심연에 깊게 빠져들 뻔했던 내 영혼은 홀연히 나타난 아주머니가 건네준 검은 비닐주머니 하나로 구원받은 것이다. 뭐라 표현하기 힘든 커다란 마음의 위안을 한순간에 얻은 기분이었다. 김치통의 뚜껑을 단단히 닫아 비닐주머니에 넣고, 다시 기운을 차린 나는 당당하게 지하철을 타고 병원으로 출근했다.

많은 사람들이 밀고 밀리는 불편한 지하철 안에서도 여전히 난 '어떻게 바로 그 순간에 그 아주머니가 내 뒤에 있었지? 어떻게 그 아주머니 손에 비닐봉지가 들려 있었지? 어떻게 그 아주머니의 친절한 배려의 손길이 내게 닿았을까? 마치 준비되고 예정되어 있었던 것처럼 말이야' 하는 생각에 빠져들며 마음이 계속해서 편안해지는 것을 느꼈다.

계속된 불운의 연속으로 삶의 나락에 빠지는 듯한 기분이었는데, 그 당혹스러운 순간에 나타난 일면식 없는 아주머니의 작은 친절함이 참담했던 내 기분을 일순간에 구원해주었다. 세상살이는 정말 한 치 앞을 알 수 없는 것이었다.

폐암 4기로 6개월 정도 살 수 있다는 판정을 받은 어떤 암 환자분은 한쪽 폐를 절제하고 난 뒤 호흡이 가빠져 폐활량을 늘리기 위해 직장으로 걸어서 출근하다가 우연히 길가에 핀 꽃을 보고 오랜만에 행복하고 감사한 마음을 갖게 되었다고 한다. 매일 자가용을 운전하고 다니느라 길가의 꽃을 볼 겨를이 없었는데, 암수술을 한 덕분에 그는 길가의 꽃을 볼 때마다 늘 행복하고 감사한 마음을 가지게 되었던 것이다. 이후 그는 길가에 핀 꽃을 보기 위해 매일 걷기 시작했는데, 결국 그 덕분이었는지 6개월이 아니라 10년을 넘게 살았다고 한다.

불행이 와도 너무 절망하지 않고 조금 기다리다 보면 바로 다음에 행운이 찾아올 수 있다는 사실을 나는 새삼 깨달았다. 비록 그 행운이 아주 작고 소소한 것이라 해도 내게는 이제 너무도 감사하고 소중한 것으로 느껴졌다. 먹구름이 왔다가 사라지는 것, 다급한 내게 누군가 비닐주머니를 건네준 것, 다시 진료를 시작할 수 있을 만큼 회복된 것, 정희가 무사히 건강을 찾은 것, 모두 다 내게는 감사한 일들이었다. '힘들고 괴로운 일도 참 많았지만 감사할 일들도 참 많았구나' 하는 생각을 하며 나는 살짝 들뜬 기분으로 병원으로 향하고 있었다.

**PTG 1**

외상 후 성장의 첫 번째 요소

일상의 작은 일에서도 감사함과 즐거움을 느끼며, 특별한 의미를 부여한다!

## 행복의 세 가지 종류

놀랍게도 그날 오후, 또 하나의 행운이 슬며시 날 찾아왔다. 하루에 두 번이나 말이다. 진료를 하다 시간이 남아 쉬고 있는데, 오랫동안 정리하지 않은 책장에 아무렇게나 꼽혀 있는 책 한 권이 갑자기 눈에 들어왔다. (그게 왜 그때 내 눈에 들어왔는지는 지금도 수수께끼다.) 책장에서 그 책을 꺼내 제목을 보니 《꾸뻬 씨의 행복여행》이라는 책이었다. 내가 직접 산 책인지, 선물로 받은 책인지는 기억나지 않았다. 책 표지에 적힌 카피, '모든 여행의 궁극적인 목적지는 행복이다'를 보니 조금 이맛살이 잡혔다. 에구, 또 그 잘난 행복론이군. 내가 산 책이 아니다.

난 긍정심리학을 별로 좋아하지 않는다. 아니 정확히 표현하자면, 관심이 좀 있었지만 내가 진료하는 환자를 보는 데는 별 도움이 되지 않았기에 더 이상의 애정이 생겨나지 않았다. 한번은 긍정심리학 책을 읽고 다음 날 상담을 하는데, 어처구니없게도 환자들에게 야단을 맞았다.

"선생님, 그런 선진국 사람들 이야기 같은 것 좀 하지 마세요. 제 상태는 아직도 개발도상국이라고요."

"뭐라고요? 잘할 수 있는 강점에 몰입을 하면 기분이 좋아진다고요? 선생님은 그동안 그렇게 날 봐왔으면서도 내가 잘할 수 있는 게 오로지 끔찍한 일 떠올리는 것밖에 없다는 걸 잊으셨어요?"

심지어는 내가 그 전날 무슨 책을 읽었는지 알아맞힌 환자도 있었다.

"선생님 어제 또 긍정심리학 책 읽으셨죠? 그런 쓸데없는 책 좀 그만 읽으세요. 그건 저희 같이 깊은 상처가 없는, 정상인들이나 읽는 책이에요. 저 같은 환자에게는 그런 책이 전혀 도움이 되지 않아요. 그냥 전처럼 상담해주세요. 왜 갑자기 그런 책 읽으셔서 치료 전략을 바꾸려 드세요."

환자들이 그렇게 성을 내면 나도 할 말을 잃게 된다. 그래서 아무리 인기를 끌고 있는 긍정심리학 책이라도 난 점점 읽기 싫어졌다. '맞아, 내 환자들에게는 도움이 안 돼.' 아무리 좋은 보약도 체질에 안 맞으면 쓸 수 없는 것이다.

한데 신기하게도, 몇 달 동안 글자 한 자 눈에 들어오지 않았던 심각한 무기력한 상태인 데다, 평소엔 읽기 싫어하던 긍정심리학 책을 그날 나도 모르게 천천히 읽고 있는 것이 아닌가? 아마 책에 쓰여진 '스스로에게 만족하지 못하는 정신과 의사'라는 문장에 끌려서인지도 모르겠다. 나는 단숨에 책을 다 읽었다. (놀랍게도!) 긍정심리학 이야기를 읽기 쉽게 소설로 풀어쓴 책이었으니 당연히 좋은 이야기가 많이 있었는데, 특히 내 머릿속에는(내 맘대로 압축된) 행복의 3가지 종류가 인상적으로 남았다.

행복의 첫 번째 종류, 뭔가 기쁘고 즐겁고 통쾌한 일이 일어나는 것. 부자가 되고, 돈을 쓰고, 파티를 하고, 여행을 떠나는 것. 자기 자신을 이겨내 목표를 이뤄내고 성취감을 느끼는 것. 이런 것과 연관된 흥분된 상태의 행복.

행복의 두 번째 종류, 남과 비교하지 않고, 내가 가진 작은 것에 감사하고, 항상 마음을 평온한 상태로 유지하기 위해 노력하는 것. 가능하면 융통성 있게 타협하고, 있는 그대로의 자신을 받아들이고 수용하려 노력하는 것. 이런 평화로운 상태의 행복.

행복의 세 번째 종류, 사랑하는 사람과 함께하는 것, 다른 사람의 불행에 관심과 주의를 기울이는 것, 다른 사람에게 조그만 친절을 베풀고 도움이 되는 일을 하는 것. 이런 사랑, 우정, 나눔의 행복.

돌이켜 생각해보면 난 태어나서 지금까지 50년 동안 첫 번째 행복만 추구하고 살아왔다. 그 방법밖에는 내가 행복해지는 방법이 있다는 사실을 몰랐던 것 같다. 학교 다닐 때는 늘 공부해서 성적을 올려야만 행복할 수 있었지, 성적이 떨어졌는데도 행복할 순 없었다. 개업 후에는 내가 하는 분야에서 남에게 뒤처지지 않아야 한다는 강박관념을 실천할 때 행복할 수 있었지, 그냥 뒤처져 가는 별 볼 일 없는 의사가 된다고 생각하면 전혀 행복하지 않았다. 그래서 식이장애 클리닉, 부부 클리닉, EMDR 클리닉 등과 같은 전문 클리닉을 세팅하고 전문가로서 나 자신을 계속 발전시켜 가는 것이 날 행복하게 만든다고 믿어왔다. 그래서 몸과 마음이 지쳐가는데도 그 첫 번째 행복을 얻기 위해 억지로 나 자신을 몰아붙여 왔다.

하지만 이제 그 첫 번째 행복만을 추구하며 살아가는 건 더 이상 무리라는 사실을 깨닫게 되었다. 잘 관리하며 살아왔다고 믿었는데 어느 날 임파선암이 찾아왔고, 또 잘 회복되어가고 있다고 믿었는데 느닷없이 자가면역질환인 갑상선 기능 항진증이 찾아왔다. 이제 난 나 자신의 면역시스템에 원인과 이유를 알 수 없는 취약함이 있다는 사실을 알게 됐고, 더 이상 나를 몰아붙이는 게 두려워졌다. 그리고 이제 그럴 자신도, 힘도, 야망도 없어졌다.

하지만 난 그 첫 번째 행복 찾기를 포기해야 한다는 현실을 머리로는 알고 있었지만 마음으로는 온전히 받아들이지 못하고 있었다. 왜? 다른 종류의 행복을 전혀 몰랐기 때문이다. 아니, 솔직히 말하면 두 번째, 세 번째 행복 찾기는 첫 번째 행복 찾기를 못하는 사람들이 하는 핑곗거리 같은 차선의 선택이라는 생각이 내 마음속 어딘가에 숨어 있었던 것 같다. 나를 편안하게 하는 것, 작은 일에 감사하는 것. 영 익숙지가 않은 낯간지러운 행복 아닌가? 다른 사람에게 쓸모 있다는 느낌은 진료하는 환자들 상태가 호전될 때 나도 종종 느끼는 행복감이지만, 그것보다 더 나누고 더 봉사해야 하는 일에는 솔직히 자신이 없었다. 자기보다 남을 위해 끝없이 봉사하는 사람들은 나와 다른 이타주의 유전자를 갖고 태어난 별종의 인간으로 생각했다.

그런데 어느 날 갑자기 찾아온 암은 내게 "준기야, 더 이상 그 첫 번째 방법으로는 못 살아간다"라고 말을 건넸다. "그럼 이제 와서 어떻게 살아야 해? 도대체 뭘 해야 해?"라고 따져 물었지만 암은 거기에 대한 구체적인 해답을 주지는 않았다. 결국 난 그 답을 찾지 못한 채 허우적대며 점점 더 깊은 수렁에 빠져들고 있었는데, 우연히 집어든 작은 책에서 매우 중요한 삶의 힌트를 찾아낸 것이다. 아등바등하지 않아도 난 얼마든지 다른 방법으로도 행복해질 수 있었던 것이다! 이 세상에는 평온해지는 행복, 나누는 행복을 누릴 수 있는 얼마나 다양한 삶의 방식이 존재하겠는가? 전망을 넓히니 그야말로 무궁무진한 새로운 가능성이 보이는 듯했다.

'이런 깨달음이 갑자기 찾아온 것도 우연을 가장한 필연적 운명이 아닌가? 운명이라면 누구에게 감사해야 하지?'

하루 동안 두 번이나 감사해야 할 행운이 날 찾아왔다고 생각하니 마음이 들뜨고 뭔지 모를 에너지가 온몸을 휘감는 것 같은 기분이 들었다.

"자, 그럼 오늘은 또 어떤 행운이 날 찾아올까?"

기대감에 찬 난 자리에서 박차고 일어났다.

**PTG 2**

외상 후 성장의 두 번째 요소

자신의 인생에서 새로운 가능성을 찾게 된다. 트라우마가 일어나기 전에는 몰랐던 새로운 가치와 의미를 이해할 수 있게 된다. 그래서 전혀 새로운 일에 관심을 갖게 된다.

## "김형,<br>똥줄 찬 나도<br>이렇게 사는데……"

나는 그날 이후, 우연하고도 특별한 행운이 또 날 찾아오지 않을까 하는 기대를 갖고 주변을 두리번거리는 습관이 생겼다. 그러던 어느 날 퇴근하기 전에 잠시 화장실에 갔다가 건물 관리를 하는 이부장을 오랜만에 만났다. 반가웠다. 그는 나와 비슷한 시기에 이름도 잘 모르는 희귀한 악성종양에 걸려 몇 차례 수술을 했고 지금도 계속 항암제를 복용하고 있었다. 우리는 사이좋게 나란히 서서 소변을 보면서 서로의 안부를 물었다. 하지만 소변보며 나누기엔 각자의 이야기가 구구절절했다. 우리는 이부장 사무실에서 커피를 마시며 서로의 근황을 풀어놓았다.

"김형, 많이 피곤해 보이네."

내 얼굴을 보고 이부장이 말했다.

"뭐, 이것저것 복잡한 일들이 겹쳤어요."

"뭐가?"

난 항암 치료가 끝난 이후에도 케모브레인 증상에 갑상선 기능 항진증까지 겹친 이야기, 그리고 환자 보호자에게 봉변당한 이야기까지 죄다 털어놓았다. 다른 사람이라면 이렇게 순순히 내 속사정을 털어놓지 않았을 텐데 아마도 같은 곤경에 빠진 동지라는 느낌 때문에 편안하게 속내를 털어놓을 수 있었다.

"그래서 몸도 힘들고 마음도 힘드니 어디 운동을 할 수 있어야죠. 정말 꼼짝을 못 하겠어요."

그리고 내친 김에 운동 못하는 내 처지를 위로받기 위한 변명도 곁들였다.

"아이, 왜 이래, 김형? 그래도 살려면 운동은 계속 해야 해. 나보다 더 잘 아는 사람이 왜 이래?"

"그게 몸이 영 안 따라주니까요."

나는 계속 변명했다.

"김형, 나 똥줄 찬 거 알지?"

내 변명이 듣기 싫었는지 이부장이 강한 펀치를 날렸다.

"네? 똥줄이요?"

"암세포가 직장까지 전이돼서 지난번 수술 때 직장까지 다 들어냈잖아. 똥을 배 옆으로 연결된 비닐주머니로 눈다고."

이부장은 직장을 들어냈기 때문에 대장을 바로 배 밖으로 꺼낸 뒤 호수로 연결된 비닐주머니에 변을 받아내고 있었던 것이다.

"어휴, 그거 참 많이 불편하시겠네."

"그래도 똥줄 차고도 죽어라고 매일 자전거 탄다니까. 하루 2시간씩. 이런 나도 하는데 김형이 못할 게 뭐가 있어?"

난 더 이상 변명을 할 수가 없었다. 아마 다른 사람이 운동하라고 했으면 엄청 듣기 싫은 잔소리 취급을 했을 텐데, 나보다 더 심한 고통을 겪는 선배 같은 암 환자의 말을 들으니 인생 선배의 따뜻하고 자상한 조언으로 들렸다.

"나도 처음에는 아무것도 하기 싫었어. 똥도 제대로 못 누는데 뭘 더 살아보겠다고 발버둥을 치나 싶은 생각에 정말 그만 살고 싶다고 생각한 적이 한두 번이 아니었지. 그런데 너무 마음이 답답하고 착잡해서, 그 답답한 마음 좀 날려보려고 자전거를 타기 시작했는데, 이게 참 자연적으로 치료가 되는 것 같더라고. 땀만 나는 게 아니라 마음도 좀 더 긍정적이 되는 거야. 내가 원래 얼마나 부정적인 사람이었는데 말야, 신기하지 않아? 김형이 보는 우울증 환자들에게도 운동 좀 하라고 해! 그리고 김형부터 자전거를 좀 타봐. 인생 뭐 있어? 자기 자신에게 선물한다고 생각하고 제일 좋은 걸로 하나 사라고."

이부장 사무실을 나설 때까지 나는 계속 운동하라는 잔소리를 들었는데, 내 방으로 돌아왔을 때 내 마음에는 엉뚱하게도 이부장에 대한 존경심으로 가득했다. 분명 내가 이미 다 알고 있는 것을 하라는 잔소리였을 뿐이지만, 이상하게도 나는 그에 대한 진한 우정과 사랑이 느껴졌다. 일종의 전우애, 동지애가 느껴졌던 모양이다. 죽음을 앞둔 전투를 같이 벌이는 병장과 일병이 이번 전투에서 꼭 살아남자고 다짐할 때 느낄 수 있는 동지애 같은 것 말이다. 나는 제발 그의 암 치료가 성공하게 해달라고 진심으로 두 손 모아 기도했다.

결국 그날 역시 뜻밖의 행운을 만남 셈이었다. 선배이자 고참이자 동지의 소중함을 깨우치는 행운 말이다.

**PTG 3**

외상 후 성장의 세 번째 요소

인간관계의 소중함을 깨닫고 더 깊고 의미 있는 관계를 형성하고자 노력하게 된다. 같은 고통을 겪는 사람에 대한 연민과 유대감이 강해진다.

# 내 안의 신을 받아들이다

내가 만나는 많은 환자들은 대부분 심한 트라우마의 피해자들이다. 학대, 폭행, 폭언, 방임, 고문, 끔찍한 사고, 갑작스러운 가족의 죽음 등과 같이 평범한 일상에서 겪기 어려운 트라우마를 경험한 사람들이다. 그래서인지 그들은 모두 다 신의 존재를 의심하고 부정한다. 만약 신의 존재를 인정한다고 해도 그들은 대개 신을 미워하고 원망한다. '왜 내게 그런 끔찍한 일을 겪게 했는지, 왜 내게서만 안전을 송두리째 빼앗아갔는지, 왜 그때 날 살려놓고는 이렇게 오랜 시간을 한시도 견디기 힘든 고통과 외로움 속에서 살게 만드는지, 왜 이 세상을 정의롭고 공평하고 예측 가능하게 만들어놓지 않았는지.' 그들은 정말 신에게 묻고 따지고 싶은 마음으로 가득했다.

12년째 한 주도 빠지지 않고 상담을 받으러 오는 여자 환자가 있다. 어린 시절 3년간의 성폭행, 아버지와 할아버지의 폭언과 폭력, 엄마의 방임과 협박에 시달리다가 대학에 들어가면서 식이장애가 발병해 날 찾아온 환자였다. 그래도 처음 왔을 때보다는 상태가 좋아지긴 했지만, 치료를 시작한 지 벌써 12년이 지났는데도 그녀는 여러 후유증으로 아직도 고통받고 있었다. 여전히 마음속 안전지대를 찾지 못했고, 믿고 의지하고 신뢰할 수 있는 마음속의 지지자, 조언자도 찾을 수 없었다. 이 세상에서 유일하게 마음이 통했던 지지자라곤 오랫동안 키워온 개였는데 3년 전에 늙어서 죽었다. 그때 그녀는 갑자기 부모를 동시에 모두 잃은 어린아이처럼 목 놓아 울었다. 창피하게도 12년간 상담을 한 나 역시 그녀의 지지자가 될 수 없었다.

어느 날 그녀는 책 한 권을 가져와 한 페이지를 펼치며 내게 읽어보라고 했다. 나는 아무 말 없이 일단 읽어보았다.

"사실 '왜?'라는 질문에 대한 답은 대개 우리 인간의 상식과 이해의 수준 너머에 있습니다. 우리의 삶과 죽음은 본질적으로 우리의 상식과 의지 밖의 일입니다. 당신이 원해서 이 세상에 태어나는 것도 아니고, 당신이 원할 때 죽을 수 있는 것도 아닙니다. 왜 태어났고 왜 죽어야 하느냐에 대한 답을 우리는 얻을 수 없습니다. 마찬가지로 왜 그 죽을 만큼 고통스러운 사건이 내게 일어났는지, 왜 또 살아남아 두려움에 떠는 삶을 살아야 하는지, 우리는 그 답을 얻을 수 없을 것입니다. 모든 것은 다 신의 뜻이기 때문입니다."

내가 다 읽기도 전에 그녀는 내 손에서 책을 빼앗더니 온힘을 다해 갈기갈기 찢기 시작했다.

"개소리! 개소리! 모든 것이 신의 뜻이면 날 이렇게 만든 그 뜻은 정말 엿 같은 거야!"

그녀는 악을 쓰면서 찢은 책을 발로 짓밟았다. 난 그녀가 진정될 때까지 숨죽이고 가만히 앉아서 그녀의 분노폭발을 지켜봤다. 사실 솔직히 말하면 무신론자인 나도 그녀의 원망과 분노에 동참하여 응원까지 하고픈 심정이었다. 나도 그녀와 마찬가지로 하느님에게 분통을 터트리고 있었기 때문이다. "정말 왜 저를 당신 마음대로 하시는 거죠?" 하며 신에게 시비라도 걸고 싶은 마음이 컸다.

그런데 또 그 네 번째 행운이 내게 슬그머니 찾아왔다. 언제, 왜, 어떻게, 어디서 네 번째 행운이 날 찾아왔는지 아무리 애를 써도 도무지 정확하게 기억나지는 않는다. 아마도 제목도 기억나지 않는, 어떤 책의 한 구절이 나의 뇌 안쪽 깊숙한 곳에서 자고 있던 깨달음의 신경회로를 슬쩍 걷어차 깨운 것이 아닐까 예측될 뿐이다.

그 깨달음을 준 책의 내용은 다음과 같다.

일본의 어느 회사에서는 신입사원을 뽑을 때 "당신은 지금 여기까지 잘 살아온 것이 당신이 최선을 다했기 때문이라고 생각합니까? 아니면 운이 좋아서라고 생각합니까?"라는 질문을 한다고 한다. 분명 나라면 "늘 최선을 다해 살아왔기 때문에 제가 여기까지 올 수 있었다고 생각합니다"라고 대답했을 것 같은데, 그 회사에서는 나처럼 대답하는 사람은 아무리 시험성적이 우수해도 무조건 탈락시켰다고 한다. 대신 그 회사에서는 "전 다행히도 운이 좋아서 여기까지 잘 살아올 수 있었던 것 같습니다"라고 대답한 사람을 채용했다고 한다.

왜지? 고작 운이 좋아서 여기까지 왔다고 하는 게 뭐 그리 당당한 대답이라고? 난 도무지 이해가 되지 않았다. 한데 그런 방침을 정한 그 회사 대표의 철학은 다음과 같았다.

"내가 최선을 다해서 여기까지 왔다고 대답하는 사람은 너무 자기 힘과 능력만 믿는 경향이 있어서 다른 사람들의 도움을 받아도, 운명의 도움을 받아도 감사할 줄 모르는 경향이 큰 반면, 운이 좋아서 여기까지 잘 살아왔다고 대답한 사람은 다른 사람의 도움, 운명의 도움에 감사할 줄 아는 사람이기 때문에 조금 부족한 면이 있다 해도 사회생활을 더 잘하는 경향이 있다고 생각합니다."

분명 전 같으면 자수성가한 사장님의 괴팍한 개똥철학 정도로 치부해 버렸을 텐데, 지금 내게는 그 말이 제법 그럴 듯한 진실로 여겨졌다. 분명 난 오랜 시간, 아니 태어나서 지금까지, 내가 최선을 다해 내 삶을 통제하며 살아왔기 때문에 이만큼이라도 살고 있다는 믿음이 강했다. 어려서부터 난 무척 겁이 많은 아이였다. 그래서 늘 미리 준비하고 미리 노력하며 살았다. 선생님에게 야단맞는 것이 무서워 성실히 숙제했고, 엄마의 매가 무서워 아무리 졸려도 책상 앞에 앉아 있는 척했고, 겨울에 눈싸움을 할 때는 무방비상태로 당하는 것이 겁이 나 미리미리 눈덩이 실탄을 곳곳에 준비해놓고 나서야 눈싸움을 시작했다. 의과대학 다닐 때는 성적 떨어지는 것이 불안해 남들보다 일주일 먼저 시험공부를 시작했고, 정신과 의사가 되고 나서는 남들보다 뒤처지는 것이 두려워 내 전문 영역을 만들고 꾸준히 파고들었다. 이제까지 이렇게 삶을 미리 예측하고 통제하면서 살아왔기 때문에, 지금의 내가 존재한다고 믿었다.

암 선고를 받았을 때도 사실 난 내가 잘 조절하고 통제하며 치료를 받으면 그전의 삶으로 다시 돌아갈 수 있을 거라는 은근한 기대를 품고 있었던 것 같다. 하지만 시간이 지날수록 내 삶을 내가 통제할 수 있는 것이 아니라는 삶의 진실을 뼈저리게 깨달을 수 있었다.

내 삶을 내가 통제할 수 없다는 사실을 받아들이는 것이 두려워 나는 끝까지 부정하려 했다. 하지만 나를 둘러싼 상황은 점점 "네가 그렇게 잘났어? 네가 언제까지 네 삶을 통제할 수 있다고 생각해?" 하며 날 막다른 코너로 몰았다. 그 막다른 골목에서 공포에 질려 이러지도 저러지도 못하고 있을 때 일본인의 개똥철학이 내게 새로운 깨달음을 준 것이다.

'그래, 내가 통제할 수 없는 부분도 참 많았는데, 그래도 내가 운이 좋아 여기까지 살아왔구나!' 그걸 이제야 깨닫다니! 암덩어리가 배 속에서 축구공만하게 자라나고 있을 때까지 감기몸살이라고 생각하다가 극적으로 임파선암을 발견하고 수술했는데, 다행히 아직 암세포가 주위에 퍼지지 않았다면 이건 내가 통제할 수 없는 어떤 운명이, 하느님이 내게 기회를 한 번 더 준 것이었다. 내 임파선암이 B cell 타입으로 항암 치료를 오래 받지 않게 된 것도 운명의 보너스, 하느님의 크리스마스 선물 같은 것이었다. 케모브레인이 오고 내 면역기능이 불완전했을 때도 암 재발이라는 최악의 레드카드를 받은 것이 아니라, 갑상선 기능 항진증이라는 옐로카드를 받은 것도 내가 내 몸을 잘 통제해서 그렇게 된 것이 아니었다. 내가 의식해서 노력했던 것보다 내가 모르는 사이에 내 가족들, 내 친구들, 내 환자들이 기도해줘서, 내 운명이, 내 하느님이, 내 우주가 내 불행의 에너지를 옐로카드 정도에서 멈추게 한 것일 수도 있다는 사실을 이제야 깨닫다니!

마침내 난 "하느님, 감사합니다"라는 말을 습관처럼 하게 되었다. 지하철을 아슬아슬하게 놓쳐도 "하느님, 감사합니다." 아침에 조금 일찍 눈이 떠져도 "하느님, 산책할 시간을 주셔서 감사합니다." 밤에 잠이 오지 않아도, "하느님, 오늘 하루 무사히 보내도록 해주셔서 감사합니다." 꼭 하느님만 고마운 것이 아니었다. 환자가 상태가 호전돼서 내게 고맙다고 인사하면 "자기가 좋아지니까 내가 더 감사하네", 식당에서 밑반찬을 더 내줘도 "감사합니다. 잘 먹겠습니다", 산책하다가 아름다운 단풍을 보아도 "나무야, 고맙다. 어떻게 이 공기 더러운 서울에서 이렇게 아름답게 물들었니? 고마워, 감사해."

그런데 더 놀라운 것은, 12년째 매주 상담을 오는, 책을 북북 찢었던 환자에게도 나와 비슷한 기적이 일어나고 있다는 점이었다. 눈에 보이는 도움, 눈에 보이지 않는 도움이 모두 합쳐져, 그녀는 조금씩 신을 받아들이고 있었다. 쉽게 해리가 되어 의식이 멍해지던 그녀였는데 요즘은 성경책을 읽다 보면 정신이 맑아지는 것을 자주 경험한다고 했다. 가해자에 대한 분노의 감정이 올라올 때는, 하느님이 다 알아서 가해자를 처벌해줄 거라고 믿으면 마음이 편안해진다고도 했다. 그리고 급기야는 자신에게 그런 엄청난 상처를 주신 신의 뜻이, 자신처럼 상처받은 사람들의 마음을 잘 헤아리는 사람이 되어 그들을 위한 삶을 살라는 메시지를 전달하기 위해서인 것 같다는 말까지 했다. 요즘 우리 상담은 서로 일주일간 느낀 영적인 깨달음에 대한 이야기를 나누며 시작한다. 그녀와 나는 다음과 같은 글을 몇 번이고 서로에게 읽어준다.

"두려워하지 마라. 내가 너와 함께 있다. 걱정하지 마라. 나는 네 하나님이

다. 내가 너를 강하게 하고 너를 도와주겠다. 내 의로운 오른손으로 너를 붙잡아주겠다." (사 41:10)

물론 내가 교회나 성당을 다니기 시작했다는 것은 아니다. 단지 내가 착한 일을 많이 한 것도 아닌데, 아무런 대가도 없이 내가 통제할 수 없는 것들을 대신 알아서 통제해주고 있는 내 마음속의 하느님, 내 마음속의 우주, 내 마음속의 천지신명, 내 마음속의 운명에게 감사하다는 내 진심을 전하고 싶은 마음이 커졌을 뿐이다.

50년 넘게 비종교적인 삶이 더 인간적이고 이성적이라고 믿었던 내가 이렇게까지 변화하다니. 정말 내 안에서도 외상 후 성장이 연속해서 일어나고 있는 것인가?

**PTG 4**

외상 후 성장의 네 번째 요소

영적인 존재의 영향력에 대한 의문이 사라지고, 오히려 그에 대한 강한 믿음이 생겨난다.

## 물론,
## 나쁜 일은 앞으로도
## 얼마든지 일어날 수 있지만

그는 젊은 시절 미국으로 유학을 가 세련되고 잘나가는 정신과 의사가 되었다. 31살, 아주 중요한 업적으로 남을 논문을 쓰기 위해 환자들의 뇌 MRI 영상 사진을 촬영해 데이터를 모으던 그는 어느 날 약속한 시간에 오지 않은 환자를 대신해 자신의 뇌 MRI 사진을 촬영했다. 그런데 그의 뇌 MRI 영상을 보던 동료 의사들은 숨이 넘어갈 만큼 놀라서 촬영을 마친 그에게 빨리 신경외과를 찾아가야 한다고 말해주었다. 누가 봐도 엄청나게 커 보이는 암덩어리가 그의 뇌 한가운데 떡하니 자리 잡고 있었기 때문이다. 악성뇌종양으로 진단을 받고 고통스러운 치료를 받으며 여러 번의 죽을 고비를 넘기고 난 뒤, 그는 그 후 20년간 정신과 의사로서 활약하면서 마음의 치유력을 높이는 새로운 방법들을 소개하는 책, 그리고 암에 걸린 사람의 면역력 향상의 중요성을 강조한 책을 써서 전 세계인에게 긍정적인 영향을 주었다. 한데 갑작스럽게 암이 재발해 2011년 홀연히 저 세상으로 떠나갔다.

앞서 말했던 다비드 슈레베르의 야야기다. 그는 유작이 된 책《안녕은, 영원한 헤어짐이 아니다》에서 자신과 똑같은 악성뇌종양 교모세포종, 4기에 걸린 다른 여자 환자의 삶을 소개하고 있다. 그녀는 일단 의학치료로 제거할 수 있는 암덩어리를 일부 제거한 뒤, 캐나다 깊은 산속 대자연으로 들어가 문명사회와는 완전히 단절된 생활을 하며 10년이 넘도록 매일같이 호숫가를 거닐며 평온하게 살고 있다고 한다. 치명적인 암이었기 때문에 많은 사람들은 오랫동안 재발하지 않고 잘 살아가는 그녀에게 "당신의 암 진행을 막아주는 비결이 도대체 무엇이냐?"는 질문을 안 할 수가 없었다. 그녀로부터 과학적으로는 도저히 설명할 수 없는 어떤 비법을 들을 수 있을 거라 기대하면서 말이다. 하지만 그녀의 대답은 늘 단순명료했다. "오로지 평온함만이 내 자신을 지켜주지요."

똑같이 치명적인 암 진단을 받았지만 슈레베르와 그녀, 두 사람은 서로 다른 인생의 길을 선택해, 꽤 오랜 시간 동안 각자의 삶의 철학에 맞게 최선을 다해 살아온 셈이다. 자신이 옳다고 믿는 학문적인 성취를 이루고 그것을 통해 세상과 소통하며 살아갈 것이냐, 아니면 조용히 마음의 평화를 유지하며 사랑과 우정과 봉사의 삶을 살아갈 것이냐의 선택. 암 생존자인 나도 지금 어떤 삶을 선택해야 하는지 그 기로에 서 있는 기분이다.

다행스럽게도 매일 하는 평범한 진료지만 난 하루하루 소소하면서도 잔잔한 감동을 경험하며 살고 있다. 억울하게 끔찍한 트라우마를 겪은 사람들의 이야기를 들으면 비록 암에 걸렸지만 그래도 내가 여전히 얼마나 많은 것을 갖고 사는 인간인지 새삼 깨닫게 된다. 그들이 조금씩이라도 성장해가고 치유해가는 과정을 목격하면서 나도 그들처럼 열심히 살아보고자 용기를 내보기도 한다. 그리고 그들에게 내가 할 수 있는 한 가장 친절한 진료를 하는 것이, 내가 그들을 위해 할 수 있는 모든 것이라는 믿음으로 최선을 다해 진료한다. 그들이 겪어야만 했던 삶의 고통을 목격하고 공감하고, 치유되어가는 과정을 함께하는 것이 치료자인 나 자신의 성장과 치유와도 연결되어 있다고 진심으로 믿고 있다. 그래서 건강이 허락하는 한 이 일을 끝까지 하고 싶다는 마음으로 정신과 의사의 삶을 여전히 선택하고 있는 것이다.

그런데 아무리 긍정적인 에너지를 주는 삶의 요소들을 놓치지 않고 발견하고 즐기고 음미하려 해도, 환자에게 관심과 지혜와 보호를 끊임없이 제공해야 하는 정신과 의사의 역할은 내 삶의 에너지를 조금씩 고갈시켜 나갔다. 아무래도 마음의 상처가 깊은 사람들과 부대끼며 하는 일인지라 사소한 일로도 오해와 갈등이 안 생길 수가 없으니 말이다. 예를 들어, 원칙적으로 장기처방이 안 되는 약을 자꾸 무리하게 많이 달라고 하여 죄송하지만 원칙적으로 안 되는 거라고 말하면 멀리 지방에서 온 자기를 괄시한다며 화를 내는 분, 본인은 절대로 노력을 하지 않으면서 배우자를 전혀 고쳐놓지 못했다고 이게 무슨 부부치료냐며 화를 내는 분, 나에게 치료 받은 환자가 슈퍼에서 물건을 훔치다가 잡혔는데 도대체 그렇게밖에 치료를 못하는 거냐며 취조하듯 묻는 경찰분, 치료자가 너무 다 받아주니까 아이가 병원에 다니면서 상태가 더 나빠졌다며 아이에게 따끔하게 야단을 쳐달라는 부모님, 연락을 해달라고 해서 간신히 진료 마치고 급히 전화를 하면 왜 이제야 전화를 했냐고 야단을 치는 분 등등. 매일매일 인내심의 한계를 테스트 받는 일들을 피해갈 수가 없었다. 전에는 그래도 용케 잘도 참고 견뎌냈던 것 같은데 , 항암 치료 때문인지, 케모브레인 때문인지, 스트레스를 참고 견뎌내는 힘이 현저히 줄어든 것이 느껴졌다. 의사이기 이전에 나도 인간이고, 그리고 나도 환자인데 하는 생각에 쉽게 지치고 억울해했다.

하지만 어쩌겠는가? 이 일을 하는 이상 피해갈 수만은 없는 스트레스인걸. 나는 환자들에게 이내 사과하고, 더 자세히 설명해주고, 전향적으로 문제를 해결해주면서, 어떻게든 환자 의사간의 신뢰관계를 회복시키려고 노력했다. 그게 정신과 의사로서 할 수 있는 최선의 역할이라는, 정신과 의사 초년병 시절의 믿음을 여전히 고집하고 있었기 때문이다.

한데 그렇게 초년병 시절처럼 일을 마치고 집에 돌아올 때는 내 몸이 노년병의 몸처럼 먼저 휘청거렸다. '그러고 보니 오늘 하루 종일 화장실을 한 번도 가지 못했네', '녹차는 겨우 한 잔밖에 못 마셨잖아?', '점심식사를 어떻게 10분 만에 흡입할 수 있냐?', '오늘 아침 산책도 바쁘다고 쉬었잖아.' 몸이 먼저 내게 하소연을 했다. '미안, 미안. 내일은 꼭 챙길게' 하면서 내 몸을 다독이고 위로의 약속을 하지만 매일매일 조금씩 날 위한 시간은 뒤로 밀려나갔다.

아! 이 도시의 복잡다단한 삶 속에서 정신과 의사로서의 역할을 제대로 하면서 동시에 마음의 평온과 몸의 건강을 유지하기가 이토록 어려운 일이란 말인가? 명상이 과연 이 복잡하고 시끄러운 도시에서 가능하기나 한 것일까? 미세먼지 가득한 이 도시에서 매일 산책하는 것이 과연 건강에 득이 될까? 마음을 챙기기는커녕 정신줄만 안 놔도 다행인 것이 피곤한 서울 생활이 아닌가 하는 생각에 난 골치가 지끈지끈 아팠다.

그러던 어느 날 아침, 우연히 텔레비전에서 복잡한 도시 생활을 다 접고 가족과 함께 산으로 들어가 생활하는 분 이야기를 듣게 되었다. 그의 소박하고 인간적인 삶이 너무나도 부러워서 오히려 내 기분이 다운되고 우울해졌다. 뭐가 서러운지 살짝 눈가에 눈물도 맺혔다. 아, 난 과연 저런 삶이 언제나 가능할까? 가능하기나 한 걸까? 그분의 산속 집 앞에 걸려 있던 팻말에 적힌 "이곳이 바로 종합병원입니다"라는 문구가 내 마음을 더 복잡하게 했다. 정말 그 말이 백번 맞는 말이고, 지금 내가 있는 서울 한복판은 스트레스가 넘쳐나는 종합병균의 소굴이 분명하다는 생각이 들었기 때문이다.

당장 모든 것을 다 정리해 산속으로 도망가고 싶다는 충동이 일어났다. 조금이라도 더 오래 살아남으려면 모든 것을 다 뒤로 하고 산속으로 가야만 암 재발 없이 오래오래 건강하게 살 수 있을 것만 같았다. 하지만 이내, 다 버리고 간들 내가 정말 모든 것을 내려놓고 산사람처럼 평온하게 살 수 있을까? 과연 그 삶을 내가 만족해하고 행복해할까? 과연 그 삶에서 어떤 의미를 찾을 수 있을까? 도무지 자신이 생기지 않았다. 무엇보다도 그게 정말 내가 원하는 삶인가 하는 점도 확실치가 않았다.

슈레베르와 같은 정신과 의사의 삶을 살 것이냐, 아니면 캐나다 산속에서 평온하게 살던 그녀의 삶을 따를 것이냐. 여전히 내 마음은 오락가락하며 심란하기만 할 뿐이다. 하루에도 열두 번 변덕이 죽 끓듯 하는 내 마음은 도저히 내 삶의 방향을 선택할 수 없었다. 계속 골치만 아파왔다.

그러던 어느 날 밤, 갈피를 잡을 수 없는 심란한 마음에 뒤척이던 난 머리맡에 있던 슈베레르의 책《항암》을 펼쳐보았다. 그때 갑자기 내 눈에 쏙 들어오는 한 구절이 보였다.

> "몸의 기운을 돋우는 가장 중요하고 또 유용한 방법은
> 매일 진지하고 너그럽고 편안한 마음으로
> 자기 안에 있는 성숙하고 가장 좋은 부분과 만나는 것이다.
> 내 몸 구석구석을 울리는 생명력과 만나는 것이다.
> 그리고 바로 그 생명력에 엄숙하게 인사하는 것이다."

가슴이 울렸다. 이 말은 암 생존자로서 앞으로 어떻게 살아가야 하나 하는 고민에 빠져 있는 내게 매우 중요한 힌트가 되었다. 결국 어디에 살든, 어떻게 살든, 중요한 것은 매일매일의 삶 속에서 생생한 생명력을 느끼는 삶을 살아야 한다는 것이다. 여기서 생생한 생명력이란 아마도 제대로 살고 싶다는 열망일 것이다. 그 열망을 따라 정말 원하는 일을 더 이상 뒤로 미루지 말고 즐거운 마음으로, 감사하는 마음으로 시작하라는 메시지를 슈레베르 씨가 내게 보내준 것 같았다. 고마워요 슈레베르 씨. 꼭 그렇게 해볼게요.

물론 앞으로도 나쁜 일은 얼마든지 일어날 수 있지만, 2년간의 투병 기간 동안 암은 이미 내게 많은 것을 가르쳐주었다.

지치면 쉬고,
많으면 덜어내고,
조급해지면 천천히 심호흡하고,

화가 나면 양보하고,

막히면 새롭게 시도해보고,

외로우면 친구에게 먼저 연락하고,

슬퍼지면 사랑을 먼저 표현하고,

두려우면 모든 것을 운명에 맡기라고.

그리고 항상 감사하는 마음 잊지 말라고…….

물론 앞으로도 나쁜 일은 얼마든지 일어날 수 있지만, 그래도 나는 어떻게든 잘 살아갈 수 있을 것이다. 혹은 어떻게든 잘 죽어갈 수 있을 것 같다.

**PTG 5**

외상 후 성장의 다섯 번째 요소

나쁜 일은 앞으로도 얼마든지 일어날 수 있지만, 암과 같은 큰일을 겪어낸 만큼 다른 나쁜 일들이 이제는 내게 큰 시련이 아니고, 어떤 방식으로든 스스로 잘 처리해나갈 수 있다고 생각하게 된다.

에필로그

# 난 살아 있고 동시에 죽어갈 뿐이다

"자기 자신과 평화를 맺는 것,

그리고 운명의 유한함을 받아들이는 것이야말로

모든 에너지를 치유의 본질적인 과정에 집중할 수 있게 해줍니다."

_ 이해인 수녀

항암 치료가 끝난 지 2년이 다 되어가는 어느 날, 난 아내와 함께 3개월마다 하는 추적검사 결과를 듣기 위해 병원으로 향했다. 이번 검사 결과만 괜찮으면 이제 암의 재발 걱정으로부터 어느 정도 안심해도 된다는 판결을 받으러 가는 셈이었다.

주치의 방 앞에 도착해 조용히 기도하며 앉아 있는데 이상하게도 자꾸 나중에 온 사람들이 먼저 방으로 들어갔다. 30분이 지나자 좀 참기가 힘들어졌다. 먼저 아내가 간호사에게 항의를 했다. 그러자 간호사는 어쩔 줄 몰라 하며 "아직 검사 판독이 나오지 않아서요. 저희가 재촉하고 있으니 잠시만 기다려주세요" 하고 말하는 게 아닌가?

아니, 일주일 전에 한 검사 결과를 왜 아직도 판독하지 않았지? 하며 아내가 의아해하는 순간, 난 직감적으로 불길한 예감이 들었다.

'혹시 검사 결과가 나쁘게 나와서 정밀 판독을 하고 있는 게 아닐까?'

설마? 혹시? 급격히 마음이 소용돌이치는데 때마침 주치의가 날 불렀다. 방에 들어가자마자 주치의는 내 PET 스캔 사진을 손가락으로 가리키며 "소장과 대장하고 이어지는 이곳에 음영이 짙어진 곳 보이시죠? 전에는 없던 양상이 새로 생겨났는데, 조금 이상하네요. 아무래도 더 정확히 판독해달라고 방사선과 과장님께 판독을 의뢰하고 기다리는 중입니다"라고 사뭇 긴장하여 이야기하는 것이 아닌가?

순간 가슴이 덜컥 내려앉았지만, 그래도 짐짓 아무렇지도 않은 척하며 "선생님이 보기에는 어떤 것 같습니까?" 하고 지푸라기 잡는 심정으로 물었다.

"죄송합니다. 지금으로서는 뭐라고 말씀드릴 수가 없네요."

난 주치의 방을 나와 대기실 의자에 쓰러졌다. 이런 위급한 상황을 맞이할 거라고는 5분 전까지만 해도 상상하지 못했는데 한순간에 러시안 룰렛 게임처럼 총부리를 내 머리를 향해 쏴야만 하는 상황이 돼버렸다. 아내는 "괜찮을 거야" 하면서도 눈물을 흘렸다. 아내도 충격받기는 마찬가지였다. 온몸에서 모든 기운이 다 빠져나갔지만, 내 머릿속은 매우 빨리 돌아가기 시작했다.

우선 가장 먼저 든 생각은 '아! 이제 책을 출판하는 것은 물 건너갔구나' 하는 체념이었다. 암에 걸리고 난 뒤에 이런저런 노력을 해서 마음의 평온을 찾아가는 과정이 암 치료에서 가장 중요하다는 이야기를 책에 써놨는데, 그런 과정의 끝이 재발이라니! 어떻게 책을 낼 수 있겠는가?

그래도 지난 2년간 나름 관리 잘하고 온갖 어려움에 의연하게 잘 대처해왔다고 생각했는데, 재발이라니! "아무리 마음을 평온히 하려고 노력해도 안 되는구나" 하는 한탄이 절로 나왔다.

그 뒤를 이어 떠오른 두 번째 생각은 "아차! 내가 방심했구나" 하는 후회였다. 사실 난 최근 3달 동안 거의 과거의 생활 패턴으로 돌아가고 있었다. 암에 걸리기 전과 같이 일을 늘려갔고, 바빠지니 운동은 줄여갔고, 과식으로 스트레스를 푸는 횟수가 늘어났다. '치료가 끝나고 2년이 지났으니 이젠 괜찮겠지' 하는 안이한 생각이 문제였다. 아! 내가 왜 그리도 멍청했을까?

후회하고 자책하고 원망하고 두려워하고…… 시간이 꽤 흘렀음에도 불구하고 간호사는 여전히 내 이름을 부를 생각이 없어 보였다.

* * *

괴롭고 답답한 후회의 마음이 지나가니 세 번째로 떠오른 생각은 '아무리 그래도 그렇지 겨우 3개월 방심했다고 재발이라니, 하느님도 참 너무하신 거 아닌가?' 하는 원망어린 탄식이었다. 한번 터지니 그동안 참아왔던 원망감이 봇물 터지듯 한꺼번에 터져 나왔다.

"암 같은 건 이제 잊고 살아. 괜찮을 거야", "선생님은 재발 안 하실 거예요"라고 말해준 친구, 후배, 동료들에 대한 원망감도 한꺼번에 밀려왔다. 그들은 내 두려움을 위로하기는커녕 내 두려움을 무시한 거였다는 생각이 들었다.

"웃기지 마. 너희가 다 틀렸어! 나 재발했거든!"이라고 한 명 한 명에게 모두 한 서린 메시지라도 보내고 싶은 심정이었다. 항상 기도나 하라고 했던 주치의에게도 울화가 치밀었다. "내가 기도를 얼마나 했는 줄 알아? 그런데 이게 뭐야? 기도가 적어서 그렇다고 할 거야?" 이따가 따끔하게 한마디해줘야겠다.

1시간 30분이 지나자, 난 더 이상 대기실 의자에 앉아서 기다릴 수가 없었다. 꽤 긴 시간이 지나도록 판독이 안 되고 있다는 것은 재발이 틀림없기 때문이라는 확신이 들었기 때문이었다. 숨을 쉬기조차 힘들 만큼 답답하고 자꾸 눈물이 나서 혼자 병원 복도를 걷기 시작했다. 새로 지은 암센터의 화려하고 웅장한 로비를 보고 괜히 또 비위가 상했다. 이곳에 오는 사람들은 모두 다 두려움과 절망감을 갖고 찾아오는 사람들일 텐데 병원만 화려해지면 뭐하나 하는 삐딱한 생각이 들었다. 최첨단 병원의 화려함은 위로는커녕 암환자를 더 초라하게 만들 뿐이었다.

* * *

조금 더 걷다 보니, 뜻밖에도 어린이 집 같은 분위기의 소아암 외래가 보였다. 갑자기 내 발길과 눈길과 삐딱한 생각이 멈추었다. 대기 의자에 앉아 정신없이 게임기를 만지작거리고 있는 빡빡머리 아이와 옆에서 피곤한 선잠을 자고 있는 아이 아버지의 모습을 보았기 때문이다.

잠시 멍하니 그들을 바라보는데, 주사실에서 간호사가 나와 아이 이름을 불렀다. 아이는 게임기를 집어던지고 자지러지게 울기 시작했고, 잠에서 깬 아버지는 아이를 주사실로 데려가기 위해 아이와 실랑이를 벌이기 시작했다. 아이가 발버둥 치며 끌려들어간 주사실 방문이 닫히자 더 이상 아이 울음소리는 들리지 않았다.

그 짧지만 강렬한 소란을 바라보면서 난 아이와 아이 아버지에 대한 강한 연민의 감정이 느껴졌다. '저 어린 게 뭔 죄가 있다고 저렇게 처절하게 암과 싸워야 하나! 아직 초등학교도 안 들어간 것 같은데 저 녀석에 비하면 난 그래도 참 오래도 살았구나.' 그러면서 뜬금없이 내 머릿속엔 '윤봉길 의사는 24살, 안중근 의사는 31살, 가수 김현식은 32살, 유재하는 35살, 모차르트는 36살, 반 고흐 37살. 그러고 보니 모두 다 나보다 일찍 생을 마감했네. 그들에 비하면 난 참 오래 산 거야' 하는 엉뚱한 생각이 들었다.

갑자기 나이 50에 죽는다는 것이 그리 억울하게 느껴지지 않았다. 나보다 더 억울한 고통과 죽음이 많다는 생각이 들자 조금 의연해지기 시작했다.

다시 발길을 돌려 주치의 방 앞으로 돌아오니 아까보다 더 많은 환자와 가족들이 앉아 있었다. 모자 쓴 사람, 마스크 쓴 사람, 깡마른 사람, 마른기침하는 사람. 찬찬히 둘러보니 여기도 동지들로 가득했다. 그들을 바라보면서 내 가슴속에서 연민의 정이 솟아났다. 그들은 모두 다 죽어가는 사람들이다. 나도 마찬가지다. 그 순간, '그러고 보니, 이 세상사람 누구든지 다 마찬가지 아닌가?' 하는 생각이 번개처럼 스쳐 지나갔다.

이 세상 모든 사람들은 다 살아가는 동시에 죽어간다. 다만 대부분은 자신이 죽어가고 있다는 사실을 깨닫지 못하고 살아가고 있을 뿐이다. 나도 전에는 전혀 깨닫지 못하고 있었는데 암에 걸린 덕분에 이제는 내가 죽어가는 존재라는 사실을 분명하게 깨달았다. 만약 재발하게 된다면, 난 죽어가고 있다는 것을 더 진하게 느낄 것이다. 하지만 동시에 지금 난 살아 있다는 사실도 더 생생하게 느끼게 될 것이다.

* * *

암은 내게 죽음을 가르쳐준 것이 아니었다. 그저 내가 지금 이 순간에도 죽어가고 있다는, 미처 깨닫지 못하고 있었던 명백한 진실을 가르쳐준 것이었다.

암은 죽음의 사신이 아니다. 암은 남아 있는 시간 동안 죽음을 생각해보고 죽음을 준비하며 후회하지 않는 삶을 살라고 하는 메시지였다. 후회하지 않게 잘 살아가기, 그리고 후회 없이 잘 죽어가기.

마침내 간호사가 내 이름을 부른다. 판독 결과가 나왔나 보다. 난 아까보다는 훨씬 담담한 마음으로 주치의 방으로 들어갔다.

"다행히 재발은 아니네요."

어쨌든, 난 살아 있고 동시에 죽어갈 뿐이다!

2014년 9월

김준기